Mort et vie de Bobby Z

Don Winslow

Mort et vie de Bobby Z

FRANCE LOISIRS
123, boulevard de Grenelle, Paris

Titre original : *The Death and Life of Bobby Z*,
Publié par Alfred A. Knopf, Inc., New York.

Traduit de l'anglais (États-Unis) par Oristelle Bonis.

Ce livre est une œuvre de fiction. Les noms, les personnages et les événements sont le fruit de l'imagination de l'auteur ou utilisés à des fins romanesques. Toute ressemblance avec des événements réels ou des personnes, vivantes ou mortes, serait pure coïncidence.

Édition du Club France Loisirs, Paris,
réalisée avec l'autorisation des Éditions Belfond.

ISBN 2-7441-2851-1

À Jimmy Vinnes,
l'agent qui fait tout ce qu'il a promis de faire

Merci à Dave Schniepp
d'avoir bien voulu partager avec moi son savoir
sur les milieux du surf en Californie du Sud

1

Et voici comment Tim Kearney s'y est pris pour devenir le légendaire Bobby Z.

Pour devenir Bobby Z, Tim Kearney a affûté une plaque d'immatriculation comme une lame de rasoir et il l'a passée sur la gorge du géant Stinkdog, un Hell's Angel, envoyant d'un coup d'un seul Stinkdog en enfer et Tad Gruzsa, un agent de la brigade des stups, au septième ciel.

« Il sera rudement plus facile à convaincre, le mec », déclare Gruzsa quand il a vent de l'affaire ; le mec auquel il pense c'est Kearney, naturellement, vu que Stinkdog n'est plus en état d'être convaincu.

Il a raison, Gruzsa. Non seulement Kearney n'a pas l'ombre d'une chance, avec cette charge pour meurtre, mais comme en plus il a buté un Hell's Angel il ne fera pas de vieux os dans les prisons de Californie ; une fois qu'il aura retrouvé le gros des détenus, sa condamnation à vie sans sursis ne vaudra pas plus cher qu'une condamnation à mort sans sursis.

Faut pas croire que Tim avait envie de le tuer, Stinkdog. Non. Simplement, Stinkdog est venu le trouver dans la cour de la prison en lui disant que, soit il s'enrôlait dans la Confrérie des Aryens, soit alors..., et, comme Tim a répondu « Alors, », il a tout de suite compris qu'il avait intérêt à l'aiguiser comme un bistouri, sa plaque.

Les types du Service d'application des peines de Californie ne sont pas fous de joie, même s'il y a bien quelques gratte-papier pour reconnaître que la mort de Stinkdog a du bon. Ce qui les met en rogne, c'est d'apprendre que Tim s'est servi de l'instrument de sa prétendue réhabilitation — la fabrication de plaques d'immatriculation tout ce qu'il y a d'honnête — pour commettre un meurtre avec préméditation dans les murs de la maison d'arrêt de San Quentin.

« C'était pas un meurtre, affirme Tim à son avocat commis d'office. C'était de la légitime défense.

— Tu t'es dirigé droit sur lui dans la cour, lui rappelle l'avocat. Tu as sorti la plaque d'immatriculation affûtée que tu avais cachée sous ton chandail et tu lui as tranché la gorge. Tu avais préparé ton coup.

— Et comment », acquiesce Tim.

Stinkdog devait lui rendre dans les vingt-cinq centimètres et les soixante-dix kilos. *Avant*, en tout cas. Étendu raide sur son brancard, il a l'air drôlement plus petit que Tim. Et beaucoup moins rapide.

« D'où la qualification de meurtre, dit l'avocat.

— Légitime défense », s'obstine Tim.

Naturellement, il n'imagine tout de même pas que le jeune avocat ou le système judiciaire sauront apprécier la différence subtile qui sépare l'attaque défensive du meurtre avec préméditation. N'empêche que Stinkdog lui avait proposé un marché : soit tu t'enrôles dans la Confrérie des Aryens, soit tu crèves. Vu que Tim ne voulait ni l'un ni l'autre, il n'avait pas d'autre choix que l'attaque défensive.

« Ils font tout le temps ça en Israël, dit-il à l'avocat.

— C'est un pays, répliqua l'avocat. Toi, tu es le champion de la récidive. »

Il y a mieux, comme champion : trois casses avec effraction avant l'âge, un court séjour au Centre d'éducation surveillée, un temps de service chez les marines sur décision du tribunal (suivi d'un renvoi dans le civil sans les honneurs), un braquage qui l'avait expédié en cabane, et là-dessus l'embrouille dont l'ancien commis d'office de Tim n'arrêtait pas de dire que c'était la meilleure.

« C'est la meilleure, gloussait l'ex-avocat de Tim. Je voudrais être sûr d'avoir tout bien enregistré pour pouvoir la ressortir sans faute dans les dîners en ville. Ton pote te cueille à ta sortie de taule, et *en chemin* tu dévalises la boutique du pompiste. »

Mon pote, tu parles, se dit Tim. Ce connard de Wayne LaPerrière, oui.

« C'est *lui* qui l'a dévalisée, la boutique. M'avait dit d'attendre dans la voiture le temps qu'il aille chercher des clopes.

— Tu avais une arme, d'après lui.

— C'est *lui* qui l'avait, l'arme.

— Possible, mais il avait arrangé le coup. Et donc au bout du compte c'est *toi* qui l'avais, l'arme. »

Le procès fut une vaste plaisanterie. Une grande partie de rigolade. Surtout pendant le témoignage de l'employé de nuit pakistanais.

« Que vous a dit l'accusé quand il a sorti son arme ? lui avait demandé le procureur.

— Ce qu'il m'a dit exactement ?

— Exactement.

— Je dois tout répéter ?

— S'il vous plaît.

— Il m'a dit "bouge tes fesses, on l'a dans le cul". »

Tout le monde était plié, les jurés, le juge, même Tim devait reconnaître que c'était plutôt marrant. Tellement marrant, cette connerie, qu'elle lui avait valu douze mois dont huit ferme à San Quentin dans le voisinage de Stinkdog. Et l'embrouille du meurtre.

« Vous pourriez plaider le minimum ? demande Tim au dernier en date de ses commis d'office. Un passage à tabac, pourquoi pas ?

— Tim, que je plaide le minimum ou que je pisse dans un violon, tu n'y couperas pas, à ta peine à vie sans sursis. Tu n'as pas l'ombre d'une chance. Tu es le champion des spécialistes des coups foireux. »

L'ambition de toute une vie, songe Tim. Et dire que je n'ai que vingt-sept ans.

C'est à ce moment-là que Gruzsa intervient.

Laissé seul à lui-même, Tim est tranquillement en train de lire une B.D. de Wolverine quand les matons le sortent de sa cellule pour le coller dans un fourgon noir aux vitres opaques, l'emmener au fond d'un parking en sous-sol, le pousser dans un ascenseur et de là dans une pièce aveugle où ils l'attachent par les menottes à une chaise en plastique à trois sous.

Une chaise bleue.

Au bout d'une demi-heure environ que Tim poireaute dessus, un bas sur pattes musclé à l'air teigneux fait son entrée, suivi d'un grand Hispanique maigre et boutonneux.

Tim pense d'abord que le bas sur pattes est chauve, mais c'est parce qu'il a le crâne rasé. Son regard bleu est glacial, son costume bleu ne vaut rien, son sourire se veut supérieur et il toise Tim comme si ce n'était qu'un déchet.

« Je crois qu'on tient le bon, lance-t-il à son collègue.

— La ressemblance est certaine », renchérit l'amateur de tortillas.

Sur ce, le bas sur pattes s'assied à côté de Tim. Il sourit, puis balance sa pogne droite sur l'oreille de Tim. Fort. Ce que ça fait mal, putain, c'est pas *vrai* ! Il déguste, Tim, mais il réussit à garder ses fesses posées sur le siège. Ce qui est tout de même une petite victoire, bien qu'il se doute que c'est à peu près tout ce qu'il peut espérer, en fait de victoire.

« Tu es le spécialiste des coups foireux, déclare Tad Gruzsa alors que Tim se redresse.

— Merci bien.

— Et tu es un enfoiré foutu si tu te repointes dans la cour de San Quentin. Il est foutu, l'enfoiré, hein, Jorge ?

— Foutu, opine Jorge en se fendant d'un sourire.

— Foutu, sourit Tim à son tour.

— Alors on est tous d'accord, reprend Gruzsa. T'es un enfoiré foutu. Tout le problème, maintenant, c'est de savoir ce qu'on peut faire pour toi.

— Je vais pas descendre quelqu'un pour m'en tirer, fait Tim. Sauf si c'est ce connard de LaPerrière, là, je signe quand vous voulez.

— T'as tué un mec, Kearney », lui rappelle Gruzsa.

Tim hausse les épaules. Il a tué des tas de mecs, pendant la guerre du Golfe, et apparemment personne ne l'a trop mal pris.

« On ne te demande pas de descendre quelqu'un, précise Gruzsa. On veut que tu deviennes quelqu'un.

— Je croirais entendre ma mère. »

Cette fois, c'est un coup du gauche que lui envoie Gruzsa.

Pour montrer qu'il est pas manchot, se dit Tim.

Puis c'est au tour de Jorge d'intervenir :

« Ça sera vite passé. Après, tu pourras disparaître.

— Sur tes deux jambes », précise Gruzsa.

Tim ne comprend rien aux conneries qu'ils racontent, mais la dernière phrase de Gruzsa éveille son intérêt.

« De quoi vous me parlez, là, les gars ? » demande-t-il.

Gruzsa agite le mince dossier posé sur la table dans une chemise en carton.

Tim l'ouvre. Dedans, il y a la photo d'un beau garçon au visage mince et bronzé, avec de longs cheveux noirs bien lisses ramassés en queue de cheval.

« Il me ressemble, non ? s'étonne Tim.

— Tu trouves ? »

Gruzsa se marre, il se fout de lui, mais Tim n'en a rien à cirer. Un entubé de première comme lui, tout le monde se fout de sa gueule, c'est comme ça.

« Essaie de bien écouter, minus, reprend Gruzsa. Ton boulot, c'est de te faire passer pour une certaine personne, et après ça tu te casses. On croira que les Hell's Angels t'ont fait la peau, à San Quentin. Toi, t'auras une nouvelle identité, tout baigne.

— Et cette certaine personne, qui c'est ? »

Gruzsa a les yeux qui brillent. Comme un vieux taulard qui a repéré un petit nouveau à la promenade, songe Tim.

« Bobby Z, lâche Gruzsa.

— Et c'est qui, Bobby Z ? »

2

« T'as jamais entendu parler de Bobby Z ? »

Jorge Escobar laisse pendouiller sa mâchoire comme s'il n'en croyait pas ses oreilles.

« Tu vois quel glandeur tu fais, t'as même pas entendu parler de Bobby Z, s'indigne Gruzsa.

— Bobby Z est une *légende* », déclare Escobar en se rengorgeant.

Ils lui racontent la légende de Bobby Z.

Robert James Zacharias a grandi à Laguna Beach, et comme la plupart des mômes de Laguna Beach il était cool, *très* cool. Il a fait ses débuts sur un skate-board, et progressivement, de petite planche en planche plus grande, il a fini sur une planche de surf. À l'époque où il planait, c'est le cas de le dire, au niveau bac — 2, c'était déjà un surfeur accompli et un revendeur de drogue émérite.

Bobby Z savait *lire* la mer, il la lisait comme d'autres le journal. D'avance il savait si les vagues allaient s'amener par séries de trois ou quatre, à quel moment la crête serait au plus haut, si elles casseraient sur la droite ou sur la gauche, net, en remous ou en tube. Ses capacités d'anticipation promettaient un bel avenir au jeune surfeur et au non moins jeune et talentueux chef d'entreprise.

Bobby Z n'avait pas encore son permis de conduire qu'il était déjà devenu une légende. Ainsi, le bruit court qu'il serait parti en stop chercher sa première livraison de marie-jeanne et serait *revenu avec en stop*, tout bêtement, en se plantant pouce en l'air sur l'autoroute qui longe le Pacifique avec à ses pieds deux sacs de gym Nike bourrés de came.

« Bobby Z est de glace », entonne One Way, un cinglé qui vit comme chez lui sur la plage publique de Laguna et se veut l'Homère de l'Odyssée de Bobby. One Way, ou Aller Simple, l'histoire étant que le pauvre type s'est un jour tapé une goutte d'acide de trop et n'est jamais tout à fait revenu de ce trip-là. Il arpente les rues de Laguna en embêtant les touristes avec le flux déferlant de ses interminables soliloques sur la légende de Bobby Z.

« Les minettes maigrichonnes qui débarquent de Russie pourraient patiner sur Bobby Z, tellement il est froid et dur », déclare ainsi One Way dans une entrée en matière typique. « Bobby Z, c'est l'Antarctique, sauf que pas un pingouin ne vient lui chier dessus. Il est pur et intact. Tranquille. Bobby Z n'a pas d'angoisses. »

Toujours d'après la légende, Bobby Z aurait investi les bénéfices des deux sacs Nike dans quatre sacs Nike, puis dans seize, puis dans trente-deux, et à partir de là il aurait filé la pièce à un larbin d'adulte pour qu'il lui achète une Mustang 66 et le trimballe dans la région.

Alors qu'il y a des mômes qui se prennent la tête à l'idée de la filière d'orientation dans laquelle ils risquent de se retrouver, Bobby Z, lui, se dit *rien à cirer de l'orientation*. Normal, vu qu'il gagne déjà plus qu'un mec sorti d'une grande école. Avec ça, juste au moment où son affaire commence à bien démarrer, Washington déclare la guerre à la drogue, une sacrée bonne aubaine pour Z puisque non seulement ça maintient les prix à un niveau élevé mais qu'en plus, du même coup, toute la bande des semi-pros incompétents qui auraient pu lui faire de l'ombre se retrouve derrière les verrous.

Z n'a pas encore séché son pot de fin de lycée qu'il a déjà sa petite idée sur le métier : *rien à cirer de la vente au détail,* se dit-il, vu que la vente au détail c'est mains à plat sur le toit de ta bagnole et le pognon dans la poche des flics. La vente en gros, voilà ce qu'il faut viser : tu fourgues au fourgueur qui fourgue au fourgueur. À ce stade, personne ne sait plus qui tu es, tu gères les flux réguliers de la marchandise et du blé sans jamais aller toi-même au charbon. T'achètes, tu vends, t'achètes, tu vends. Z est un génie de l'organisation, il a tout compris.

Bobby Z a tout compris.

« Pas comme toi, ducon, lance Gruzsa à Tim. Tu sais ce qu'il a fait, Bobby Z, pour son pot de fin de lycée ? Il s'est réservé une suite — une *suite* — au Ritz-Carlton de Laguna Niguel, et il a régalé ses potes tout le week-end. »

Tim s'en souvient, de son pot de fin de lycée à lui. D'abord, pour commencer, il avait raté l'examen. Et pendant que les autres étaient à la boum, lui, un copain et deux nanas paumées filaient avec la camionnette derrière l'usine de recyclage de Thousand Palms pour s'envoyer des packs de bière et un joint pourri. Il n'avait même pas pris son pied, la fille lui avait vomi sur les cuisses et elle était tombée dans les pommes.

« Toi, tu glandes depuis ta naissance », commente Gruzsa.

Que répondre ? se demande Tim. C'est vrai.

Tim a passé son enfance, si on peut appeler ça une enfance, dans les taudis de Desert Hot Springs, en Californie, tout près de la station balnéaire de Palm Springs, là où vivent les riches, oui, mais de l'autre côté de l'A 10. Le populo de Desert Hot Springs, qui survit en nettoyant les chiottes de Palm Springs, en faisant la vaisselle des richards ou en portant leurs sacs de golf, est majoritairement mexicain, à l'exception de quelques poivrots blancs minables dans le genre de Tim Kearney père, qui chaque fois — rarement — qu'il passait à la maison rossait Tim à coups de ceinturon en lui montrant les lumières de Palm Springs et en beuglant « Tu vois, ça ? C'est là-bas qu'il est, le fric ! ».

Tim ayant compris que là-dessus au moins son paternel n'avait pas tort, dès qu'il eut quatorze ans il entra sans y être invité dans ces baraques de Palm Springs où se trouvait le fric pour y piquer des téléviseurs, des magnétoscopes, des appareils photo, de la fraîche et des bijoux après avoir déglingué les alarmes.

Après son premier casse avec effraction, le juge pour enfants lui demanda s'il n'avait pas un problème avec l'alcool, et Tim — qui est peut-être un enfoiré de première, mais tout de même pas débile au point de ne pas comprendre où est la sortie quand on la lui montre — s'arracha quelques larmes de crocodile en avouant qu'il avait peur, en effet, d'être alcoolique. Si bien qu'au lieu de s'en tirer avec un gare à tes fesses petit et une raclée de son père, il écopa de la liberté surveillée avec réunions obligatoires aux Alcooliques Anonymes, plus une raclée de son père.

Tim y est allé, aux réunions, et naturellement le juge aussi y assistait, il lui souriait comme à son branleur de fils, et par conséquent il le prit plutôt mal le jour où Tim comparut à nouveau devant lui pour son deuxième casse avec effraction, qui, à côté du tout-venant des téléviseurs, magnétoscopes, appareils photo, fraîche et bijoux, portait sur une bonne partie de la cave bien garnie de la victime.

Le juge vécut cela comme une trahison personnelle mais, surmontant cette impression, il envoya le jeune Tim en désintoxication dans un centre du coin. Tim passa un mois là-bas pour suivre une thérapie de groupe où il apprit à se laisser tomber en arrière dans les bras de quelqu'un et donc à s'en remettre entièrement à cette personne, à identifier les bons et les mauvais côtés de son caractère et à exploiter ses « points forts ».

L'assistante sociale qui travaillait dans ce centre demanda à Tim s'il n'avait pas, à son avis, une « assez mauvaise opinion » de lui-même, suggestion à laquelle Tim se rangea volontiers.

« Pourquoi, à votre avis, avez-vous une assez mauvaise opinion de vous-même ? poursuivit-elle de sa douce voix.

— Parce que je continue à entrer dans les maisons sans y être invité...

— Très bien.

— Et à me faire prendre. »

L'assistante sociale décida donc de poursuivre un peu son travail avec Tim.

Il avait presque bouclé le programme prévu quand une petite rechute l'amena à piquer la caisse destinée aux menues dépenses du personnel pour s'acheter un peu d'herbe en ville, d'où cette question de pure forme que lui posa l'assistante sociale : « Vous savez quel est le vrai problème, avec vous ? »

Tim n'en savait rien.

« Le problème, c'est que vous ne savez pas maîtriser vos pulsions, dit-elle. Vous n'en faites qu'à votre tête. »

N'empêche que, cette fois, le juge était *furax*. Il marmonna entre ses dents un truc du style « c'est pour son bien » et expédia Tim en prison.

Tim purgea sa peine, mit sa détention à profit pour exploiter un tas de points forts qui lui serviraient sûrement plus tard, et il y avait un petit mois qu'il était sorti de taule quand il se retrouva irrésistiblement attiré par les lumières scintillantes de Palm Springs. Il ne s'intéressait qu'aux bijoux, cette fois. Alors qu'il était quasiment sorti de la baraque avec la marchandise, il se prit les pieds dans l'arrosage automatique et s'affala, cheville foulée, sur la pelouse où un vigile de la WestTech n'eut plus qu'à le cueillir.

« Y a que toi, rugit son père, pour te faire avoir par de *l'eau* sur de *l'herbe* au milieu d'un foutu *désert*. »

Sur ce, le vieux dégrafa son ceinturon, mais vu que Tim avait appris à exploiter pas mal de points forts ça ne fit pas un pli, le vieux tomba à la renverse et il n'y avait personne derrière pour amortir sa chute.

Là-dessus, Tim s'apprêta à retourner en taule, mais cette fois il tomba sur un nouveau juge.

« Alors, quel est ton problème ? lui demanda le juge.

— Le problème, c'est que je n'arrive pas à maîtriser mes pulsions. »

Le juge avait une autre théorie : « Ton problème, c'est que tu rentres chez les autres sans y être invité.

— Entrer chez les autres n'est pas un problème, corrigea Tim. Le problème, c'est, une fois entré, d'arriver à *sortir*. »

Ce qui convainquit le juge que Tim était tellement malin qu'au lieu d'apprendre encore deux ou trois trucs utiles en taule il valait mieux qu'il tente sa chance dans le corps des braves.

« Tu passeras pas le cap de l'entraînement, lui prédit son père. T'es bien trop chochotte. »

Tim pensait en gros la même chose. Il avait un problème à finir ce qu'il avait commencé (l'école, la cure de désintox, les casses) et il s'imaginait que ça serait pareil chez les marines.

En quoi il se trompait.

L'armée plut à Tim. Même l'entraînement de base lui plut.

« C'est simple, déclara-t-il à ses copains de chambrée sidérés. À partir du moment où tu fais ton boulot, ils viennent pas trop te chercher des poux dans la tête. C'est pas comme dehors. »

En plus, ça le changeait de Desert Hot Springs. Ça le changeait de son bled pourri et de ce putain de désert. Au camp militaire de Pendleton, tous les matins au réveil Tim allait regarder l'océan et c'était super cool, ça lui donnait l'impression d'être comme ces Californiens cool qui vivent sur la côte.

Si bien que Tim tint le coup. Il tint le coup pendant toute sa période d'engagement et arrivé au bout il en redemanda. Il passa les tests, reçut ses galons de caporal-chef et obtint une affectation pour l'école militaire de Twentynine Palms, en plein désert, à quelque quatre-vingts kilomètres de son cher bidonville natal.

C'est bien ma veine, se dit Tim, retour à la case départ en plein dans ce putain de désert. Il fut même tenté de déserter, mais très vite il se dit qu'il n'en avait rien à cirer, après tout, ce n'était jamais qu'une affectation. Le prochain coup, si ça se trouve il aurait peut-être Hawaii.

Et puis, juste histoire de l'emmerder personnellement, Saddam Hussein envahit le Koweït et Tim dut s'embarquer pour l'Arabie Saoudite qui au fond n'est jamais qu'un *méga* désert.

« Je peux pas croire que t'as été dans les marines, lâche Gruzsa.

— Semper fido », rétorque Tim.

Naturellement, Gruzsa sait déjà — et Tim sait qu'il le sait, merde, il a son dossier sous le nez — tout ce qu'il faut savoir sur la carrière de Tim dans les marines.

C'est le seul truc sur Tim que Gruzsa n'arrive pas à piger, parce que franchement ça ne cadre pas. Il a en face de lui le type même du loubard, un glandeur né du côté des perdants, infoutu de réussir le moindre casse, et le mec rentre du Golfe avec la médaille de la Navy Cross.

Pour son comportement à la bataille de Khafji, avant le grand déploiement des forces américaines. L'unité de reconnaissance de Kearney fut le seul obstacle à gêner la progression de la division blindée irakienne qui traversait la frontière de nuit. L'unité traînait dans le coin, sans protection, toute seule, et elle se fit proprement déborder.

Le caporal-chef Kearney a sorti quatre marines blessés de sous les tanks irakiens. À en croire la citation, il était partout à la fois dans la nuit du désert, on aurait dit John Wayne à le voir de la gâchette, balancer des grenades, foncer pour mettre ses potes à couvert.

Ensuite, il a *contre-attaqué.*

Il s'en est pris aux tanks.

Une équipe d'intervention à lui tout seul, d'après un témoin.

Il n'a pas gagné, naturellement, mais il a détruit deux chars, et son unité était sauve quand les renforts sont arrivés le lendemain matin.

Le type a été décoré de la Navy Cross et là-dessus

— en bon Tim Kearney qu'il est — il se fait virer de l'armée sans les honneurs.

Pour avoir rossé un colonel saoudien.

Merde, se dit Gruzsa en son for intérieur, ils auraient dû lui filer une autre médaille.

« Ils t'ont jeté, hein ? Je vois ça d'ici, déclare Gruzsa. J'y étais, dans les marines.

— Oh. Et ça s'est passé comment ?

— Ça s'est passé comment ? En plein bordel au Viêt Nam, voilà comment ça s'est passé. J'ai eu la jambe bousillée. Une vraie guerre, *celle-là,* rien à voir avec le jeu vidéo de la CNN, cette guéguerre de chochottes où t'étais, toi. »

Tim hausse les épaules.

« OK, je suis chochotte.

— Chochotte », répète Jorge en se fendant la poire.

Gruzsa se penche en avant et colle sa figure sous celle de Tim. Son haleine sent le saucisson à l'ail.

« Mais t'es *mon* chouchou, chochotte, murmure-t-il. Pas vrai ?

— Ça dépend.

— De quoi ?

— De ce que vous voulez de moi.

— J'te l'ai déjà dit, grogne Gruzsa. Je veux que tu deviennes Bobby Z.

— Pourquoi ?

— Tu sais probablement pas non plus qui est Don Huertero ? » demande Gruzsa pour la forme.

Tim hausse les épaules.

Escobar ricane.

« Don Huertero, c'est le plus gros seigneur de la drogue de tout le nord du Mexique, explique Gruzsa.

— Ah, fait Tim.

— Et il tient un de mes potes, là-bas. Arthur Moreno, un sacré bon agent.

— *Carnal,* dit Jorge (« chair de ma chair » en espagnol).

— Je veux récupérer Art, poursuit Gruzsa.

— Ah.

— Et Huertero accepte de l'échanger contre...

— Bobby Z, complète Tim.

— Ils font de sacrées affaires, ensemble, et des bonnes. Huertero veut le récupérer pour faire du fric, dit Gruzsa, l'air de lâcher le morceau.

— Et vous le tenez ?

— On le tient. »

Ils l'avaient coincé en Thaïlande, en échange d'une cargaison d'héroïne remise à son propriétaire d'origine. Les Thaïs avaient la *haine* de Bobby Z.

« On a fait un deal, conclut Gruzsa.

— Alors, pourquoi vous avez besoin de moi ? demande Tim.

— Il a clamsé, dit Gruzsa.

— Qui a clamsé ?

— Bobby Z. »

Escobar en a presque l'air malheureux.

« Crise cardiaque. Kaput, quoi, claqué, s'énerve Gruzsa. La tête la première sur le carrelage de la salle de bains.

— Si jeune, soupire Escobar.

— Don Huertero n'apprécie pas du tout la plaisanterie, dit Gruzsa. Avec lui, c'est donnant donnant : un macchabée contre un cadavre.

— C'est là que tu interviens », enchaîne Escobar.

Un macchabée contre un cadavre ? se dit Tim. Et

c'est là que j'interviens ? Trouvez l'erreur, comme dirait l'autre.

« Don Huertero ne risque pas de comprendre un peu vite que je suis pas le bon numéro ? s'inquiète-t-il.

— Non, rétorque Gruzsa.

— Non ?

— Non, parce que Bobby Z, il l'a jamais vu.

— Je croyais qu'ils faisaient affaire, tous les deux.

— Téléphone, fax, ordinateurs, prête-noms », détaille Gruzsa comme s'il parlait à un débile, ce que Tim est sans doute, il l'admet. « Z, il l'a jamais vu.

— Personne ne l'a jamais vu, précise Jorge. Plus depuis le lycée.

— Jusqu'à ce qu'on coince ce fumier d'enculé dans la jungle, ajoute Gruzsa, personne ne pouvait jurer avoir vraiment vu de ses yeux *vu* Bobby Z en chair et en os.

— Une légende », répète Jorge.

3

Escobar l'entretient, la légende, pendant que Tim est allongé sur un chariot avec sur la figure un champ stérile, et qu'un toubib shooté à la coke s'escrime à lui dessiner une petite cicatrice pareille à celle dont Z a écopé le jour où sa tête est venue cogner un rocher alors qu'il surfait sur la barre des récifs de Three Arch Bay.

« Z n'avait pas de tatouages, si ? demande Tim, qui

déguste, malgré l'anesthésie locale, et qui en a sa claque d'être couché là avec ce tissu blanc sur la tronche.

— Non », répond Gruzsa. Avant d'ajouter, en s'affolant à retardement : « Toi non plus, si ?

— Non. »

Un vrai coup de bol, se dit Tim, parce que dans le cas contraire Gruzsa aurait probablement voulu les effacer au chalumeau. De toute façon, il a compris qu'il n'avait pas le choix : soit il en passe par là, soit les Hell's Angels lui feront sa fête en taule. Alors une petite cicatrice de plus ou de moins...

Il reste donc tranquillement couché sur son chariot tandis que Gruzsa supervise le boulot et qu'Escobar continue à jacter sur Bobby Z.

Et comment Bobby Z était déjà une riche petite ordure quand il a quitté le lycée, comment il s'est dégoté une bande de copains qui alimentaient tout le marché de la Californie du Sud en dope, tant et si bien que sans l'avoir cherché il finit par attirer sur lui l'attention, non pas des flics mais de quelques concurrents contrariés. Là, on parle de l'époque où les gangs de Mexicains faisaient encore rigoler tout le monde, où les Vietnamiens n'avaient pas encore monté leur marché commun, où il y avait peut-être disons *un* Chinetoque à Orange County et où les Ritals savaient encore ce qu'ils avaient dans la culotte. Z n'a jamais eu le fin mot de l'histoire mais probable que c'est un Macaroni qui aura monté le coup, au final en tout cas deux de ses revendeurs se font dégommer du côté de Riverside et Z trouve que c'est très *très* mauvais signe.

Deux mômes craquants, sympas, allongés face contre terre dans un fossé d'écoulement, le message du genre

« on t'envoie pas demander pour qui sonne le glas », compris ?

Il faut agir, mais comment ? comment ? Dans la planque qu'il a eue, de même que sa Mustang 66, par l'adulte qui lui sert de couverture, Z réfléchit et tout à coup il se dit : Tu sais quoi, mec ? T'es fiché nulle part.

Alors il se casse. Il disparaît.

« Comme la brume du matin », déclame One Way d'un ton déférent pendant que ses synapses pètent comme du pop-corn. Il court après quatre touristes allemands passablement énervés qui se promenaient tranquillement dans Forest Avenue, à Laguna, et il y va de sa rengaine :

« Comme si Bobby Z s'éloignait *vers* le large. Qui sait pour quelle destination ? D'après certains il serait en Chine, d'après d'autres au Japon, quelques-uns prétendent même l'avoir vu sur une plage *d'Indonésie* : Bobby Z ou Lord *Jim* ça serait kif-kif, alors. Mais peut-être aussi qu'il traverse l'océan sur un bateau, ou dans un *sous-marin,* et alors Z ou le capitaine Nemo — *Mason,* ce con de James — ça serait kif-kif, aussi. En tout cas, un jour il est sur la plage, le lendemain il n'y est plus : *envolé,* mon vieux. Envolé. À croire qu'il s'est éloigné en pagayant sur sa planche, qu'il a attrapé le haut de la vague et... *sayonara.* »

Pourtant, la dope continue d'arriver. Le système de marketing mis au point par Z repose sur les prête-noms, les agents, les primes et le partage des bénefs. Z importe l'herbe la plus divine de toute la côte Ouest. Du premier choix. Par pleines balles. Il la fait livrer par bateau, comme les contrebandiers du bon vieux temps, et, même si un mulet saute chaque fois qu'il perd une cargaison, les stups n'ont jamais réussi à choper Z.

« On a bien cru l'avoir cinq fois, bordel, grogne Gruzsa, mais chaque fois c'était pas lui.

— Attraper Z, ce serait comme attraper la brume », renchérit Escobar en fermant le poing pour illustrer la métaphore.

Z prend de l'ampleur. Du volume. Z défonce toute la côte, tout l'Ouest du pays. Si tu remarques cinq yuppies en train de se refiler un joint pour digérer leur saumon poché, tu peux être sûr qu'ils fument la came de Z.

« C'est un malin, explique Gruzsa. Pas de coke, pas d'héro, pas de speed, pas d'acide. Rien que de l'herbe de première qualité. De l'opium. Des sticks thaïs. Il vend qu'aux mecs qui ont du fric à revendre. C'est pas après le gamin boutonneux, le nullard ou le loubard raté qu'on court. Quand tu épingles un type avec la came de Z, le temps que tu rentres au bureau il fête déjà sa liberté surveillée dans un centre de désintox de luxe. Les clients de Z, c'est le gratin.

— Le Nordstrom de la dope », souligne Escobar.

Z fourgue sa dope de l'Alaska au Costa Rica.

« Qui sait si un beau jour un bateau ne va pas accoster sur cette plage, lance One Way aux touristes qu'il talonne toujours dans les rues de Laguna. Mettons que Z regarde une carte : tout de suite, il comprend que les gardes-côtes sont bien incapables de repérer un petit rafiot, par ici, un tout petit rafiot sur une côte grande comme ça. Des sacrés milliers de kilomètres de long pour la dope de Z, vieux. Tu vois ce que je veux dire ? Regarde, vieux, là-bas, c'est le Pacifique, le terrain de chasse de Z. Z connaît les rythmes de l'océan, vieux. Il le connaît, l'océan, il se balade dessus. Z ou

Poséidon, c'est kif-kif, un sacré Neptune, Z. Pacifique, ça veut dire *paix*, vieux. Z est en paix avec le Pacifique.

— Alors comment c'est arrivé ? » demande Tim. Car le petit génie a rendu l'âme en garde à vue, pas vrai ? Comme n'importe quel paumé.

« Sais pas, répond Gruzsa. Il a refait surface en Thaïlande. Malade comme un chien parce qu'il avait attrapé un parasite intestinal. Il est allé à l'ambassade et il a dit qu'il voulait voir quelqu'un des stups. De la part de Robert Zacharias, qu'il a dit. Un quart d'heure plus tard, je prenais l'avion.

— Et puis il est mort dans la douche, complète Tim.

— Eh ouais », fait Gruzsa. Comme il dirait « c'est la vie ».

Le docteur, qui a terminé son boulot, conseille à Tim de ne pas se gratter. Il lui tend un miroir et lui montre la jolie cicatrice qu'il a sur le front à gauche. Ça ressemble à un petit z.

C'était à prévoir, se dit Tim.

« Comment je suis censé réagir si Huertero me conduit de l'autre côté de la frontière parce qu'il me prend pour Bobby, son partenaire ? » s'inquiète-t-il.

La question a l'air d'énerver Gruzsa.

« Pour ce que j'en ai à foutre, répond-il.

— Et qu'est-ce que je fais s'il comprend que je ne suis pas lui ? s'obstine Tim.

— C'est ton problème », rétorque Gruzsa.

Un problème simple, se dit Tim. Soit je retourne au trou et je me fais définitivement refroidir, soit je me mets dans la peau du grand Bobby Z et il y a de bonnes chances qu'on me descende.

Tim décide de choisir l'option n° 2.

4

Mais pour cela il va falloir qu'il s'entraîne.

« M'entraîner comment ? » demande Tim. Jusque-là, cette histoire d'entraînement n'était encore jamais venue sur le tapis. Au moins, au trou, ce qu'il y a de bien c'est qu'on a pas grand-chose à glander.

Sauf si on compte les plaques d'immatriculation, naturellement.

« Faut que t'apprennes deux ou trois trucs sur Bobby Z, annonce Escobar. Et le vocabulaire de base. »

Voilà donc Escobar qui, pendant une bonne quinzaine, se met à jouer la nounou et l'entraîneur de Tim pour essayer de lui implanter Bobby Z dans le ciboulot. Ils l'ont bouclé dans un camp du côté de San Clemente, le temps que la cicatrice cicatrise, et Escobar... Tim finit par se dire qu'Escobar devait *craquer* pour feu Bobby Z, vu qu'il lui rebat sans arrêt les oreilles de ce mec.

Escobar raconte à Tim tous les détails glanés par les agents des stups sur Z. Le genre de bouffe qui lui plaisait, ce qu'il buvait, comment il s'habillait. Des trucs sur ces vieux potes, ses vieilles planques, ses vieilles copines.

Sans arrêt, il pose des colles à Tim, tellement que Tim a comme le pressentiment qu'une fois de plus il va se faire recaler. Escobar, putain, mais c'est kif-kif Jiminy le Criquet, il est tout le temps sur le dos de Tim, toujours à la questionner, alors que Tim n'a qu'une envie, se rincer l'œil sur MTV.

« Marque de bière ? demande Escobar.

— Budweiser.

— *Corona !* tonne Escobar, l'air d'en avoir *jusque-là.*

Tim est dans la *douche*, putain, mais Escobar ouvre grande la porte de la cabine et gueule :

« Équipe de foot ?

— Aucune, répond Tim. Il déteste le foot.

— Quel sport, alors ?

— Le surf », dit Tim. Là, c'est du gâteau. « Et le volley sur la plage. »

Ou alors, histoire de souffler un peu, Tim se pose une minute sur le transat dehors pour profiter du soleil, et voilà Escobar qui l'attrape par sa chemise, le flanque par terre et se met à hurler :

« Les couleurs de son équipe !

— Bleu et or, marmonne Tim.

— *Marron et blanc !* » braille Escobar. Et il balance à Tim un grand coup de pied dans le bide, bien cogné, avec le bout pointu de sa godasse mexicaine. Tim se roule en boule en position fœtale pendant qu'Escobar s'accroupit sur les talons à côté de lui et susurre : « T'as intérêt à te décrasser les méninges, *pendejo.* Comment tu crois qu'il va te traiter, Don Huertero, s'il découvre que t'es pas le bon. Tu crois qu'il va te cogner dans le bide ? Peut-être bien qu'il va t'enchaîner à un mur et commencer à la lampe à souder. Ou alors peut-être qu'il commencera par te trancher les doigts. Pire, qui sait. Ça rigole pas avec Don Huertero, *ese.* »

Si bien que Tim devient plus accommodant et se met à étudier. Il apprend toutes ces salades que si ça se trouve Don Huertero sait ou ne sait pas à propos de Bobby Z. Il se met aussi à ressembler de plus en plus à Z. La cicatrice commence à se patiner et il se laisse pousser les cheveux. Ils n'ont pas trop envie qu'il bronze, non plus. Ils veulent qu'il garde le teint aspro des taulards. Tim passe donc beaucoup de temps devant la télé, et il révise ses leçons.

Bobby Z de A à Z. Quelles fringues, quels films, quels livres ? Dans l'album de photos, il y en a une où Z pose avec son petit sourire en coin, genre le type qui en a rien à cirer et qui s'en branle. Ses copains de classe, ses copains de surf, ses copines. Beaucoup de copines, découvre Tim, et ça le met en rogne. Pas des paumées, en plus, des nanas sympas, Californiennes sur sucre. Des filles soignées, mignonnes, des pros de la bronzette. Des filles sûres d'elles, ça se voit rien qu'à leur regard qu'elles savent que le monde leur appartient, qu'il suffit qu'elles se pointent et que tout leur est dû.

« Z aimait sa *chucha, ese.* » Escobar mate pendant qu'ils regardent les photos, tous les deux, chacun se demandant à part soi quelles minettes Z s'est vraiment envoyées. Escobar désigne celles avec qui il est officiellement sorti : une Ashley, deux Jennifer, une Brittany, un Élizabeth, une autre qui se fait appeler Sky. « Et les *chuch'* aussi, elles l'aimaient, leur Bobby. »

Tu parles d'une révélation, pour Tim. Tout le monde le sait que les filles couchent pour de la dope, c'est une vérité scientifique ou pas loin. Beau mec, sympa, avec en plus le fric et la dope, se dit Tim. La vie n'est pas juste, mais ça non plus c'est pas nouveau.

Escobar rencarde aussi Tim sur les potes de Z. Ses potes surfeurs, ses potes fourgueurs. Certains d'entre eux — filles y compris — ont fini employés, représentants de commerce en herbe pour Bobby. Un Jason, un Chad, deux Shane et un dénommé Free, le propre frère de Sky. Des types à la coule, des types cool, Tim s'en rend bien compte. Des types qui n'ont pas tort de croire que le monde leur appartient vu qu'ils sont les rois de la plage. Les amis de Bobby.

Et de bons amis, encore, insiste Escobar. *Carnal* : la chair de la chair de Bobby.

Tellement *carnal,* se dit Tim, que deux d'entre eux — un des Shane et la Brittany — ont fait le plongeon dans un fossé d'irrigation.

Tim étudie leurs photos, leurs noms. Il potasse des bouquins sur le surf, écoute Escobar lui donner des cours sur la gestion de l'empire de Bobby Z. Tout ce que les flics ont découvert avant que le cœur de Z ne lâche, commente Escobar tout attristé.

« Le bras droit de Bobby aux States c'est un mec qu'on appelle le Moine », lui dit Escobar.

Le Moine ? s'étonne Tim. C'est quoi, cette connerie ? De moine, Tim n'en connaît qu'un, le gros lard de Robin des Bois.

« Qui c'est ce Moine-là au juste ? » demande-t-il.

Escobar secoue la tête.

« Si on le savait, on l'aurait pris, pas vrai ?

— Va savoir », fait Tim. Les poulets ont des caboches de poulet, qui pourrait dire comment ils fonctionnent ?

Tout ça, c'est trop, pour Tim. Il laisse là l'album de photos et ferme les yeux.

« Tu ferais mieux de te fourrer ces conneries dans le crâne, lui conseille Escobar. Les hommes de Huertero ne marcheront pas dans la combine sans t'avoir cuisiné pour être sûrs qu'y a pas d'erreur de livraison. Et y a intérêt qu'ils acceptent le deal, *ese,* sinon Gruzsa sera salement en rogne contre toi. Il s'en passe des choses, la nuit, sur la frontière, tu sais. »

Tim le sait, oui. Tim y était, sur la foutue frontière

entre le Koweït et l'Arabe quand les tanks irakiens se sont amenés. T'as raison, Jorge, la nuit, sur la frontière, il arrive que les choses tournent mal, *pendejo, ese* !

Aussi, Tim étudie et se fourre toutes ces conneries dans le crâne. En quinze jours, il sait tout ce qu'on peut savoir sur le légendaire Bobby Z. Ce n'est pas qu'il est fou d'admiration pour le petit génie, non, mais il veut se donner une chance de survivre à l'embrouille qui va se passer à la frontière.

Quinze jours pas marrants, tout de même. Pas question d'aller se promener, naturellement, et pas question d'avoir de la compagnie. Même pas une poule d'Oceanside histoire de prendre un peu son pied, alors qu'ils savent très bien qu'il vient de passer des mois au trou et que les pédés c'est pas son truc. Ça ne l'empêche pas de réclamer, mais Escobar ricane : « Tu t'enverras en l'air *après*, quand le deal sera fait. »

Si je suis toujours vivant, songe Tim.

Ça ne serait pas si terrible si au moins ils ne lui donnaient pas n'importe quoi à bouffer, seulement voilà : Bobby était devenu végétarien et Escobar n'a pas envie que Huertero détecte l'odeur de la viande pourrie dans l'haleine de Tim.

« C'est débile, proteste Tim.

— Pas du tout, répond Escobar. Huertero a des Indiens qui travaillent pour lui. Des Cahuillas. Ils sentent ces trucs à la con, vieux. Des vrais coyotes. »

Et donc pas de cheesburgers, pas de hot-dogs, pas l'ombre d'un de ces *tacos al carne* que Tim rêve de s'envoyer. À la rigueur, Escobar veut bien lui filer un *taco* au poisson, mais Tim l'envoie se faire foutre avec son *taco* au poisson à la con. Escobar le prend mal, et pendant trois jours Tim n'a droit qu'à des galettes de pita avec du riz et des légumes, si bien qu'il finit par déclarer : Ça y est, maintenant toutes ces conneries je les connais par cœur, allons-y, passons à l'action.

Alors Gruzsa se pointe et il soumet Tim à un petit test. Escobar y assiste, nerveux comme si c'était lui le père. Il tire sur sa sèche et encourage le petit que Gruzsa assomme littéralement de questions sur le grand Bobby, feu Z.

Tim a tout juste, Escobar sourit aux anges avec un air de taré.

Mais ça ne rend pas Gruzsa plus sympa ni plus exubérant.

« Faut croire que t'es prêt, foutu glandeur », voilà ce qu'il lui dit, Gruzsa.

Et vient la nuit où ils le collent à nouveau dans le fourgon et l'emmènent ailleurs.

5

Tard dans la nuit, dans un canyon près de la frontière.

Tim se dit que le coin doit se trouver quelque part à l'est de San Diego.

La lune brille dans un ciel couleur d'argent pendant qu'Escobar le guide le long de la pente jusqu'au fond du canyon. Gruzsa est resté dans sa jeep, là-haut, d'où il surveille avec ses jumelles à infrarouge un petit bataillon de mecs des stups qui sont là pour les couvrir avec des M-16, des fusils de chasse, peut-être même des mortiers, pour ce que Tim en sait.

Ils ont dû s'arranger pour envoyer les gars du contrôle de l'Immigration en excursion parce qu'on ne voit nulle part d'uniforme vert et blanc, et Huertero a sans doute nettoyé le côté mexicain puisqu'il n'y a pas de clandestins tapis derrière les barbelés, prêts à tenter le coup pour une poignée de dollars. Cette nuit, on ne joue pas au même jeu que d'habitude, se dit Tim, cette nuit, c'est du troc, donnant, donnant, entre vieilles connaissances, et d'ailleurs il aperçoit des silhouettes qui se dirigent vers eux de l'autre bout du canyon, côté Mexique. Tim a la même pétoche qu'autrefois quand il rentrait dans les baraques où il n'était pas invité, comme la nuit où ces putains d'Irakiens ont déboulé sur Khafji avant le grand déploiement de forces alors qu'il ne restait plus qu'une poignée de marines avec les Saoudiens et que ça s'est mis à péter de tous les côtés, et il est nerveux, Tim, parce qu'il sent dans son dos les jumelles de Gruzsa.

Il voit à présent qu'il s'agit de deux Mexicains qui encadrent un autre type, probablement Art Moreno, en le traînant à moitié. Pas besoin d'un dessin pour comprendre que Moreno a sacrément dégusté. Sûr qu'il n'a plus trop l'air de tenir sur ses jambes. Au fur et à mesure que ces trois-là approchent, Tim distingue de mieux en mieux la tête de l'agent des stups, qui paraît vraiment au bout du rouleau.

Tim se sent tout content pour Moreno qui va retrouver son petit chez-soi, et il est content pour lui, aussi, même s'il ne veut pas trop le montrer tant que tout n'est pas fini. Mais en son for intérieur il reconnaît que la perspective de la liberté l'excite.

Les quinze jours qu'il a passés à attendre que la cicatrice cicatrise, il a feuilleté tout plein de magazines instructifs, histoire d'essayer de décider où il irait s'installer une fois cette histoire réglée. D'après un canard qui classait les villes en fonction de la qualité de vie, la palme des patelins les mieux notés reviendrait au Middle West. Mais c'est à étudier, car le classement tenait compte du niveau des écoles, des lycées et autres conneries du même genre dont Tim n'a rien à cirer.

Il pencherait volontiers pour Eugene, dans l'Oregon, car il y pleut beaucoup. Il se concentre de toutes ses forces sur cette idée, sur la façon dont il va lancer couramment aux gros bras de Huertero : *Vaya con Dios,* je me plais bien, moi, en Amérique, sur le genre de boulot qu'il pourrait dégoter à Eugene. Ils sont si près, maintenant, qu'il voit les yeux de Moreno : des yeux fous, *complètement ailleurs,* des yeux qui ont vu des saloperies qu'ils n'ont pas envie de revoir de sitôt.

Escobar a remarqué, lui aussi, puisque Tim l'entend qui siffle *pendejos* entre ses dents, et là-dessus c'est une balle qui siffle, et la cervelle d'Escobar gicle à la gueule de Tim qui s'affale à plat ventre.

C'est reparti pour la bataille de Khafji, se dit Tim qui s'aplatit comme une crêpe au fond du canyon en essayant de repérer un endroit où s'abriter. Les balles traçantes zèbrent le ciel étoilé, le bruit te *paralyse,* bordel, les mecs gueulent, les pas martèlent le sol et voilà que les deux Mexicains tournent les talons pour s'éloigner de la frontière en remorquant toujours Moreno, jusqu'au moment où l'un d'eux se prend une rafale dans le dos et là, le mec, on dirait qu'il *fond,* comme le sorcier du *Magicien d'Oz* qui tous les ans à Pâques filait une frousse bleue à Tim. L'autre Mexico, c'est genre *panique à bord* : il flanque Moreno par terre et se couche derrière lui comme s'il jouait dans un western et que Moreno était son cheval, puis il se met à tirer.

Sur Tim.

Lui, les trucs qu'il a appris à l'entraînement de base lui reviennent en bloc et il se carapate en rampant pour aller se mettre à couvert sous un buisson de mezquite. Une seconde, il pense rebrousser chemin pour porter secours à Escobar, mais vu que son corps n'a plus de tête Escobar n'a pas besoin des secours que Tim pourrait lui apporter. De toute façon, Tim repère ce salaud de Gruzsa en train de dévaler la pente à toute blinde dans sa jeep en tenant le volant d'une main et sa pétoire dans l'autre, si bien qu'il se dit qu'il est temps de décamper.

D'une roulade sur le dos, il se dégage du buisson de mezquite et dégringole dans une *barranca* pas bien large qui court parallèlement à la frontière, à tous les coups une *autoroute* pour clandestins avec toutes ces traces de baskets au fond. Or, c'est précisément ce qu'il a dans l'idée, le Tim, se tirer de là fissa sur la pointe des baskets, parce qu'une fois le barouf calmé Gruzsa va se chercher un coupable, c'est sûr, et ce coupable aura un nom : Tim Kearney.

Voilà donc Tim qui part au petit trot.

En un rien de temps, la frontière s'est transformée en zoo. Sous la lumière de la lune, les maîtres et les chiens cavalent tous azimuts. Des clandestins surgissent du néant, bien décidés à profiter de la diversion du chaos pendant que les agents des stups et les *desperados* de Huertero se lancent à corps perdu dans un petit engagement arme au poing. Tim surprend même un coyote qui ne sait plus par où se tailler tellement ça pète de tous les côtés.

Tim court avec une flopée de clandestins, des hommes, des femmes, des gamins, et ça lui va, pas de problème, sauf qu'à un moment les *broncos* du contrôle de l'Immigration se mettent de la partie, leurs agents déboulent de partout pour essayer de pincer leur quota de dos mouillés, et Tim, qui finit par se dire que tout ça ne mène pas bien loin, plonge dans un bosquet d'arbres à perruques le temps que ça se tasse.

Dès que les types de l'Immigration auront fini, songe-t-il, je mets cap à l'est, et *sayonara.* Leur idée, c'était que je fasse un peu Bobby Z, moi, j'ai joué le jeu, mais si l'histoire tourne mal et se complique c'est leur problème, pas le mien.

Je me casse.

Là-dessus, il entend le déclic d'un chien de fusil derrière son oreille et une voix mexicaine qui demande : « Monsieur Z ? »

Naturellement.

« C'est moi », soupire Tim.

6

Tim se réveille couché dans des draps pourpres à l'intérieur d'une chambre aussi grande que la maison où il a grandi. Il tire les épais rideaux blancs — tout dans cette pièce est blanc comme l'os — pour regarder par la fenêtre le désert, pâle à la lumière du petit matin qui commence juste à teinter de lavande les montagnes environnantes.

Le fort — car c'est bien d'un fort qu'il s'agit, décide Tim maintenant qu'il le voit pour la première fois en plein jour — est entouré d'un mur en adobe de deux mètres cinquante de haut, avec des miradors à chaque coin et des parapets. Ça lui rappelle un film qu'il a vu à la télé un samedi après-midi, l'histoire de trois frères qui s'enfuient pour s'engager dans la Légion étrangère — mais impossible de se rappeler le titre.

En revanche, il se rappelle bien être arrivé ici.

Le Mexicain qui le braquait avec son fusil a baissé son arme après avoir eu confirmation que Tim et Bobby Z ne faisaient qu'un, puis très respectueusement l'a conduit jusqu'à un vrai quatre-quatre de patrouille, putain, où il l'a ensuite trimballé des heures sur des pistes de montagne tortueuses pour enfin arriver dans cet endroit aux allures d'oasis en plein désert. Ils ont franchi une barrière avec des barbelés électrifiés que surveillaient des gardes en armes et emprunté la route menant au fort. Là, après lui avoir montré sa chambre, l'homme lui a annoncé qu'un dénommé Brian, que Tim ne connaît ni d'Ève ni d'Adam, le recevrait dans la matinée.

Tim, qui pour la première fois de sa vie de merde voyait du luxe grandeur nature, a commencé par se prélasser une heure ou pas loin dans la baignoire ronde, puis il s'est séché avec une serviette de la taille d'un drapeau et vite mis au plume où il a surfé sur les chaînes de la téloche jusqu'à ce que ses yeux se ferment. Demain serait un autre jour.

Je rêve, se dit-il maintenant qu'il enfile le peignoir blanc en éponge et ouvre la porte vitrée coulissante donnant sur le petit patio qui jouxte sa chambre. Il s'installe sur la chaise-longue en rotin canné, pose ses pieds sur la table basse en fer forgé et essaie de se rappeler les quelques conneries sur l'orientation qu'il a apprises chez les marines. Mais il essaie mollement, parce que le soleil tape, c'est bon, et putain ce que ça fait du bien de prendre un peu l'air tout seul.

Plus ou moins tout seul, en fait. Quelqu'un joue au tennis dans l'enceinte du fort : quelque part sur sa gauche il entend le bruit de la balle qui cogne dans la raquette et, venu de la même direction, le doux clapotis d'un crawl régulier.

Une Mexicaine qui traverse le patio les bras chargés de linge propre le remarque et, l'air soucieux, se dirige vers lui.

« *Lo siento,* dit-elle. Je ne savais pas que vous étiez réveillé.

— Ne vous en faites pas, la rassure Tim. Moi-même, j'ai comme un doute.

— *¿Café ?* s'enquiert-elle.

— C'est pas de refus.

— *¿Solo o con leche ?* »

Avec du lait, pense Tim tout fort, des litres de lait.

« *¿Y azÙcar ?* » ajoute-t-il. Il le veut bien épais, bien sucré, son café.

Elle sourit de l'entendre parler espagnol.

« *¿Desayuno ?* » lui demande-t-elle. Elle a les dents d'un blanc de neige, les lèvres pleines, la peau bronzée, et de l'avoir, là, sous les yeux, Tim réalise qu'il est *sorti.* Peut-être pas sorti du pétrin, ça serait vite dit, mais sorti du trou en tout cas. Il a retrouvé le pays du lait, du sucre et des femmes.

« *¿Desayuno ?* répète-t-il sans comprendre.

— Petit déjeuner », traduit la femme.

Ne sachant plus à présent s'il a l'air plus couillon quand il parle espagnol ou quand il parle anglais, il se contente d'un hochement de tête affirmatif et d'un sourire.

« Qu'est-ce qui vous tente ? » demande-t-elle.

Tim ne sait plus où se fourrer, c'est comme si un abîme s'ouvrait sous ses pieds. Il y a tellement longtemps que personne ne pense plus à lui poser ce genre de question.

« Ce que vous avez, répond-il.

— *Huevos,* toast... ou... (elle a du mal avec le dernier mot) bacon ?

— Non, merci, décline Tim, furax contre Z qui a imaginé de devenir végétarien.

— Je vais prévenir le chef, dit la femme avant d'ajouter, comme pour s'excuser : Ça va prendre un petit moment mais je vous apporte le café tout de suite.

— Hé ! lance-t-il alors qu'elle s'éloigne.

— *¿Si ?*

— Où je suis ? »

Et elle, après une seconde de réflexion : « Dans un bel endroit. »

Non, sans blague, se dit Tim. Et il se dit aussi qu'il aurait bien fait Bobby Z depuis des années s'il avait su que ça se passait de cette façon.

Il lorgne les jambes et les seins de la femme lorsqu'elle revient avec le plateau, mais détourne les yeux quand elle se penche pour le poser sur la table.

« *Gracias,* murmure-t-il en se sentant tout bête.

— *De nada* », lui retourne-t-elle, et déjà elle s'éloigne, le laissant seul avec lui-même dans cette ambiance sonore friquée — le bruit amorti de la balle contre la raquette, le glissement d'un corps qui fend l'eau. Un rire d'enfant.

Pas si mal, pense-t-il, pour un enfoiré foutu.

Une fois son café et son petit déjeuner avalés, Tim, qui est toujours sans nouvelles de Brian, se replie sur la chambre où il se lance dans l'inspection des penderies et des placards. Pleins à craquer de vêtements à sa taille.

Des Nike, des mocassins Gucci, des polos Calvin Klein, putain, dans des tons pastel. Deux costumes Armani nuance sable. Un blazer Adolfo blanc. Des piles de tee-shirts bien pliés, noirs pour la plupart à l'exception d'un prune, d'un jaune et de quelques blancs. Et sans logo publicitaire dessus, la pure couleur et rien d'autre.

Il se douche, se rase — pas de bombe de mousse mais un élégant tube gris de savon à barbe de marque M, tout simplement — et s'habille. Il enfile un caleçon Océan Pacifique, un pull en coton au dessin mexicain, des lunettes Armani, coiffe un bob kaki puis se dirige vers la piscine en se fiant à son oreille.

Une foutue cascade en plein désert. L'eau dégringole des rochers dans un bassin en forme de fenêtre de palais saoudien : un long ovale avec des cercles en haut, en bas et sur les côtés. Carrelé au fond. Au milieu, dessinées dans une écriture qui imite l'arabe, les lettres BC. La piscine est assez grande pour abriter une réunion de famille de Mormons jusqu'à la quatrième génération et il y a un jacuzzi vaste comme une piste de cirque. Et des putains de palmiers, immenses, au cas où t'en aurais marre de te dorer au soleil.

Jolie vue sur la maison, aussi. Copie conforme d'un de ces satanés forts arabes : un corps de bâtiment central flanqué de deux ailes. Des portes et des fenêtres cintrées et tout le bataclan. Tim ne serait pas étonné d'entendre l'imam appeler les fidèles à la prière. Des courts de tennis (pas un court, *des* courts), une piscine, un rectangle vert émeraude de gazon frais tondu avec des arceaux de croquet à la con. Deux dépendances en adobe. Le tout ceint d'un mur en adobe truffé, devine Tim, de caméras et de détecteurs sonores.

Comme quoi Brian C. doit tout de même avoir quelques ennemis, se dit Tim.

Mais il a aussi de belles amies, pense-t-il derechef maintenant qu'il la voit, couchée sur le ventre sans l'ombre d'une marque de bronzage sur le dos, le haut du maillot dégrafé, ses cheveux auburn attachés au-dessus de la nuque pour dégager le cou. De longues jambes, des petites fesses.

Elle devine sa présence et relève à peine la tête au-dessus de sa chaise longue pour l'examiner. Puis lui sourit par-dessous ses lunettes noires.

Un sourire secret, se dit Tim.

Il le lui rend.

Elle laisse retomber la tête.

Il retire le pull mexicain. Côté muscles, il est en forme. La forme du taulard qui s'est tapé des heures de pompes et d'abdos. Mais il est pâle.

Elle l'a remarqué. « Seigneur, que tu es *blanc* », dit-elle.

Une voix basse. Très sexy.

Sans regarder, elle farfouille sous sa chaise-longue et lui tend un tube de crème anti-UV indice plus plus.

Il bafouille un « merci », s'étend sur une chaise juste derrière elle et commence à se savonner le corps.

Il en est aux pieds quand un gosse mexicain se

pointe : « Monsieur Z ? qu'il fait. Brian aimerait vous parler si vous n'y voyez pas d'inconvénient. »

C'était à prévoir.

Tim renfile son pull et suit le gosse à l'intérieur.

7

Brian C. se présente : « Brian Cervier, avec un C dur : Kervier, pas Servier. »

Mais Tim voit tout de suite qu'à part le C rien n'est dur chez Brian.

Brian est obèse, *rond* comme une barrique. En pire on dirait le petit pâtissier des gâteaux Pillsbury — un vieux gamin gavé de sucreries. Tim lui donne dans les trente balais mais il perd déjà ses cheveux (une espèce de gel rouge les lui colle de chaque côté du crâne) et Tim a beau être un peu pâlot, à côté de lui Brian fait carrément albinos. Enfin, pas tout à fait, puisqu'il n'a pas les yeux rouges ni rien, mais le mec est tellement blême qu'il ressemble à Casper le fantôme.

D'abord, pour commencer, il porte un caftan blanc qui lui tombe jusqu'aux pieds et qui est si large qu'on pourrait dire la messe dedans, mais ça ne l'empêche pas d'avoir l'air gras de partout. Ses gros orteils sont boudinés dans ses sandales, ses joues se perdent dans son cou gras, et Tim a nettement l'impression que si jamais Brian Cervier avec un C dur avale disons un bonbon de plus il signera son arrêt de mort.

Pour le moment, Brian est assis dans un immense

fauteuil en bois, il sirote un truc aux fruits dégueu avec de la vodka dedans et on dirait qu'il va pisser dans son froc tellement il est content de rencontrer le légendaire Bobby Z en chair et en os. Il en frissonne de toute sa gélatine.

« Un grand honneur, qu'il fait. Je vous offre un verre ? »

Ça ne serait pas de refus. Tim penche pour une bière, et à peine a-t-il formulé ce vœu qu'un jeune Mexicain surgit comme par enchantement, à croire qu'il y a des micros planqués dans la pièce. Le jeune doit avoir dix-sept ans, vingt-trois peut-être. Après avoir échangé avec Brian un regard que Tim reconnaît, un regard de taulards de mèche, il tend à Tim une Corona glacée.

Tim se pose dans un autre fauteuil en bois. Quelques secondes durant, Brian et lui se dévisagent yeux dans les yeux en jouant de la prunelle comme deux tourtereaux, puis Brian prend la parole : « Don Huertero est navré de n'avoir pu venir en personne. Mais il m'a prié de vous réserver le meilleur accueil. Il s'arrangera pour passer pendant le week-end. Aussi, faites comme chez vous, *mi casa, su casa.*

— Et pour une *casa* c'est une *casa,* dit Tim.

— Merci.

— Ça me rappelle un film... »

Brian boit du petit-lait. Son sourire s'épanouit : « *Beau Geste,* dit-il. Mon film préféré. Je le regarde tout le temps. J'ai tout fait construire exactement comme dans le fort, mais *sans* les cadavres, naturellement.

— Fascinant », s'extasie Tim. Mais en lui-même il se dit : Brian Cervier, t'as trop de pognon et pas assez d'occupations.

« Voyez-vous, poursuit Brian, je voulais un concept adapté au désert, mais à la longue on se lasse du goût de chiotte mexicain, vous savez. Les décors façon Santa Fe ont été copiés à mort...

— À mort. »

De quoi on cause, putain ? se demande Tim.

« ... de même que le Taliesin West de Lloyd... Alors comme ça... euh...

— Eh oui, je suis là », dit Tim. Il n'ose pas demander où se trouve « là », exactement, car peut-être bien que Z est censé le savoir.

« Que *diable* s'est-il passé, hier soir ? » se met à piailler Brian. Quand il sourit, ses petits yeux de cochon disparaissent sous les bourrelets de graisse.

Tim hausse les épaules.

« Ça tirait dans tous les coins, c'est tout ce que je sais. »

Au tour de Brian de hausser les épaules.

« Il y a souvent des accrochages, sur la frontière.

— Vous y étiez, hier soir ?

— Non, je m'étais fait représenter. Un luxe de précautions, si vous voulez. »

Tim lève son verre à la prudence. Brian continue : « Don Huertero est *furieux* que ses hommes aient salopé l'échange.

— Deux d'entre eux y sont passés.

— C'est aussi bien pour eux, dit Brian. Naturellement, Don Huertero *m'adore.* Ce qui est excellent pour les affaires. »

Tim lève son verre pour trinquer : « Aux affaires.

— Vous savez quel est le seul produit que le Mexique fabrique à la perfection ? demande Brian.

— Non, lequel ?

— Les *Mexicains.*

— Les Mexicains.

— Le Mexique a bousillé ses réserves de pétrole, explique Brian. Ses mines d'or sont à sec, il n'est pas foutu d'exporter un *frijol,* mais il chie les Mexicains comme les Japonais les voitures. Les Mexicains sont le seul produit d'exportation du Mexique.

— Et vous, vous travaillez dans l'import, dit Tim.

— Eh oui, nous sommes des importateurs, n'est-ce pas ? ronronne Brian. Tout ce que le gouvernement décide d'interdire nous rend plus riches. Drogue, êtres humains, sexe. J'attends avec impatience le décret qui rendra l'oxygène illégal. »

Tim s'arrache un sourire entendu, un sourire à la Z tel qu'il se l'imagine. Le genre de truc à faire quand tu ne sais plus *quoi* faire. T'as au moins une chance que l'autre s'imagine que tu en sais si long que ça va sans dire.

Sans broncher, sans piper, Tim siffle ce qu'il lui reste de bière.

Un sourire différent taquine son hôte aux commissures. Il y palpite quelques instants, jusqu'à ce que Brian n'y tienne plus : « Je ne devrais pas vous le dire, minaude-t-il, mais... Don Huertero a un gros marché à vous proposer. Vraiment *gros.*

— De quoi s'agit-il ?

— De meth, dit Brian. Le dernier truc pour planer haut.

— Meth ? »

Brian opine du bonnet.

« Don Huertero est en train de monter des labos qui vont fabriquer de la meth dans tout le sud du continent. Il fournit les produits chimiques, je fournis la main-d'œuvre, et tous les deux nous espérons que vous... (il en bégaie, le souffle coupé)... que *vous* vous chargerez de l'écouler.

— La meth, c'est pas mon truc, réplique Tim. Mon truc, c'est la dope.

— Je sais, je sais, s'empresse Brian. Mais un peu d'imagination, Bobby. Pensez à l'organisation de Don Huertero. À la force de travail que j'amène. Tout ça en prise directe sur votre marché haut de gamme... Nous pourrions imprimer nos billets de banque, vous savez. »

C'était donc ça, se dit Tim. Voilà pourquoi ça valait le coup de rendre à ses potes le pauvre Art Moreno, tout bousillé qu'il était. Pour que le réseau de Bobby abandonne la bonne petite herbe au profit des cristaux de meth.

Après ça, toute la côte Ouest sera pleine de yuppies zombies complètement givrés et carrément méchants, prêts à s'arracher mutuellement les yeux. Au moins, ça déblaiera le terrain.

Et le pognon va rappliquer.

« Faut que j'y réfléchisse, lâche Tim.

— Naturellement, roucoule Brian. Prenez votre temps, relaxez-vous, reposez-vous. *Mi casa, su casa.* Si vous avez envie de quoi que ce soit, Bobby, il suffit d'un signe : nous nous ferons un plaisir d'exaucer vos désirs.

— D'ac'.

— Nous sommes dans une oasis. Un jardin de senteurs. Un lieu de délices.

— Les stups ne vont sans doute pas me lâcher.

— Ils ne vous trouveront pas, affirme Brian. Pas ici. »

Tim saisit la balle au bond : « Ici, mais encore ? risque-t-il.

— Parc national Anza-Borrego, répond Brian.
— Un parc national ? »

Le genre avec gardes forestiers et tout le bordel ? Une propriété de l'État ? ! Hé, Brian, ça coince, là : j'ai déjà passé assez de temps à moisir sur les propriétés de l'État.

« Mes terres sont inaliénables, le rassure Brian. Mille hectares de désert hérités de mes grands-parents. Autour, un grand néant de plaines désertiques et de montagnes semi-désertiques. Un lapin ne pourrait pas s'introduire ici à mon insu.

— Ni en sortir. »

Brian a un sourire qui flanque la chair de poule à Tim.

« Ni en sortir, confirme-t-il.

— Pas trop loin de la frontière mexicaine, avec ça, c'est commode, ajoute Tim.

— Une frontière, c'est un état d'esprit », déclare Brian.

Il laisse Z méditer un moment là-dessus avant de lancer, d'un ton jovial : « Bienvenue à l'Hôtel California. »

8

Ils s'aventurent à l'extérieur, dans le décor javellisé par le soleil.

La lumière est si vive qu'elle blesse les yeux. Tim met ses lunettes et voit à travers les filtres bleus qu'une petite fiesta a lieu du côté de la piscine. Autour du bassin d'un turquoise étincelant, les invités, parés de couleurs primaires vives, se détachent, rectangles bleus, rouges, jaunes, sur les pastels du désert décoloré par le grand soleil de midi.

Des beautés des deux sexes, dans des poses alanguies.

Même ceux qui sont debout ont l'air de se reposer, se dit Tim. Le bras négligemment arrondi pour porter un verre à leurs lèvres, une hanche en avant, genoux légèrement fléchis, prêts à se glisser dans le groupe qui bavarde à côté, ils scrutent la foule d'un œil désinvolte en quête d'un spectacle plus piquant ou plus jouissif.

Sitôt qu'il les voit, Tim les hait.

Ils ont des gueules de riches — et riches, ils *doivent* l'être. Les hommes sont presque tous grands, minces, musclés de s'être entraînés sur des machines dans des salles de gym avec air conditionné. Ils ont le bronzage parfait au café — aucun rapport avec le bronzage paysan ou prolétaire, qui s'arrête où commence la chemise. Ces mecs-là sont bronzés parce qu'ils prennent des bains de soleil au bord des piscines et sur des bateaux. Ils arborent des coupes branchées — cheveux longs ramassés en catogan, ou rasés sur les côtés sans catogan. Quelques barbichettes. Deux ou trois paires de joues mangées d'une barbe hirsute au négligé peigné léché.

Les femmes, ce sont des rêves de taulards. Presque toutes blondes, de grands chapeaux de paille sur des coiffures à mille balles signées José Ébert. Des bijoux en veux-tu, en voilà — chaînes en or, boucles d'oreilles, bracelets sur des maillots de bain chérots. Surtout des deux-pièces noirs. Ou topless, en paréo, avec des gouttes de sueur qui perlent entre les seins brunis.

Hommes ou femmes, tous se retournent vers Tim alors qu'il approche de la piscine en compagnie de Brian. Instantanément, il se fige. Il a les *jetons,* putain, et puis tout de suite il réalise qu'il n'est plus Tim Kearney, le paumé de Desert Hot Springs, mais Bobby Z, le plus cool des types à la coule de Laguna. Il n'a plus à nettoyer leurs merdes, maintenant. En réalité d'ailleurs, il n'a plus *rien* à faire.

La voilà, la Californie cool, se dit Tim : tu tiens la forme sans te fatiguer.

Laisse la légende bosser pour toi.

Aussi, il s'arrête, histoire de leur permettre de mieux la mater, la légende. À l'abri de ses lunettes noires, il les toise du regard : une paire d'yeux paresseux de riche fainéant après l'autre.

Et pour la première fois de sa vie il voit dans ces yeux... tu sais quoi ?

Pas la peur, pas exactement. Pas exactement du respect, non plus. Qu'est-ce que c'est ? se demande Tim en zyeutant les bouilles bichonnées qui se sont toutes tournées vers lui. *L'infériorité,* réalise-t-il. Ces gens-là se disent que je vaux mieux qu'eux.

Sauf *elle.* Elle se tient debout à l'autre extrémité de la piscine, une main sur la hanche, provocante. Elle croise son regard et lui adresse le même petit sourire que tout à l'heure, un sourire entendu, moqueur, même. Tim prend le temps de bien la regarder. Il la détaille. Elle a noué autour de ses longues jambes un paréo de gaze fine, un chemisier en coton qu'elle n'a pas boutonné recouvre à moitié le haut de son bikini noir. Ça lui plaît qu'elle soit couverte, qu'elle n'ait pas les seins à l'air comme toutes ces filles qui paraissent poser pour *Playboy.* Ses cheveux sont toujours relevés, elle a le cou long et gracieux. Mais c'est son sourire, vieux, qui fait craquer Tim.

Sans qu'il l'ait cherché, ses propres lèvres grimacent un sourire de leur invention.

Elle rit et lui tourne le dos.

Alors le tableau s'anime. Autour de la piscine des couples se défont, d'autres se forment, les richards hèlent le barman mexicain pour qu'il leur apporte à boire. Mais les yeux de Tim, indifférents à cette soudaine animation, restent fixés sur *elle*, qui à présent s'assied sur ses talons pour parler à un petit garçon occupé à mettre son bateau dans l'eau.

Ce gamin n'a pas l'air à sa place, ici, se dit Tim. Il n'est *pas* à sa place. À quoi ils pensent, ses parents, putain ? L'odeur de la marijuana flotte dans l'air chaud. Partout de la dope, des bonnes femmes à moitié nues, et ils laissent ce môme jouer dans le coin ? Il espère que ce n'est pas *elle*, la mère.

Le gosse ne lui ressemble pas. Pour commencer, d'abord il est blond. Des cheveux longs bien taillés au bout comme un Deadhead en herbe, un fan de surf haut comme trois pommes. Des yeux bleus — mais difficile d'en être sûr avec ces verres teintés bleu — alors que les siens à elle sont... comment ? verts ?

C'est pas le sien, se dit Tim. Si c'était le sien, elle ne le laisserait pas traîner ici, si c'était le sien elle le garderait à la maison, parce qu'elle a de la classe, *elle*. Tim cherche les parents dans la foule, mais aucun des couples d'adultes ne paraît s'intéresser au gamin. Il y a bien une autre jeune femme, sud-américaine on dirait, qui le surveille à distance. Tout en feuilletant un magazine, elle le surveille vaguement de loin, et Tim a envie d'aller lui demander à quoi elle pense, putain.

Ces foutues piscines, c'est dangereux pour les gosses, se dit Tim. Et tout aussi dangereux pour lui, d'ailleurs, car il a beau avoir été dans les marines il n'a jamais appris à nager. Le jour du contrôle, il a échangé avec un pote. N'empêche qu'au bord d'une piscine t'as intérêt à t'occuper des mômes, pas à te plonger dans un magazine histoire d'y dégoter en dix minutes deux-trois astuces pour mieux t'envoyer en l'air.

Mais après tout, se dit-il, c'est pas mon gamin, et c'est pas mes oignons non plus.

L'enfant pousse son bateau dans l'eau puis s'empare d'un boîtier noir muni d'une antenne qu'il pointe vers le jouet.

Le gamin a un bateau télécommandé, faut donc croire qu'il n'est pas fauché. Une fille au pair, un bateau télécommandé et une vraie copine : *elle*, parce que c'est évident que c'est pour ses beaux yeux qu'il frime.

T'en fais pas, petit, pense Tim en son for intérieur. T'auras toutes celles que tu veux.

Brian dirige ses hôtes vers un dais de belle taille où des Mexicos en veste blanche de serveurs suent à grande eau derrière d'immenses platées de *carne asada* et des marmites de *chile verde.* Une appétissante odeur de tortillas fraîches flatte les narines de Tim qui soudain se sent affamé.

Affamé *et* excité, se dit-il. La bonne odeur, le soleil, toute cette chair exposée, et elle.

« Ce n'est qu'un pique-nique de dimanche ordinaire, lui glisse Brian. Nous allons organiser un vrai *festin* en votre honneur quand Don Huertero sera là. Un barbecue.

— Qui sont tous ces gens ? demande Tim.

— Mes amis, répond Brian. La plupart de ces

minables viennent d'Europe. Beaucoup sont dans l'import-export. Des Allemands qui vivent à Borrego Springs. Des gens invités pour le week-end. D'autres qui passent un peu de temps ici.

— À qui il est, le gamin ?

— Le gamin ? fait Brian en se retournant pour jeter un coup d'œil au môme. C'est le fils d'Olivia.

— Et elle est où, Olivia ?

— Olivia n'est pas là, glousse Brian. Olivia s'offre une cure de désintoxication. Pour la *énième* fois. Elle a demandé à Élizabeth de s'occuper de Kit, Élizabeth m'a demandé si elle pouvait venir avec le petit et la fille au pair, et tout le monde s'est retrouvé ici pour former une grande famille élargie, heureuse et éclatée *chez*[1] Cervier. »

Élizabeth. Tim enregistre.

« Mignon, le gamin, dit-il.

— N'est-ce pas ? »

Brian n'est pas loin de se lécher les babines.

« Il a un père ? poursuit Tim.

— Théoriquement », répond Brian en haussant les épaules.

Tim, qui s'aperçoit que tout le monde attend qu'il commence, se sert un grand bol de chili végétarien, s'empare de quelques tortillas et pose ses fesses sur un siège. Un serveur lui apporte un verre de margarita.

Il mange, il boit, il regarde les marchands d'esclaves et les trafiquants de drogue s'aligner sagement en rang devant le buffet.

Il voit autre chose, aussi : un grand type qui avance

1. En français dans le texte, comme tous les mots et expressions suivis d'un astérisque. (*N.d.T.*)

à longues enjambées dans le coin de la piscine. Tim l'observe. L'homme porte un vieux chapeau de cow-boy, une chemise de paysan en grosse toile verte, un pantalon kaki, des bottes de gaucho. Ses manches retroussées mettent en valeur son bronzage de vacher. Le type enlève ses lunettes à verres réfléchissants pour contempler les invités avec un sourire dédaigneux. Il plisse les yeux jusqu'à ce qu'il ait repéré Brian, puis se dirige vers le dais, enlève son chapeau et s'adresse au patron. Chapeau à la main, remarque Tim : d'employé à employeur.

Brian opine du bonnet — une fois, deux fois, trois fois. D'un geste il invite l'homme à se restaurer, mais le gaucho esquisse son sourire narquois, secoue la tête et tend son chapeau de l'autre côté, vers le désert.

Il a du *boulot,* lui.

Puis, levant les yeux, il dévisage Tim par-dessus l'épaule de Brian. Toujours avec son sourire. En voilà un qui ne se croit pas son inférieur.

Ni vieux ni jeune, se dit Tim. Une grande gueule tannée par le soleil, la gueule d'un type qui a trimé toute sa vie. Au grand air. Il regarde Tim comme si c'était une vachette qu'il compte attraper au lasso.

Et il ne remet son chapeau qu'une fois sorti de l'abri en toile.

Tim pense exactement ce qu'il penserait s'il avait rencontré le cow-boy au trou.

Avec ce type-là, méfiance, se dit-il.

Puis il retourne à son bol de chili. Il connaît une règle valable au trou comme à l'armée : tant qu'il y a à manger, mange ; si t'es à la fête, fais la fête.

9

Accoudé sur un parapet du mur d'enceinte, Tim regarde le coucher du soleil.

Derrière lui, quelques mètres plus bas, la joyeuse réunion autour de la piscine tire à sa fin. Au fur et à mesure que la lumière décline, les montagnes au-delà du mur passent d'une teinte terre brûlée à une nuance plus chocolat.

S'il s'intéresse au coucher du soleil, c'est à des fins personnelles, histoire de bien repérer l'ouest. Un truc qui lui est resté, parmi toutes les conneries sur l'orientation apprises à l'armée. Et donc, tout en observant l'astre qui bascule derrière la première rangée de montagnes, il comprend qu'il doit se trouver quelque part dans la poche que le Borrego forme au sud, près de la frontière mexicaine. Un sacré bout de désert sépare le ranch de Cervier des lointains sommets.

Tim voit également que le fort de *Beau Geste* est un fort pour rire au milieu d'un vrai, un fortin de cinéma entouré par un autre, beaucoup plus grand. L'enceinte la plus large est bordée de rangées de tamaris touffus. Tim distingue la haute clôture de barbelés dissimulée entre les arbres. Des boîtes de soda sans doute remplies de cailloux, se dit-il, sont accrochées à la rangée la plus basse de barbillons métalliques. En haut, la clôture est renforcée par des chevaux de frise doublés d'un câble électrique. Dans un buisson de tamaris particulièrement épais, un portail hérissé de barbelés donne sur une route poussiéreuse.

De l'autre côté des arbres, de longs rouleaux de barbelé s'enroulent comme autant de serpents dans les broussailles rêches du désert. Et sans doute qu'il y a aussi des capteurs pour détecter le moindre mouvement, le plus léger bruit, se dit Tim.

Brian tient à sa tranquillité.

Ce n'est pourtant pas qu'il n'y ait pas du monde, dans le coin. Dans le périmètre de l'enclos extérieur, Tim aperçoit plusieurs hommes armés qui montent la garde, au moins cinq grands hangars qui pourraient bien servir à loger des ouvriers, des garages, des ateliers. Ainsi qu'un certain nombre de véhicules tout-terrain et une petite collection de motos trials. Le patrouilleur — *l'un* des patrouilleurs, si ça se trouve — est parqué dans un garage où un mécano s'occupe de vérifier l'huile. Il y a même un petit biplan qui appartient à un des Allemands : il est venu avec de Borrego.

Il y a une écurie avec des chevaux et tout le bazar qui va avec.

Et loin là-bas au sud du grand enclos, si loin que Tim a du mal à voir, il y a cinq grands rectangles de broussailles décolorées qui ressemblent un peu à des courts de tennis mal entretenus. Mais ça ne doit pas être ça. Qu'est-ce que ça peut bien être, putain ? se demande Tim, qui n'en sait rien.

Quittant son perchoir, il rejoint le groupe des invités qui se sont rassemblés autour du jacuzzi.

Brian se serre contre un mignon minet milanais. Deux grands Allemands secs et osseux se sont immergés jusqu'aux épaules dans l'eau chaude agitée de remous. Un autre héros de la Luftwaffe, un grand Aryen baraqué, drague activement une petite brune dont les seins coquins pointent sous un poncho transparent. Tim note que les autres femmes se sont tout de même habillées, maintenant que la nuit du désert a rafraîchi l'atmosphère. Elle, assise sur sa chaise-longue, elle déguste un verre de vin rouge et regarde.

Le gamin — comment peut-il bien s'appeler ? se demande Tim — remet ça avec son bateau qu'il envoie foncer autour de la piscine dans une course qui n'existe que dans son imagination. Une course sans concurrents. Un gamin tout seul, sans copains avec qui jouer, et apparemment ça n'inquiète personne.

La fille au pair se tape un joint.

Tim attrape un siège et s'assied.

« Ta dope, Z, le complimente Brian en extirpant un gros pétard d'entre ses lèvres.

— Chaque fois que deux personnes ou plus se rassemblent en mon nom... » réplique Tim en se signant.

Tout le monde se fend la poire et Brian tend le pétard à Tim, qui refuse d'un geste de la main. Alors il le glisse dans la bouche du minet milanais qui se met à téter goulûment, en avalant la fumée. Et dire que toutes ces cochonneries se passent *sous les yeux* du gamin, s'indigne Tim.

« Tu sais ce que j'aimerais te faire ? » lance à sa coquine l'Aryen baraqué (qu'en lui-même Tim appelle Hans, même s'il ne connaît pas son vrai nom).

Hans a parlé fort exprès, c'est clair, et les autres s'arrêtent de bavarder pour écouter. Tous. La petite garce est ravie. Ses yeux s'allument et elle s'écrie, à tue-tête elle aussi : « Qu'est-ce que tu aimerais me faire ? »

Tim voit que le gosse s'est retourné pour regarder.

« J'aimerais te fesser ton petit cul... » commence Hans.

Et c'est là que Tim intervient : « Ça vous gênerait d'en parler entre vous ? » qu'il fait.

Hans, qui a assez bu pour oublier à qui il a affaire,

émet un vilain ricanement de bourge puis, tournant le dos à Tim, dit à la fille avec une voix d'acteur de série B : « ... te brouter jusqu'à ce que tu cries...

— La ferme, Willy, lance Élizabeth.

— ... te tringler et te foutre sur les nichons. »

Tout le monde rigole sauf le gosse, Élizabeth et Tim. Tim ne rigole pas du tout.

À la place, il bondit de son siège et balance une grande claque en travers de la gueule de Willy. Si forte que Willy en tombe de son siège. Et alors qu'à quatre pattes il lève les yeux vers Tim sans comprendre, Tim l'empoigne par le col de sa chemise et le traîne jusqu'à la piscine pour lui flanquer la tête sous l'eau.

Et il l'y maintient.

Il se dit bien, pourtant, que c'est pour s'être mis en colère comme ça qu'il a été viré de l'armée, mais il a beau savoir que c'est là son point faible il laisse cette rage folle éclater et maintient fermement la tête de Willy sous l'eau d'un si joli bleu.

D'ailleurs, personne ne bouge. Pas plus Brian et son minet que cette bonne femme qui juste à l'instant trouvait Willy si excitant. Tous le regardent tranquillement noyer leur pote.

Tu parles d'une bande de copains, se dit Tim.

Et puis Élizabeth étire son long corps souple et vient lui taper sur l'épaule.

« Bobby, fait-elle tranquillement en lui adressant son fameux sourire, il commence à prendre une drôle de couleur. »

Tim soulève Willy hors de l'eau. L'Aryen s'étale sur le dos, essoufflé comme un vieux débris.

« On ne parle pas de cette façon devant un gamin,

lui dit Tim avant d'ajouter, pour faire plus Bobby Z : C'est franchement pas cool. »

Il est sur le point de conseiller à cette camée de fille au pair de prendre son boulot un peu plus sérieux quand soudain le cow-boy s'amène. Cette fois, il a un revolver sanglé sur la hanche.

En plus, il parle tout à fait comme un cow-boy, songe Tim pendant que l'autre claironne :

« On est prêt à y aller, monsieur C.

— J'y vais aussi, lance Tim, qui n'en revient pas de son audace.

— Il me semble que..., bredouille Brian.

— J'y vais », répète Tim. Froid et déterminé, façon Z. Genre *je vais pas me laisser baiser, compris ?*

« Vous avez la tenue *pour,* seulement ? demande le cow-boy.

— Dans ma chambre, répond Tim.

— J'attends un peu, alors », acquiesce l'autre.

Tim sent que le gamin le suit des yeux alors qu'il s'éloigne. Elle aussi, mais elle essaie de ne pas le montrer.

Lorsqu'il revient, quelques minutes plus tard, la petite fête est finie. Mais le gamin joue toujours avec son bateau et Élizabeth le surveille d'un œil.

« J'ai apprécié ton geste, lui dit-elle.

— J'ai agi comme un con, réplique-t-il. Je me suis énervé.

— Lui, il a adoré qu'un adulte prenne enfin son parti.

— Il a l'air sympa, ce gamin, fait Tim, qui ne sait trop comment poursuivre la conversation.

— Ah, tu trouves ? demande-t-elle en le regardant d'un drôle d'air.

— Ben, ouais, pourquoi pas ?... Enfin, quand on aime les gosses, évidemment.

— Et c'est ton cas ?

— Moi ? Non, pas franchement.

— Vraiment dommage, dit Élizabeth.

— Pourquoi, "vraiment dommage" ? » répète-t-il en s'imaginant qu'elle le drague. Ce qui lui plaît.

Elle plante ses yeux dans les siens, des yeux intelligents et qui ont l'air d'en savoir long.

« Parce que c'est le tien », dit-elle.

Et là-dessus elle tourne les talons et s'éloigne.

10

Le cow-boy s'appelle Bill Johnson. C'est le régisseur du ranch. Brian possède bien quelques têtes de bétail, mais ce n'est pas de ces troupeaux-là qu'on s'occupe au ranch. Tim apprend tout ça au cours du trajet, alors qu'il est assis à côté de Johnson sur le siège avant d'un camion Bedford qui suit en vrombissant une piste de montagne direction la frontière.

Le voyage a commencé dans les garages de l'enclos extérieur. Trois gros Bedford bâchés, réservoirs pleins, prêts à démarrer. Un patrouilleur ouvre la route. Lui seul a ses phares allumés alors qu'ils roulent à la queue leu leu sur cette espèce de piste pour moutons. Vers dix heures du soir à peu près, ils atteignent la ligne de crête qui domine la frontière.

Johnson s'arrête et envoie un appel de phares au

patrouilleur qui le précède. Le chauffeur de l'engin pousse le moteur pour grimper sur l'arête, coiffe un casque à écouteurs et tripote la radio. Il se tourne vers Johnson et lui fait signe en levant le pouce. Alors Johnson attrape une radio portative, ainsi que des jumelles à infrarouge dont il passe la courroie autour de son cou.

« Envie de vous dégourdir les jambes ? demande-t-il à Tim.

— Sûr. »

Johnson se dirige vers l'arrière du camion, défait la bâche et postillonne rapidos quelques mots en espagnol. Sous les yeux de Tim, cinq Indiens Cahuillas sautent à bas de la plate-forme, tous armés de fusils et de machettes, puis s'enfilent au petit trot la pente raide qui sépare l'escarpement rocheux du canyon, en contrebas.

« On y va », lance Johnson à Tim.

Ils crapahutent sur le replat où le patrouilleur stationne, tous phares éteints et moteur coupé, comme un de ces foutus chiens de garde dont Tim se méfiait du temps où il entrait chez les autres sans y être invité. Tim se planque derrière des rochers à côté de Johnson qui scrute le terrain avec ses jumelles. « Regardez », dit-il en les tendant à Tim.

Sur sa droite, Tim reconnaît l'A 8 et les lumières de la ville-frontière de Jacumba. Droit en face de lui, dans la plaine du désert, quatre groupes de personnes s'éloignent à petites foulées de la zone frontalière. Puis les Cahuillas les rejoignent en courant et les rabattent vers le canyon.

Des clandestins. Qui ont crapahuté jusqu'à *el Notre* pour trouver du boulot.

Johnson s'est redressé. Cassé en deux, il se dirige vers le patrouilleur. Une vitre s'ouvre, Tim aperçoit un autre chauffeur avec un casque sur les oreilles.

« Rien à signaler ? » demande Johnson.

Le type secoue la tête.

Tim a dans l'idée qu'ils se sont branchés sur la fréquence radio des services de l'Immigration et que tout devrait bien se passer pour eux ce soir.

« Va en bas, ordonne Johnson au chauffeur. Et accélère le mouvement. »

Tim regarde le patrouilleur qui s'arrache jusqu'au fond de la vallée pour aller aider les Cahuillas à pousser le troupeau des clandestins dans l'entrée d'un étroit canyon. Johnson grommelle un ordre dans sa radio et Tim entend les moteurs des camions gronder dans son dos.

« Allons-y », lance Johnson.

Ils rebroussent chemin pour regagner la route où les Indiens et le chauffeur du patrouilleur s'efforcent d'entasser les Mexicains à l'arrière des camions. Il y a bien des dizaines de clandestins amassés là, tremblants, complètement hébétés. Venus apparemment par familles entières, se dit Tim — hommes, femmes, chiards et ancêtres, et comme les familles essaient de rester groupées et de monter dans le même camion ça ralentit pas mal les opérations.

Johnson s'en mêle, il pousse dans le tas, jure entre ses dents, balance des coups de pied. Les Cahuillas comprennent qu'il s'énerve, à leur tour ils y vont à coups de crosse, pas sur la tête mais dans le dos, dans les reins. Dix minutes plus tard environ, tous les clandestins sont embarqués et les bâches refermées à l'arrière des camions.

« Tu leur dis de la boucler, recommande Johnson à chaque chauffeur. *Callar*, compris ? ! » Puis il reprend sa place au volant.

« Avant, je rassemblais des troupeaux de bestiaux, déclare-t-il à Tim, assis sur le siège passager. Maintenant, c'est des troupeaux de gens. »

Le convoi s'apprête à repartir dans l'autre sens. Johnson laisse passer le patrouilleur devant, chargé à présent de Cahuillas debout sur les marchepieds. Les cinq véhicules progressent lentement, collant au flanc de la montagne lacet après lacet. Quand il se penche par la fenêtre dans les virages, Tim voit en dessous l'à-pic de plusieurs centaines de mètres. Il a envie de gerber. Surtout dans les endroits où ça descend raide, quand il sent le gravier gicler sous les pneus.

Johnson s'allume une sèche, aussi à l'aise que s'il conduisait un car de tourisme. Il en propose même une à Tim, qui est tenté, bien sûr, mais il a arrêté de fumer au trou et il essaie de tenir.

Un seul truc, apparemment, rend Johnson nerveux : sa montre. Il la regarde souvent, en fronçant les sourcils.

« S'agirait pas de se laisser prendre par le soleil », lâche-t-il au bout d'une petite heure.

C'est tellement cow-boy, cette façon de parler, tellement cow-boy de *cinoche* que Tim se marre.

« Y a un p'tit bout de temps, reprend Johnson, des types ont transporté un chargement de dos mouillés dans ce désert. Dans un camion de déménagement pas trop adapté aux routes d'ici. Quand le soleil s'est levé, ils étaient encore sur la piste. Les types de l'Immigration se sont amenés en hélico. Vous savez ce qu'ils ont fait, ces coyotes ?

— Non.

— Ils ont verrouillé le camion et ils sont partis. Ils ont laissé les Mexicos bouclés dedans, et le soleil a tapé toute la journée sur le toit en métal : les types ont cuit à l'intérieur. »

Ça rappelle à Tim la remarque de Brian à propos du Mexique, qui continue à fabriquer toujours plus de Mexicains.

« Tout ça pour dire que j'aimerais autant être rentré avant le lever du soleil », termine Johnson.

Il envoie un message radio au chauffeur du patrouilleur pour qu'il appuie un peu sur le champignon et prévient les trois autres de suivre. Les types prennent ces foutus virages à toute blinde, le gravier crisse sous les roues, et voilà Johnson qui soudain devient plus causant.

« Anza-Borrego, déclare-t-il. Un des coins les plus paumés de la planète. Et tout près de la frontière, avec ça. Un rêve de voleur de bétail. Depuis que les mecs du gouvernement serrent la vis à San Diego, le trafic s'est déplacé vers l'est, par ici, quoi. Pour nous, c'est l'idéal. Les coyotes font traverser le fleuve aux dos mouillés et les plantent au beau milieu du désert, les pauvres diables se paient la pétoche de leur vie et nous on n'a plus qu'à les cueillir et à les amener à l'étable.

« Encore plus coton qu'avec le bétail, franchement, parce que le bétail n'a pas toujours *envie* de suivre, hein ! »

Le convoi arrive en bas de la pente et quitte la route pour s'aventurer sur le sol bien tassé du désert jusqu'au lit d'un cours d'eau où coule encore un maigre filet, souvenir des pluies du printemps. Pendant près d'une heure, ils roulent toute ferraille bringuebalante au fond de la rivière à sec, puis l'abandonnent pour la tôle du désert après s'être hissés sur une pente caillouteuse. Quelques instants plus tard, ils tombent sur une vieille piste de chercheurs d'or et l'empruntent jusqu'au portail du ranch, qu'ils franchissent sous le couvert de la nuit.

Brian s'amène en se dandinant dans son caftan blanc.

Pour inspecter ses biens, se dit Tim.

Les chauffeurs ont ouvert l'arrière des camions, ils poussent les clandestins vers les rectangles camouflés que Tim a aperçus à l'autre bout du grand enclos. D'un bond, Johnson saute à bas de son siège en lui faisant signe de le suivre.

Ce ne sont pas des courts de tennis abandonnés, mais les toits de baraques creusées dans le sol, constate Tim. Dans celle où il pénètre, il découvre un dortoir de lits superposés alignés en rangs serrés sur le sol en ciment. Dans une pièce au fond, des latrines, deux douches avec la pomme fixée au plafond. De l'eau à l'odeur de souffre goutte d'un robinet qui fait saillie sur le mur en béton.

L'endroit pue la vieille sueur et le grésil, mais le désinfectant n'y suffit pas. Trop de pauvres diables ont été entassés dans ce bunker souterrain qui, question aération, n'a rien à envier à un sous-marin, se dit Tim.

Et maintenant on y entasse le nouvel arrivage.

On parque ces malheureux là-dedans, on les cache sous terre, et, s'il est vrai que la misère a une odeur, Tim l'a en plein dans le nez. Il croise aussi quelques regards, et s'il est vrai, comme on dit, que la peur se lit dans les yeux, alors pas de doute, Tim sait lire.

Bienvenue à l'Hôtel California.

« Ce n'est pas de les faire *entrer* là, qui est dur,

explique Brian à Tim alors qu'ils regagnent de conserve le fort intérieur de *Beau Geste.* C'est de les y *planquer* le temps de leur trouver de l'embauche. Il y a assez de place pour cinq cents clandestins, là-dedans, et je peux les en sortir sans risquer d'ennuis avec les postes de contrôle. À quelques kilomètres au nord on les prend pour ramasser des dattes à Indio, un peu plus loin ils vont nettoyer les chiottes de Palm Springs. Quelquefois, j'en envoie même par camion jusque dans les usines de San Diego, de Los Angeles, de Downey, de Riverside...

— Vous êtes un type futé, Brian.

— Vous pourriez peut-être nous procurer des Thaïs ? demande Brian.

— Pourquoi ? Vous êtes en manque de Mexicains ?

— C'est à cause du grand marché de l'ALENA. Bientôt, ils vont légaliser la drogue.

— Ho, ho, Brian, on plane ?

— Juste un petit shoot de rien du tout. »

11

Quand il retourne dans sa chambre, elle est là qui l'attend.

Assise sur le lit, un verre de vin rouge à la main, elle porte une chemise de nuit en soie noire avec une veste par-dessus. Dénoués, ses cheveux auburn lui arrivent aux épaules, elle ressemble aux mannequins en petite tenue de Victoria Secret — au trou, un de ces catalogues de lingerie valait trois paquets de sèches —, sauf qu'elle est encore mieux, et sacrément plus *vraie*.

N'empêche, pour le moment, Tim a la tête ailleurs.

« Il est à moi, le gosse ? » lui demande-t-il.

Parce que comme ça Bobby Z aurait un héritier, alors ? Et pourquoi Escobar ne l'avait pas au programme, dans ce cas, en même temps que les sports préférés de Bobby et sa marque de bière chérie ?

« Il s'appelle Kit, annonce Élizabeth. Olivia a pensé que ça te plairait. »

Tim décide de tenter sa chance : « Elle ne m'en a jamais parlé.

— Ah, il aurait fallu qu'elle te voie, pour ça. Remarque, je ne te reproche rien. Si je m'intéressais aux femmes, elle m'aurait plu. Elle est très belle.

— Et givrée, ajoute-t-il.

— Givrée.

— Tout le monde est au courant ?

— Olivia et moi, c'est tout, répond-elle. Et toi, maintenant. »

Plutôt une bonne nouvelle, *non* ? pense Tim.

« Qu'est-ce qui t'a pris de me prévenir ?

— J'ai pensé qu'il valait mieux que tu saches. »

Il est en train de retourner tout ça dans sa tête — et, putain, les idées, elles s'agitent sous son crâne comme du linge dans une machine à laver — quand elle ajoute : « Il y a longtemps que j'attends.

— Brian avait des trucs à me montrer. »

Élizabeth a de nouveau son petit sourire goguenard.

« Ce n'est pas ce que j'ai voulu dire, qu'elle fait.

— Qu'est-ce que tu as voulu dire ? »

Voilà qu'il bande, si fort qu'il a l'impression que son

jean va craquer — doux Jésus, faites qu'elle ne remarque rien !

Mais c'est les yeux rivés sur son entrejambe qu'elle répond : « Tu le sais très bien. »

Élizabeth s'étire, lentement, comme tout à l'heure au bord de la piscine, puis elle se lève et va lui baisser son jean. Elle lui prend les couilles dans la main droite, de la gauche elle attrape sa verge et se la met dans la bouche. Elle la caresse, elle la suce, elle lui frictionne les couilles, et pendant ce temps-là lui n'en peut plus de regarder ses cheveux auburn magnifiques, son visage superbe, alors il pose la main sur une bretelle de sa chemise de nuit. Elle lui lâche les couilles, lui tape sur les doigts pour qu'il dégage, puis lève les yeux vers lui tout en passant la langue le long de son membre dont elle se met à lécher le bout.

« Ça faisait si longtemps, croasse Tim, la voix rauque.

— Tu veux jouir dans ma bouche, chéri ?

— Non. »

Mais elle se remet à le sucer jusqu'à ce qu'il ait l'impression que ses couilles vont exploser et lui avec s'il se retient trois secondes de plus. Comme si elle le sentait, elle se redresse et se débarrasse de sa chemise.

Rien que de la voir il manque de décharger. Elle a les seins plus gros qu'il n'aurait cru, un ventre plat, ses longues jambes luisent. Elle le fait basculer sur le lit.

« Je veux faire l'amour avec toi comme avant, à notre façon », murmure-t-elle.

À *notre façon ?* se dit Tim. Comme *avant* ? Elle me connaît ? En tout cas, elle connaît Bobby. Les autres m'ont raconté que personne n'avait vu ce gommeux depuis 1983 ou dans ces eaux-là au moins et cette poupée a *couché* avec lui ? Alors non seulement je dois marcher comme lui et causer comme lui, mais en plus je dois *baiser* comme lui ?

S'il prenait le temps de réfléchir, il la plaquerait sur-le-champ, c'est sûr, ou il lui sortirait une plate excuse comme quoi il a une MST ou une saloperie dans le genre. Mais, pour l'heure, Tim n'a pas exactement la tête à réfléchir.

Et donc il s'allonge. Elle lui tourne le dos, s'accroupit sur lui, le regarde par-dessus son épaule en lui balançant son petit sourire pendant qu'elle s'installe confortablement. Puis, en riant, elle lui montre du doigt le miroir et il réalise qu'il peut tout voir. Il voit son cou, ses cheveux, son dos et son joli cul qui monte et descend sur lui, et dans le miroir, en face, son visage, ses seins, et sa chatte qui glisse sur son membre, de haut en bas.

Elle voit qu'il regarde, rit encore, se déchaîne pendant qu'il se rince l'œil. Elle se met ensuite à se caresser avec ses longs doigts, tout en continuant à glisser sur sa verge. Il l'attrape par les épaules pour impulser le rythme, l'obliger à s'enfoncer sur lui, et tous deux baisent comme ça un moment jusqu'à ce qu'il grogne qu'il n'en peut plus, qu'il va bientôt tout lâcher.

Elle gémit, ce qui exacerbe encore son plaisir.

« Préviens-moi quand tu vas jouir », dit-elle.

Lui a dans l'idée que c'est pour qu'elle puisse se dégager, mais, quand il annonce que ça vient, elle l'engloutit plus profond encore et lui demande : « C'est bon ? C'est bon ?

— Ah, c'est *si* bon », répond-il, et on dirait que ça l'excite, elle cambre son dos musclé, repose la même question, il répond tout pareil, et elle y va, « Ah, ah, ah, ah », puis elle se tient sur le bout de son membre, qu'ils regardent tous deux palpiter en envoyant gicler le foutre.

Un peu plus tard, allongés côte à côte, ils parlent du bon vieux temps, de la suite qu'il avait louée au Ritz, des journées passées à flemmarder sur la plage et des nuits torrides qu'ils partageaient dans la caravane de Bobby, sur la plage d'El Morro, au nord de Laguna, là où à l'en croire elle était tombée amoureuse de lui et où elle est retournée il y a quelques mois — rien n'avait l'air d'avoir changé, la caravane est toujours à lui, n'est-ce pas ? Lui, il baratine en se débrouillant tant bien que mal avec les conneries qu'Escobar lui a fourrées dans le crâne, puis ils se mettent à discuter de leurs vies et elle lui raconte comment ça s'est passé depuis qu'il a mis les voiles et l'a laissée en plan à Laguna.

Elle a passé un semestre à l'université de Los Angeles, mais elle était trop paresseuse pour continuer, elle a pensé qu'elle aurait moins de mal à se trouver des amants riches, et, comme les amants riches qu'elle se trouvait étaient riches parce qu'ils vendaient de la drogue, au bout du compte elle a replongé dans le milieu. C'est dur de quitter l'orbite de la drogue, surtout quand tu es flemmarde et que la seule chose que tu saches faire *vraiment* bien c'est l'amour. Elle préfère le mot *courtisane* au mot *putain*. Enfin voilà, c'est comme ça qu'elle a atterri au Rancho Cervier avec les trafiquants de drogue, les marchands d'esclaves et ces *nouveaux riches** minables qui débarquent d'Europe.

« Le Moine donne un coup de pouce de temps en temps », ajoute-t-elle.

Tim dresse l'oreille.

Si le Moine est bien le bras droit de Bobby, il pourra

peut-être l'aider à quitter le pays avant que Gruzsa le chope. Tim est donc joliment intéressé par ce qu'Élizabeth lui raconte sur le Moine.

« Tu es restée en contact avec le Moine ? demande-t-il.

— Par-ci, par-là, qu'elle fait. Quand j'ai besoin d'un petit service, je l'appelle. Des fois, c'est lui qui a besoin qu'on le dépanne, il m'appelle.

— Tu te sers de quel numéro ?

— Du numéro de code », répond-elle comme si ça allait de soi.

Il décide de le prendre à la rigolade.

« Quel numéro de code ? »

Elle le lui dit : 555-6665, le plus naturellement du monde, et continue à le bassiner avec sa vie, comme quoi elle vient juste de quitter un type qui ne lui lâche pas les baskets, raison pour laquelle elle passe un petit bout de temps chez Brian — et entre parenthèses ça l'arrange parce que ici elle peut garder un œil sur Kit.

« Ma vie a été pas mal chamboulée depuis que tu m'as laissée tomber, lâche-t-elle comme ça. Mais c'est ma faute. Je ne me vois pas changer. »

Lui, si. Il se dit que jusqu'ici tout marche joliment bien pour lui, alors autant en profiter. L'emmener avec lui. Se mettre un peu de l'argent de Z dans la poche, annoncer qu'il prend sa retraite et aller s'installer à Eugene.

Aussi lui propose-t-il, genre carrément galant : « Pourquoi ne pas venir avec moi ?

— Tu ne vas nulle part, réplique-t-elle en riant.

— Ah, non ? »

Elle le toise avec son sourire moqueur, et il a dans l'idée qu'elle joue à une sorte de jeu avec lui.

« Non, répète-t-elle.

— Non ? »

Il pose sa main sur son ventre, lui touche la chatte et se met à la caresser. Il la sent qui mouille. Ça lui plaît de la regarder droit dans ses yeux verts pendant qu'elle devient toute chose.

« Parce que quand Don Huertero va arriver, tu sais ?... » fait-elle en levant le ton sur la dernière syllabe, en bonne petite Californienne.

Elle ferme les yeux, maintenant, parce que ça lui plaît qu'il la tripote comme ça.

« Et alors ? dit-il.

— Il va te buter. »

Naturellement.

« Et c'est vraiment dommage, murmure Élizabeth.

— Là, tu as raison. »

Elle s'empare de son membre, chuchote à nouveau : « Vraiment dommage », et, avant qu'il ait compris ce qui se passait, la voilà qui *ondule* sous lui comme si c'était si simple, comme si son sexe était télécommandé ou un truc dans le genre, elle lui fait des choses super, de haut en bas, tout du long, et Tim n'en a rien à cirer que Don Huertero veuille sa peau.

Tout ce qu'il veut, c'est s'envoyer en l'air.

L'idée lui vient que c'est sans doute ce que l'assistante sociale de la prison avait en tête quand elle lui disait qu'il ne savait pas « maîtriser ses pulsions » et qu'il était incapable d'« ajourner la gratification ».

« Il paraît que je ne suis pas foutu d'ajourner la gratification, lui dit-il.

— Est-ce qu'il paraît aussi que tu ne finis jamais ce que tu as commencé ?

— Ça, on ne me l'a jamais dit.

— Parfait. »

Pour ce qui est d'ajourner la gratification, il s'en tire bien.

Cela fait, il reprend la conversation : « Alors Don Huertero veut me *tuer*, c'est vrai ? »

Bien joué, agent Gruzsa. Du beau boulot. Comment expliquer tout de même que vous sachiez absolument tout ce qu'il faut savoir sur Bobby Z, à l'exception de ce petit détail ? Ouais, ouais, c'est ça, traitez-moi de foutu glandeur.

« Brian te retient ici jusqu'à ce qu'il arrive, c'est tout, continue Élizabeth.

— Je croyais qu'ils voulaient organiser un barbecue, dit Tim.

— Exactement. »

C'était à prévoir.

« Comment as-tu appris tout ça ?

— Tu connais Brian, répond-elle tout normalement. Il est incapable de la boucler. J'entends des choses. »

La situation n'est pas franchement *bonne*, comme on dit. Ils l'ont piégé dans ce fort de cinoche et concoctent des horreurs pires que celles des Hell's Angels. Tim trouve soudain à Pelican Bay des airs de paradis.

« Et pourquoi ? demande-t-il.

— Pourquoi quoi ? »

Comment ça, putain, pourquoi quoi ?

« Pourquoi Don Huertero veut ma peau ? »

Elle hausse les épaules.

« Tu veux rire », qu'elle fait.

Ouais, ouais, se dit-il, qu'est-ce qu'on se marre. Il craint pourtant d'aller plus loin avec ses questions, vu que Bobby a probablement sa petite idée sur ce qui coince avec Don Huertero. En même temps, Tim se dit que s'il prenait son courage à deux mains et leur avouait qu'il n'est pas Bobby Z ça ne lui amènerait que des embêtements. Soit ils ne le croiraient pas, et dans ce cas ils le tueraient ; soit ils le croiraient, et dans ce cas ils le tueraient.

Donc il a sans doute intérêt à rester Bobby Z, histoire de garder quelques cartes dans sa manche et peut-être un petit poids dans la balance, plutôt que de redevenir Tim Kearney, entubé de première et spécialiste des coups foireux.

Avec zéro carte dans la manche et poids plume sur la balance.

Il remue toutes ces pensées dans sa tête lorsque Élizabeth ouvre de nouveau la bouche : « Tu ne crois pas que tu aurais intérêt à ne pas trop t'attarder dans le coin ?

— Ouais. »

C'est très exactement ce qu'il pense, vu que maintenant il est foutu, ce qui s'appelle foutu, et qu'il a de sérieuses inquiétudes sur ses chances de survie. Il en a marre, il a les jetons, en fait la situation est à peu près la même qu'au trou, sauf que cette fois il a le choix entre d'un côté mourir, ou de l'autre côté mourir.

Alors il se dit des trucs du genre foutez-moi la paix, je vous emmerde tous, parce qu'il commence à en avoir jusque-là.

Tellement jusque-là qu'une fois de plus il sent la maîtrise de ses pulsions lui échapper.

Comme dans le Golfe, cette fameuse nuit où les tanks irakiens s'étaient mis à leur cracher dessus tout ce qu'ils savaient et où Tim ça l'avait tellement gonflé qu'il ne savait même plus ce que ça voulait dire, maîtriser ses pulsions.

Là, il éprouve la même chose.

Et c'est super.

12

Tad Gruzsa n'est pas exactement le plus heureux des touristes en visite sur la côte du Sud californien profond.

Il campe dans un bar minable de Downey, où il descend son deuxième bourbon à la flotte, bien décidé à boire jusqu'à trouver assez de cran pour passer au barrio où a lieu la veillée funèbre d'Escobar.

En plus, songe Gruzsa, ces foutus mangeurs de tortillas aiment bien laisser le cercueil ouvert. Et pourtant il restait si peu de chose de la gueule d'Escobar qu'il a dû filer la pièce au croque-mort pour qu'au moins son ex-associé ressemble vaguement à un être humain, couché au fond de sa boîte où il sourit aux anges.

Gruzsa s'en tape d'avoir payé pour qu'on arrange Escobar en mannequin de cire, son problème c'est qu'il n'a aucune envie de voir *ça.* Surtout depuis que le croque-mort lui a annoncé tout fiérot qu'il avait même *cosmétiquement* réussi, doux Jésus, à recréer l'acné d'Escobar.

Et puis Gruzsa déteste les enterrements d'Hispaniques. L'ambiance est trop sentimentale, bordel, avec la mère, les sœurs, les tantes qui se lamentent, et les bonshommes — en plus, la moitié des cousins d'Escobar font partie de la Mafia mexicaine — qui sont tous là à gueuler œil pour œil. Il faut se taper la messe en entier, après il faut suivre le corbillard au cimetière, après... Gruzsa a assisté à des tas d'enterrements de Mexicos, ça fait partie du boulot, dans cette région-là du pays.

Et donc Gruzsa essaie de noyer dans le bourbon la perspective de la veillée funèbre et de l'enterrement, et par-dessus le marché il est aussi drôlement furax contre un certain Tim Kearney, champion de la récidive et des coups foireux en beauté, qui s'est taillé en douce sans s'inquiéter d'Art Moreno et en laissant Gruzsa dans un sacré pétrin.

Ça va pas être coton d'expliquer ce sac de nœuds aux forts en thème de Washington, vu que ces types-là n'imaginent pas comme la moindre opération peut devenir compliquée, sur la côte Ouest. Tôt ou tard, rumine sombrement Gruzsa, ils finiront par me demander pourquoi ces foutus Latinos me claquent entre les doigts. D'abord Art Moreno, qui se fait kidnapper, et maintenant Jorge Escobar, dont les restes mortels ont éclaboussé l'arroyo.

Que dire pour ma défense ? rêvasse Gruzsa. La vie est une proposition dangereuse pour les basanés qui vivent du côté de la frontière.

Quant à Tim Kearney, c'est une autre histoire. Une chose est de tirer un entubé de première du trou si tout marche comme prévu, c'en est une autre de lâcher un champion de la récidive dans la société et de n'avoir plus que popaul pour se consoler.

Tim Kearney est en cavale et il peut foutre une sacrée pagaille, rumine Gruzsa. La seule chose qu'il me reste à faire c'est de retrouver ce raté et de l'obliger à respecter ce qui était prévu dans le deal, point c'est marre.

Un Tim Kearney en cavale qui ouvre sa grande gueule, ça fait carrément désordre. Il n'y a qu'un moyen de rendre Tim Kearney utile, dans la vie : l'éliminer.

Gruzsa vide son verre de bourbon et tape sur le bar pour en commander un autre. Qu'on lui sert juste au moment où une impressionnante masse de chair toute de cuir vêtue se laisse tomber sur le tabouret voisin.

« Alors, tas de merde, lance Gruzsa. C'est un bon plan, la meth ?

— Je veux même pas qu'on *croie* que je te cause, grommelle le biker. Alors tes plaisanteries, tu peux te les garder.

— Hé ? Tu crois que je fais ça pour le plaisir ?

— Qu'est-ce que tu me veux ? »

Gruzsa lui commande une bière avant de s'expliquer :

« Le type qui s'est fait ton frangin ? »

Il voit tout de suite qu'il a capté l'intérêt de Boom-Boom.

Boom-Boom fait bien son deux mètres-deux mètres dix, il doit peser dans les cent vingt kilos et ses cheveux bruns de minette lui tombent jusqu'aux fesses. Le bon truc, avec Boom-Boom, c'est qu'il n'aime pas la bagarre. Dès qu'il est question de se battre à mains nues, au couteau, à l'arme à feu, Boom-Boom prend la tangente. Ce qu'il aime, Boom-Boom, c'est exploser des gens avec des bombes de sa fabrication.

D'où son nom.

Et, pour l'heure, Boom-Boom a l'œil qui s'allume.

« Kearney ? qu'il fait.

— C'est bien lui le type qui a descendu ton frangin ?

— Tim Kearney a assassiné Stinkdog.

— Alors on parle bien du même, confirme Gruzsa.

— Y aurait du neuf ? demande Boom-Boom.

— Tu le cherches, hein ? »

Boom-Boom ne répond pas. Pas la peine de gaspiller sa salive à des trucs qui crèvent les yeux.

« T'as fouillé toutes les planques du pays pour lui mettre la main dessus, mais que dalle, hein ? À croire qu'il s'est comme qui dirait volatilisé, hein ?

— Sans doute qu'il s'est tiré dans un autre État, fait Boom-Boom. Mais on le retrouvera. »

Gruzsa secoue la tête.

« Je l'ai laissé filer. »

Et il se marre en douce en voyant la grosse tronche d'ahuri de Boom-Boom prendre un air médusé.

« Pourquoi t'as fais ça ? » demande le loubard.

Là, Gruzsa ne peut pas résister au plaisir de lui envoyer une vacherie : « Sans doute parce que ça nous a fait vraiment plaisir qu'il liquide ton pauvre minable de frangin. » Puis, les yeux fixés sur la main de Boom-Boom qui serre à le casser le col de la bouteille, il ajoute : « T'as pas les couilles, Boom-Boom. Tu serais bien foutu de glisser un paquet de plastic sous ma bagnole et de te tailler dans le noir, mais t'as pas les couilles pour m'envoyer péter en face. »

Boom-Boom décrispe un peu les doigts et porte la canette à ses lèvres.

« Pourquoi tu me racontes tout ça ? demande-t-il une fois qu'il a descendu sa bière.

— Réfléchis, dit Gruzsa. Pourquoi tu me demandes pourquoi ?

— Des fois que tu voudrais me baiser. »

Gruzsa rigole.

« Pour te baiser, y a mieux que prendre un pot avec toi. Tiens, entre nous, tu sais ce que c'est, passer sous la douche ? Tu pues.

— Va te faire mettre, Gruzsa.

— Rêve, mon joli. C'est vrai ce qu'on m'a dit ? Qu'en taule t'aimais bien te faire empaffer ? »

Boom-Boom lui jette un regard de pure haine, ce qui arrange tout à fait Gruzsa vu que c'était précisément son idée que l'autre ait la haine. Il est tellement fêlé, Boom-Boom, que Gruzsa veut bien croire qu'il y a du vrai dans les bruits qui courent sur son compte, et rien que d'imaginer le tableau il se marre.

« Je peux fabriquer une bombe et la coller sous ta tire pour qu'elle t'arrache juste les guibolles », déclare Boom-Boom en matant sa braguette.

Gruzsa hoche la tête, et sans prévenir lui balance un direct du droit dans la tronche. Il entend les cartilages du nez de Boom-Boom craquer sous son poing.

« C'est pas parce qu'on fait affaire que tu peux tout te permettre », explique-t-il.

Boom-Boom est là, assis sur son tabouret, avec ses yeux qui se mouillent et son nez qui pisse le sang. Mais il ne tombe pas dans les pommes et il ne se met pas à genoux. Voilà pourquoi Gruzsa doit le traiter comme ça. Ce fils de pute de Boom-Boom est sacrément *coriace.*

Le patron s'est mis à compter fébrilement son tiroir-caisse, histoire de mieux développer l'amnésie sélective. Dans son bar, il se vend plus de meth que de bibine, de toute façon, et personne ne verra jamais la vidéo de ce flic qui cogne sur un biker. On est entre grandes personnes, ici.

« Disons que quelqu'un va gentiment déposer Kearney quelque part, bien enveloppé dans un sac de la morgue, reprend Gruzsa. Moi, je croirai que c'est un cadeau du Père Noël et l'affaire pourrait en rester là. »

Boom-Boom opine en s'essuyant le nez sur sa manche.

« Je suis pressé, ajoute Gruzsa.

— On tient à le choper, encore pire que vous.

— Si j'étais à ta place, je commencerais par regarder du côté de la frontière », dit Gruzsa en glissant au bas de son tabouret. Il a laissé le pourboire sur le comptoir. « Surtout, ne me remercie pas. Remplir mon devoir, voilà ma récompense.

— Va te faire mettre. »

Boom-Boom l'a déjà dit, mais sans ce drôle d'accent nasillard.

Gruzsa sort du bar, bien plus en forme que lorsqu'il y est entré.

13

Tim trouve son chemin jusqu'à la chambre de Brian, pousse tout doucement la porte et aperçoit Brian qui est en train de se préparer un petit mélange d'héro et de coke. Son mignon italien est allongé de tout son long sur le sol d'où il l'observe, appuyé sur un coude, nu comme un ver.

La chambre sent l'encens et le hash.

Tim entre.

« Z, quel plaisir ! piaille Brian. Je ne vous attendais pas. »

Tim jette un regard en coin au Milanais.

« Ça serait sympa si Brian et moi on pouvait se voir en tête à tête. »

Le jeunot hésite, mais Brian lui ordonne de filer.

Une fois qu'ils sont tous les deux seuls, Brian lui demande : « Élizabeth vous a trouvé ? Vous sentez l'amour.

— Je peux vous aider ? élude Tim avec un petit signe de tête en direction de la seringue.

— Trop aimable », acquiesce Brian.

Tim tripote la seringue pendant que Brian serre le garrot. Quand il voit la veine qui ressort, belle et bien gonflée, Tim envoie gicler tout le liquide, puis il enfonce l'aiguille de la seringue dans le bras de Brian.

Les yeux du gros lui sortent des orbites, tellement il a la frousse.

« Hé, mais, mais..., bafouille-t-il, les dents cramponnées à son bout de caoutchouc.

— Eh oui, Brian, fait Tim. Toute une seringue d'air pur. Si j'appuie sur ce piston, une belle bulle d'air va te foncer droit sur le cœur et... *bang.* La crise cardiaque, massive et foudroyante.

— Mais qu'est-ce *que j'ai...* ?

— Regarde-moi dans les yeux, tas de merde, dit Tim avec une assurance qu'il aimerait bien éprouver. Je suis Bobby Z, et je le verrai, si tu mens. T'as compris ? »

Brian opine. Il est tout rouge, et Tim a peur qu'il la pique de toute façon, sa crise cardiaque.

« Qu'est-ce que tu mijotes, Brian ? demande Tim.

— Mijote ? répète Brian.

— Ouais, qu'est-ce que tu mijotes avec Don Huertero ? Qu'est-ce qu'il a comme plan pour moi, le grand hidalgo ? Tes conneries sur le super contrat de meth, tu peux te les garder pour toi, Brian, tout ça c'est des salades que tu m'as servies pour que je me tienne tranquille pendant que tu montais le coup contre moi, pas vrai ? »

La sueur dégouline de tous les pores gras de ce cochon de Brian.

« Pas vrai ? reprend Tim en enfonçant encore un peu l'aiguille.

— On peut négocier, Z.

— La seule chose à négocier, c'est que tu craches le morceau, ou sinon ton cœur explose comme un M-80 dans une poubelle », dit Tim.

Une cause de décès courante, au trou. Tout en silence, tout en douceur, et les matons ne peuvent que constater le décès par overdose d'un autre de ces drogués de taulards.

« La mort aussi c'est un voyage, déclare Brian en essayant de crâner.

— C'est ça. Alors *adios*, mec. »

Et Tim appuie doucement sur le piston.

Une violente saccade secoue le bras de Brian, ses yeux jaillissent du tas de graisse de sa tête et il crache : « Don Huertero veut vous tuer de ses mains.

— C'est pour ça qu'il a échangé Moreno contre moi ?

— J'imagine.

— Parle.

— Il vient ce week-end, lâche Brian, maintenant qu'il est lancé. Je crois qu'il voudrait vous embrocher et vous mettre à rôtir au feu. »

Super, se dit Tim.

« Et pourquoi ?

— Pourquoi ? pouffe Brian. Don Huertero n'explique pas “pourquoi”, il se contente de dire “comment”.

— Tu ne sais pas pourquoi il est en pétard contre moi ?

— Il paraît que vous lui avez pris quelque chose.

— Quoi ?

— Je ne sais pas, Z. » Voilà que Brian se met à pleurnicher, maintenant. « Je ne sais pas. Tout ce qu’il a dit, c’est que vous aviez pris son trésor.

— Son trésor ? Pour qui il se prend, bordel ? Pour un *desperado* de la Sierra Madre ?

— Allez, Bobby, implore Brian. Vous êtes comme un frère pour moi.

— Faux frère, ouais. Tu allais me donner, hein ?

— Je n’avais pas le choix. »

C’est ça, se dit Tim. Il appuierait bien sur le piston, mais il se retient. À la place, il demande : « T’as un feu, ici, Brian ?

— Non.

— Arrête de mentir. J’aime pas ça.

— Le bureau, dit Brian. Tiroir du haut. »

Tim arrache la seringue. Brian s’écroule par terre et reste là à sangloter pendant que Tim sort le revolver du tiroir. Un automatique 9 mm. Tim aurait préféré une arme de service, calibre 45, mais il faut faire avec ce qu’on a. Il trouve aussi une liasse de billets neufs qu’il se fourre dans la poche.

Parce que ça fait bien d’avoir de la fraîche sur soi, et puis, qui sait, ça peut servir.

« Tu diras *gracias* mais *no gracias* à Don Huertero de ma part, Brian. Maintenant, je me casse. »

Tim voit bien qu’il se conduit comme un *débile,* qu’il devrait assommer Brian ou alors l’emmener en otage, mais il en a jusque-là de toute cette merde, ça le rend malade, la seule chose dont il a vraiment envie c'est de se tirer d'ici, et *seul.*

Rien à cirer, se dit-il. Un môme, une ex, un connard de Mexico qui se prend pour le bon Dieu et qui veut me rôtir à feu vif. *Rien à cirer de toute cette merde. Rien à cirer de Bobby Z.*

Et donc il a beau savoir qu'il déconne dans les grandes largeurs — tu parles d'une nouvelle ! — il se contente de prendre le revolver et de retourner dans sa chambre où il rassemble deux-trois fringues vite fait. Un fute kaki, une chemise mexicaine, un jean, une veste en jean, des Doc Martens. Il prélève deux bouteilles d'Évian dans son petit frigo et les met dans ses poches.

Puis, l'arme au poing, il se glisse dehors. Personne n'a encore lâché les chiens — Brian doit toujours être en train de changer de slip —, et donc c'est assez cool, jusqu'ici.

La nuit du désert est chaude. Douce, d'un noir d'encre. Les étoiles ont l'air si près qu'on pourrait les embrasser.

Tim en a envie. Il est déchaîné. Libre, vraiment libre pour la première fois de sa vie peut-être.

Il y a un garde de quart au portail de *Beau Geste.*

« Je ne fais que passer », lance Tim.

Le type va pour le mettre en joue, mais, comme Tim a cette espèce de sourire de *loco,* l'autre doit se dire que ça ne vaut tout de même pas la peine de mourir pour ce mec. Il baisse son arme, appuie sur un bouton, et la grille du portail pivote sur ses gonds.

Tim s'introduit dans le grand quartier de sécurité, et voilà qu'il sent que ça s'agite, dans son dos. Leur putain d'alarme vient de se déclencher, c'est pas le moment de se prendre les pieds dans l'arrosage maintenant que tout le monde va se rameuter.

Brian court le long du parapet en piaulant : « Arrêtez-le ! Arrêtez-le ! », mais il est vraiment tarte, ce Brian, parce qu'il piaille aussi : « Ne le tuez pas ! Ne le tuez pas ! », si bien que les gardes ne savent plus ce qu'ils doivent faire ou ne pas faire.

« Bouge tes fesses, tu l'as dans le cul ! » braille Tim à pleins poumons.

Il rit comme un cinglé qu'il est en se retournant pour lever la tête vers le parapet où Brian se démène en s'égosillant alors qu'Élizabeth observe la scène sans bouger.

Ça, c'est vraiment sympa, mais Tim ne voit pas bien comment il va arriver à le franchir, ce putain de portail principal, maintenant qu'il réalise qu'ils n'ont pas besoin de lui tirer dessus : il suffit qu'ils l'empêchent de sortir.

À ce moment-là il repère le camion, et ça lui donne un paquet d'idées. Il se dirige droit dessus en lâchant au passage trois pruneaux qui précipitent tout le monde à plat ventre, puis il lui faut dans les cinq secondes pour démarrer le moteur en faisant se toucher les fils. Il manœuvre pour prendre la direction du portail, quand Johnson s'interpose, vêtu en tout et pour tout d'un caleçon, l'air endormi et pas content, une Winchester à la main.

« Où tu crois qu'tu vas, fiston ? qu'il fait sans se presser.

— Dehors, répond Tim.

— Y a rien, dehors.

— Justement, c'est ça qui me plaît.

— J'peux pas te laisser sortir, fiston.

— Tu vas pas me tirer dessus.

— Pas la peine. »

Alors que Johnson lève son fusil pour tirer dans les pneus, Tim le braque avec le 9 mm.

« T'es pas le genre », dit Johnson en se marrant.

Tim tire une balle qui lui frôle l'oreille. Johnson s'aplatit, ce qui laisse à Tim le temps d'engager la marche arrière et de se faire un peu de place. Puis il met *pleins gaz,* putain, et il fonce vers le portail.

Johnson croit encore qu'il pourra l'avoir dans la bonne vieille position du tireur couché, mais déjà la seconde d'après il est trop occupé à rouler sur lui-même pour dégager la voie pendant que les gardes qui attendaient à la barrière détalent comme des lapins, que Brian crie comme un goret et qu'Élizabeth, Tim le sent, le regarde en souriant franchir le portail à toute blinde. Il est dehors, libre !

Sauf qu'il aperçoit le gamin.

Il aperçoit le gamin dans le rétro. Bêtement planté à la limite de l'enclos extérieur, les yeux fixés sur l'arrière du camion. L'air carrément triste.

Rien à cirer, vieux, c'est pas ton môme, se dit Tim.

N'empêche que son pied appuie quand même sur le frein pendant qu'il n'arrête pas de se répéter : T'es dehors et t'es libre, vieux. Saisis ta chance. Avec un gamin à la traîne, t'y arriveras jamais. Impossible.

« Rien à cirer », se dit-il en appuyant sur la pédale.

Il est toujours en train de se dire *rien à cirer,* alors qu'il passe déjà la marche arrière et que le gamin se met à trottiner pour le rejoindre. À trottiner, d'abord, puis à *courir* quand il réalise que le camion recule. Il les actionne, ses petites jambes, vieux, pendant que Tim observe dans le rétro les gars de Brian qui se bousculent autour des bagnoles et Johnson qui se tient planté là et qui ne va tout de même pas essayer de tirer par-dessus la tête du gosse.

Tim freine, il ouvre la portière.

Le gamin s'arrête de courir et reste là à le regarder.

Bravo, se dit Tim. C'était à prévoir.

« Tu veux venir ? demande-t-il au gamin.

— Oui.

— Et merde, monte. »

Tim se penche, l'attrape, l'installe sur le siège passager. Pendant qu'il passe la première, le gamin attrape la ceinture de sécurité et s'attache.

Et tandis que Tim pousse le moteur en troisième, le gamin lui fait remarquer qu'il n'a pas mis sa ceinture.

« La ferme », répond Tim.

N'empêche qu'il s'attache, pour foncer dans la nuit du désert.

14

Il s'est lancé dans une course qu'il ne gagnera jamais, il le sait.

D'abord, pour commencer il ne sait pas où il est. Deuxièmement, il ne sait pas où il va. Troisièmement, il pilote un camion pourri sur une piste défoncée. Quatrièmement, il a un môme sur les bras. Cinquièmement, ses adversaires ont toute une flotte de véhicules tout-terrain. Sixièmement, il est foutu depuis le départ. En plus, il doit bien y avoir un septièmement et un huitièmement, simplement il est trop débile pour les imaginer.

OK, se dit-il, commence par le commencement. Un, tu sais pas où t'es. Tu parles ! Deux, tu sais pas où tu vas. Ça, c'est pas tout à fait vrai. Au moins tu sais que tu laisses derrière toi ce foutu Rancho Cervier et que la route mène en gros vers le nord. À un moment ou à un autre, elle va forcément en couper une qui va d'ouest en est et qui permet de sortir du parc. Trois, tu conduis un camion pourri sur une piste défoncée... OK, passe au quatre. Quatre : t'as un môme sur les bras... OK, passe au cinq : tes adversaires ont toute une flotte de véhicules...

Tim freine et coupe le contact.

« Qu'est-ce..., commence le gamin.

— Tais-toi. Je veux écouter.

— Quoi ?

— Des bruits de moteur.

— Pourquoi ?

— La ferme, aboie Tim, avant de tout de suite ajouter : J'ai besoin que tu m'aides. Tiens-toi bien tranquille et regarde si t'arrives à distinguer les différents bruits. Tu sais compter ?

— J'ai six ans », répond le gamin d'un ton boudeur.

Mais il la boucle et tend l'oreille.

Tim de même. Et ce qu'il entend est assez intéressant. Il perçoit une sacrée activité un bon bout de chemin plus loin sur sa gauche, vers l'est, et le boucan arrive parallèlement à lui. Le dépasse, en fait. Miaulements perçants des scooters des sables. Une ou deux trials, aussi. Au total, peut-être six ou sept engins. Assez, en tout cas.

Ils vont à l'intersection, se dit Tim. Pour me barrer la route là-bas.

OK, et derrière moi, qu'est-ce qu'il y a ?

Deux trials, trois peut-être, et pas loin. Mais qui n'essaient pas nécessairement de m'attraper. Elles me rabattent vers l'intersection. Et derrière les trials ? Peut-être bien ce foutu patrouilleur.

« Alors ? demande-t-il au gamin.

— En tout, je crois qu'il y a quatre-vingt-sept véhicules, répond le gosse très sérieusement.

— J'en ai compté quatre-vingt-six, dit Tim, mais c'est sans doute toi qui as raison. »

Il remet le contact et appuie sur l'accélérateur.

« T'as bien attaché ta ceinture ? qu'il fait.

— Oui.

— Cramponne-toi. »

Tim braque le volant à droite et le camion quitte la piste. Il pousse le moteur à fond jusqu'à ce que les roues patinent dans le sable.

Ils m'attendent à l'intersection ? pense-t-il. Je les emmerde. Qu'ils attendent.

À qui ils croient qu'ils ont affaire ? À un foutu débile mental ?

Il saute à bas du camion, le contourne, ouvre la portière passager et fait descendre le gamin.

« On va leur préparer une petite surprise », lui chuchote-t-il.

Le gamin sourit jusqu'aux oreilles. Parler de surprise à un gamin, c'est comme parler de bière à un marin. Sur celui-là, en tout cas, ça marche.

Il hoche la tête pour marquer son approbation et murmure : « Prenons l'air nonchalant. »

Puis tous deux grimpent à l'arrière du camion.

Tim se met à rassembler deux-trois merdes, genre *fissa* vu qu'ils n'ont pas des plombes devant eux avant que les gars aient compris l'embrouille. Quelqu'un qui avait prévu le coup a dû penser à lui préparer des petites affaires parce qu'il trouve l'essentiel, là-dedans. Il prend une couverture, deux bouteilles d'eau stérilisée, une lampe de poche qu'il fourre dans le compartiment planqué derrière la selle de la trial. Ensuite, il trouve une pelle qui se plie, et il la coince sous le tendeur. Il tombe aussi sur un bout de câble, du chatterton, et d'autres bricoles à la con qu'il entasse avec le reste.

« T'es déjà monté sur un engin comme ça ? » demande Tim.

Le gamin est tellement époustouflé qu'il se contente de secouer la tête.

« Eh ben, ça va pas tarder.

— Cool.

— Super cool. »

À condition qu'on ait de la veine, se dit Tim. À condition que les motards qui nous collent au train se prennent pour des héros et qu'ils se foutent dedans. Qu'ils ne la jouent pas comme ils devraient la jouer.

Ce qu'ils devraient faire, quand ils vont s'apercevoir que le camion est en rade, c'est contacter par radio ceux qui ont filé devant et attendre que le reste de la troupe se ramène. Mais Tim espère bien qu'ils iront vérifier par eux-mêmes, histoire de gagner du galon.

« Surtout, tiens-toi bien tranquille, chuchote-t-il en installant le gamin sur la selle.

— D'ac... d'accord, bégaie le môme en essayant de s'empêcher de glousser.

— *Complètement* tranquille, d'ac ?

— OK »

Parce que au bruit Tim a déjà compris que les motos venaient de ralentir. Il se dit que les gars ont vu le camion sortir de la piste et qu'ils sont en train d'essayer de décider quoi faire.

Allez, les petits gars, les encourage Tim. Allez-y, jouez les héros.

Il entend les roues crisser sur le gravier. Lentement.

Allez, les gars. Approchez.

Plus près, si près qu'il les entend couper le contact et descendre de leurs machines.

« Accroche-toi », murmure Tim.

Le gamin serre fort les bras autour de sa taille.

Tim actionne la manette des gaz, et c'est parti : ils *décollent* de la plate-forme du camion, atterrissent sur le sol, rebondissent, le gamin manque lâcher prise mais il tient bon. Tim lance la moto hors de la piste, fonce dans l'arroyo, et les voilà qui filent à fond la caisse, putain. Les gars se bousculent pour remonter sur leurs bécanes, et bientôt ça se met à ressembler à une vraie *chasse à l'homme* en plein désert.

Ces gars-là sont *bons,* se dit Tim, parce qu'il ne leur faut pas longtemps pour lui coller au train dans l'arroyo et même le rattraper. Ils braillent à tue-tête, façon *vaqueros* ; ils s'en payent une tranche, sans doute parce qu'ils s'imaginent qu'ils vont s'offrir un petit rodéo facile dès qu'ils auront déboulé à sa hauteur, d'ailleurs en voilà déjà un qui roule de front avec Tim puis qui redresse sa bécane pour s'arracher de l'arroyo et continuer à la même allure que lui, juste un peu plus haut, pendant que l'autre le talonne sévère et que le patrouilleur se ramène à fond la caisse par l'autre bout.

Tim tourne violemment le guidon, freine en dérapant

en beauté, puis rebrousse chemin à toute blinde, fonçant droit sur le mec de derrière qui prend les jetons et va s'écraser avec sa moto contre le talus de l'arroyo.

Mais, quelques secondes plus tard, c'est à nouveau le même petit jeu, dans l'autre sens cette fois, avec le premier qui serre Tim de près sur sa gauche et l'autre qui l'a presque rattrapé par-derrière.

Ils m'emmerdent, se dit Tim, et d'un bond il envoie la trial sur la tôle du désert, à droite de l'arroyo. Le type qui est derrière l'imite, alors Tim pivote de nouveau tête sur queue en fonçant cette fois droit sur l'arroyo, il beugle : « Accroche-toi ! » à l'intention du gamin, et saute par-dessus ce foutu fossé juste au moment où l'autre mec cabre sa machine pour sortir de l'autre côté. Tim se dit que le gamin ne va pas tenir le choc, qu'il doit paniquer, mais il l'entend qui se marre comme un fou, qui *se marre,* ouais, alors il accélère encore un coup, il emballe la machine, cap droit devant, cette fois, en esquivant les rochers, les cactus et les buissons de mezquite pendant que les types redémarrent sur les chapeaux de roue dans son dos.

Tim a repéré une super belle grosse dune de sable sur sa gauche. *Pourquoi pas, putain, de toute façon on est foutus,* se dit-il, et il se dirige droit dessus. Il freine une seconde en bas de cette masse histoire de demander au gamin si tout va bien, comme si ça changeait quelque chose.

« Ça va très bien ! répond le gamin.

— On va monter en haut de ce truc, lui explique Tim en lui montrant le sommet.

— Cool ! »

C'est ça, pense Tim, cool — jusqu'à ce qu'on n'ait plus d'élan et qu'on culbute en arrière, ou qu'on bascule sur le côté et qu'on roule jusqu'en bas, ou que tout simplement on n'y arrive pas et que nos petits camarades nous attrapent. N'empêche, Tim a beau penser, il actionne la manette, et c'est parti.

Ça grimpe, de plus en plus raide, la roue arrière essaie de chasser mais Tim la laisse pas faire, putain. Le moteur miaule, derrière les deux gars suivent, tant pis, on dirait qu'ils ont leurs petits problèmes, eux aussi, et même si Tim manque bien cinq fois de lâcher la bécane il se débrouille pour arriver jusqu'en haut, et là il s'arrête pour regarder les copains se cogner la montée.

Charmant spectacle, d'ailleurs, vu qu'ils se sont écartés pour le prendre en tenaille au sommet de la dune. Alors Tim se dit *allez vous faire foutre* et décide d'attaquer la pente dans le sens de la descente, et pas *de biais,* encore : droit devant jusqu'en bas de la dune, une espèce de saut libre à moto, quoi, et maintenant les autres n'ont plus qu'à en faire autant s'ils ne veulent pas le perdre.

Le gamin, il se marre comme un fou, l'enfant de salaud, quand la moto tombe du ciel étoilé pour atterrir sur un bon gros tas de sable. Là-haut, les deux autres gars ont arrêté de crier youpi, ils mouillent leurs frocs parce que, pour être raide, la descente, elle est *raide,* et d'ailleurs ça ne fait pas un pli : le premier qui se lance *rate* son coup. Le pauvre diable dévisse la pente, dévisse, dévisse, et faut croire qu'il se ramasse mal vu qu'il reste par terre.

Tim, dès qu'il touche le fond, reprend sa course sans but avec l'autre motard à ses trousses et ce foutu patrouilleur qui traîne dans le coin on ne sait où, jusqu'à ce qu'il réalise qu'il n'arrivera pas à distancer ce gars-là, il est trop fort à moto. En plus, il a un fusil, un beau M-16 qu'il porte en bandoulière dans le dos. Même si ça lui donne des airs de Boche de vieux film, ce type-là sait la conduire, sa machine. Tim perd du terrain, et il perd son temps.

Donc il faut tenter autre chose, se dit-il, peut-être qu'avec le coup de la dune j'ai assez de marge pour essayer. Il dirige sa bécane vers un épais taillis de mezquite, d'arbres à perruques et d'un tas de machins qui poussent, trouve là-dedans comme un petit couloir et se l'enfile à fond la caisse. Derrière, l'autre y va mollo sur la manette, il a la frousse de le perdre dans les broussailles.

Tim couche sa moto dans un buisson. Il attrape le gamin, le planque sous un buisson de mezquite.

« Tu restes ici, et pas un bruit », souffle-t-il.

Sans attendre la réponse, il dégage la pelle, la déplie, cale le fer et se planque à côté du buisson. À l'instant T, il avance d'un pas, brandit sa petite pelle et la colle en plein dans la tronche du gars. L'autre n'est pas encore tombé à la renverse qu'il a déjà l'air *cuit*.

Tim prend le M-16, se le colle sur le dos, ramasse le gamin et remonte sur sa bécane. De nouveau il la dirige vers l'immensité du désert histoire de refaire son avance. Il se la refait à cent à l'heure, son avance, les choses se présentent drôlement bien, sauf que quand il se retourne il aperçoit le foutu patrouilleur qui arrive par-derrière.

Il sait qu'il n'arrivera pas à s'en débarrasser avec une pelle. Peut-être, *peut-être* qu'il pourrait descendre de moto et tirer dans les roues, mais les gars risquent de paniquer, de riposter, et il faut penser au gamin.

Alors il essaie tout bêtement de le prendre de vitesse,

mais c'est foutu d'avance, naturellement, parce que le patrouilleur n'a pas besoin de le rattraper, il suffit qu'il le suive à la trace en attendant que le jour se lève et que les renforts arrivent. Enfin, Tim peut toujours engager la course.

Et donc il y va, il fonce dans la nuit avec le patrouilleur qui fonce dans son dos, qui se rapproche, qui se rapproche *vraiment* pendant qu'il lui trace la route — jusqu'au moment où brusquement le monde disparaît.

« Et mê-ê-ê-êrde ! » bêle Tim à pleins poumons parce que, d'un coup d'un seul, il est en manque de désert. À croire que la terre finit sur la corniche taillée à angle droit de ce gigantesque canyon de merde, dans les cents mètres de dénivelé, avec un à-pic à la verticale. Tim arrache presque son foutu guidon à force de braquer à mort en freinant pendant que sa machine dérape salement, puis se couche. D'abord il se dit qu'ils y sont passés, le petit et lui, la roue avant pend dans le vide au bord du monde, il n'ose plus faire un geste, mais le patrouilleur, lui, continue droit sur sa lancée, bascule dans le trou, quelques secondes durant c'est le *silence,* et *boum,* le ciel devient orange vif.

Le gamin ne se marre pas.

Il pleure.

« Ça va ?

— J'ai mal à la jambe. »

Tim se dégage de la moto, soulève le gamin avec mille précautions, le repose par terre. Il prend la lampe de poche, roule le bas du pantalon du petit et voit que ça saigne. On dirait surtout des écorchures, apparemment il n'a rien de cassé et d'ailleurs maintenant il ne pleure plus, il renifle.

« Je n'ai rien, qu'il fait.

— Tu es courageux, fiston. »

L'enfant sourit.

Tim attrape les affaires tassées derrière la selle. Il met la carte dans sa poche, roule la couverture et se l'attache autour de la taille, prend les bouteilles d'Évian et en tend une au gamin.

« Je parie que je bois la mienne avant que t'aies fini la tienne », dit Tim.

Le gamin tient le pari et boit sa flotte à grandes goulées. Tim programme le coup pour qu'il le batte d'un poil. Puis il reremplit les bouteilles.

« Tu veux jouer à un jeu ? demande Tim.

— À quoi ?

— Tu sais ce que c'est, un marine ?

— Une sorte de militaire, c'est ça ?

— Ne dis plus jamais ça, fiston. Un marine, c'est pas n'importe quel militaire, n'importe quelle ordure de l'armée. Les marines sont les soldats les plus trapus, les plus coriaces, les plus forts du monde. Tu as envie de jouer aux marines ?

— Oui.

— OK Alors pendant un jour ou deux on va jouer aux marines, et on va partir à pied pour une mission secrète. Il faut pas que les autres nous trouvent. Compris ?

— Compris.

— T'es partant ?

— Je suis partant.

— Il va falloir beaucoup marcher.

— OK »

Tim pousse la trial par-dessus le rebord de la falaise,

pour qu'elle tombe là où la lueur orange se teinte maintenant de rouge sang plus foncé.

« Allons-y », déclare-t-il.

Vers l'ouest, il distingue les silhouettes des montagnes. S'ils arrivent à atteindre ces reliefs, se dit-il, ils seront tirés d'affaire. Ils partent donc dans cette direction.

Mais comme au bout de quelques minutes le gamin donne des signes de fatigue, Tim décide qu'ils tiendront mieux l'allure s'il le porte. Il le soulève du sol et l'assied sur ses épaules. Il ne pèse pas plus lourd qu'un sac à dos bien plein.

« C'est *comment* ton nom, déjà ? demande Tim, vu qu'il l'a une fois de plus oublié.

— Kit, répond le gamin. Et toi ?

— Appelle-moi Bobby », dit Tim.

Il accélère le pas. Il veut être aussi près que possible de ces montagnes avant le lever du soleil.

15

Brian Cervier est furax.

Et carrément pas tranquille — ça se relâche du côté des sphincters —, parce qu'il *tenait* Bobby Z et qu'il l'a laissé filer.

« Trouve-le », dit-il à Johnson.

Johnson est là, planté devant lui dans le salon, son chapeau à la main, mais c'est parce qu'il a des manières vieux jeu, pas parce qu'il le respecte. Le galon du chapeau lui a laissé une marque rouge sur le front, là où les cheveux plus rares commencent à grisonner. Il fixe Brian droit dans les yeux. Il ne moufte pas, mais son regard qui parle pour lui dit : *Écoute, espèce de grosse lopette, ce foutu désert est fichtrement grand.*

Brian lit tout cela dans ses yeux, y compris l'insulte anti-pédé, et répond comme si Johnson avait posé la question qui le travaille : « Bobby est un surfeur et un fourgueur de drogue. C'est un poltron. Il ne connaît pas le désert. Toutes ses journées, il les a passées sur la plage.

— Il ne s'est pas mal débrouillé du tout, la nuit dernière », rétorque Johnson.

Le cow-boy voit déjà les cadavres. Il voit le carnage.

« Le soleil ne brille pas la nuit », déclare sèchement Brian.

Johnson se contente de sourire. Ça, il le savait déjà.

« Il cogne pas si fort, à cette saison, rappelle-t-il simplement au patron.

— Mais quand même, c'est le désert ! » s'énerve Brian.

Le Gros ne saurait pas faire la différence entre le désert et son dessert, pense Johnson. Le Gros vit dans le désert, et il déteste le soleil. Il porte toujours des grands chapeaux et des robes longues de mémère pour se protéger du soleil. La majeure partie de ses journées, il les passe au frais dedans et regarde ses films à la noix. Des films sur le désert, mais en noir et blanc. C'est tout ce qu'il connaît, en fait de désert, le Gros.

« Je l'aurai », dit Johnson.

Pas parce que c'est le désert ni parce que le gus est un poltron, mais parce qu'il s'est encombré d'un môme. Et qu'il ne va jamais y arriver.

« La fille lui aura tout raconté, ajoute-t-il.

— Sans blague ? » ricane Brian.

Johnson en a sa claque des sarcasmes à la con du Gros, alors il lâche : « Don Huertero l'hidalgo ne va pas être content », et il regarde la peau de Brian onduler dans les plis. Un chatoiement visible passe sur la chair blanche et grasse. Comme une ombre qui court sur une étendue de sable.

Don Huertero terrifie le patron, c'est simple.

« Trouve-le, gémit Brian.

— J'ai lancé deux gars sur sa piste, dit Johnson. Moi, je vais en ville chercher Rojas.

— Rojas est probablement ivre mort.

— Probablement. »

Ivre ou à jeun, pense Johnson, Rojas serait capable de pister une mouche dans quarante hectares de merde.

« Et la fille ? demande-t-il.

— La fille, je m'en occupe. »

Johnson a un sourire qui dit : *Eh ben, ça serait une première,* mais à part ça il la boucle et remet son chapeau sur sa tête.

« Je le veux vivant », précise Brian.

Johnson s'en serait douté, mais quand même il trouve ça franchement dommage. C'est dur d'attraper un gus pareil, surtout s'il est sûr qu'on ne va pas lui tirer dessus, même à portée de fusil. Dans le désert, ce grand pays tout plat sans un souffle de vent, tu descends comme tu veux un bonhomme de loin, de très loin. Mais l'attraper, lui mettre la main au collet et le ramener comme un jeune veau sauvage, ça, c'est une autre paire de manches.

« Et pour le petit ? demande Johnson.

— *Quoi* pour le petit ?
— Vous le voulez vivant, lui aussi ?
— Je n'en veux tout simplement pas. »

Johnson a bien sa petite idée sur la question, mais il la garde pour lui.

« Je ne vais pas tuer un gosse, dit-il à la place.

— Rojas s'en chargera », réplique Brian en haussant les épaules.

Rojas, oui, songe Johnson. Rojas tuerait n'importe quoi.

Brian suit des yeux Johnson qui plie sa carcasse efflanquée pour passer sous la porte mauresque. Il le hait, ce grand cow-boy. Il déteste cette dégaine à la Gary Cooper, et s'il n'avait pas besoin de lui pour faire tourner le ranch il le virerait *pronto* à coups de pied dans le cul. Mais il a besoin de lui, et, vu les merdes qui s'annoncent aussi sûr que deux et deux font quatre, ce n'est pas le moment d'envisager des changements pour convenance personnelle.

Une autre fois, oui, et déjà Brian caresse l'idée de botter les fesses de Johnson et de l'éjecter du ranch. Il fantasme sur un Johnson qui finirait ses jours en poivrot sans le sou à San Diego, dans le quartier déglingué de Gaslamp. Il s'imagine le cow-boy en train de bouffer ses fayots dans un foyer pour SDF infecté de l'odeur d'urine fraîche et de mort imminente qui suinte des murs.

Cow-boy de merde.

Une autre fois, oui.

Car voilà le mignon Milanais qui se faufile dans la chambre et l'épie du coin de ses yeux en amande pour voir si sa grosse colère est finie.

« Pas maintenant », aboie Brian, et le mignon

décampe du seuil. Brian écoute le bruit feutré de ses pas qui s'éloignent rapidement dans le couloir.

Plus tard, pas maintenant, songe Brian.

Maintenant, il doit avoir une explication avec sa vieille copine Élizabeth qui lui a attiré tous ces ennuis.

La conne.

16

Brian entre dans la chambre d'Élizabeth, s'installe dans le grand fauteuil en osier et la regarde.

Elle est assise sur le lit, le poignet droit et la cheville gauche attachés aux montants par des menottes. Elle plie avec délicatesse la jambe droite, comme si sa nudité signifiait quoi que ce soit pour lui, mais sans se donner la peine de se couvrir les seins.

Brian peut apprécier son corps à un niveau purement intellectuel.

Un corps ferme, tonique, dont il salue en connaisseur l'entraînement gymnastique assidu qu'il s'épargne, pour ce qui le concerne, mais recommande à ses mignons. Il se laisse aller à rêvasser un moment en se demandant si, tournée sur le ventre, Élizabeth...

« Tu as *fichu* le week-end en l'air, dit-il.

— Je peux m'habiller, Bri, s'il te plaît ? »

Brian refuse d'un signe de tête.

« J'ai toujours trouvé plus facile de parler avec des gens à poil, explique-t-il. Question de vulnérabilité, j'imagine.

— Je me sens très vulnérable.

— Eh bien, fillette, tu n'as pas tort. »

Ils se croisent du regard quelques secondes, puis Brian soupire :

« Un drôle de truc, l'amour, hein ?

— Sur ce point, tu as raison, Bri.

— Tu lui as dit.

— Dit quoi ?

— Allez.

— Je ne sais pas de quoi tu parles, Bri.

— Quelque chose qui concernerait Bobby, tu ne vois pas ?

— Ça, je m'en serais doutée.

— Je t'ai toujours bien aimée, Élizabeth, dit Brian. Admirée, même.

— C'est réciproque, Brian.

— Je ne t'ai pas bien traitée ?

— Très bien.

— Je ne t'ai pas accueillie sous mon toit ? »

Hochement de tête affirmatif de la part d'Élizabeth.

« Et c'est comme ça que tu me remercies ? poursuit Brian, un ton plus bas. En me trahissant ? En compromettant le bizness ? En mettant mes jours en danger ? »

Élizabeth a un nouveau mensonge sur le bout de la langue, mais voyant qu'il n'est pas près de le gober elle choisit une autre tactique : « Un drôle de truc, l'amour, hein, Bri ?

— Tu crois que je ne le sais pas, fillette ? soupire-t-il. Tu crois que je ne le sais pas ? » La question flotte dans l'air un moment, jusqu'à ce qu'il reprenne : « Où est-ce qu'il est parti ?

— Je ne sais pas, répond Élizabeth. Franchement.

— Je te crois, admet Brian. Le problème, c'est que Don Huertero ne voudra rien savoir.

— Non ?

— Non. Même si ça aurait l'air plus convaincant si je me donnais un peu de mal pour te faire avouer.

— Je vois.

— Bien, bien, bien », murmure Brian en s'extrayant lentement du fauteuil.

Il détache sa ceinture, tire dessus pour la sortir des passants, l'enroule autour de sa main par le bout effilé. La boucle pend à l'autre extrémité, vide, prête.

« Pas sur la figure, Bri, d'accord ? supplie Élizabeth, la voix cassée. Tu ne me touches pas la figure ? »

Il hausse les épaules et s'y met, en répétant régulièrement : *Où est-ce qu'il est parti ?* sur un ton léthargique. Il n'a même pas l'idée de lui demander pourquoi Bobby Z a emmené le gamin avec lui.

17

Le gamin s'est endormi sur le dos de Tim qui le transporte comme un sac de pommes de terre, en laissant peser sur son épaule sa petite tête pleine de rêves. C'est plus facile de le trimballer de cette façon, comme un ballot. Et Tim a porté plus lourd pendant la guerre, dans le désert de là-bas.

N'empêche que dans le désert de là-bas on ravitaillait les marines en cheeseburgers, en maïs grillé, en limonade, en esquimaux au chocolat. Des esquimaux en plein désert, se marre Tim, c'est là qu'il a compris que l'Amérique allait gagner, quand le pays de la liberté a commencé à leur larguer des esquimaux au chocolat en plein désert.

Ici, que dalle. Ici, il sait qu'il n'a aucune aide à attendre du pays de la liberté — c'est juste l'inverse, quand on y pense —, et donc il maintient l'allure, d'un bon pas il va vers les montagnes qu'il commence à voir se dessiner à l'ouest.

Va vers la montagne, se dit Tim. Ça lui rappelle vaguement quelque chose, une publicité pour bière, peut-être. Mais, même si l'idée paraît agréable, pour l'instant il ne peut pas se permettre de penser à la bière, vu que de la bière il n'en trouvera pas, et que d'ailleurs il ne trouvera pas non plus d'esquimaux. Pas avant qu'ils soient sortis de ce désert, en tout cas.

À supposer qu'ils en sortent.

N'empêche, se dit Tim, s'il n'y avait pas le gamin je pourrais courir, y aller à bonnes foulées comme dans le camp de Pendleton ou dans celui de Twentynine Palms, et je ferais un bon temps chrono. Je battrais mes poursuivants à plate couture et je leur enverrais le salut AFP : *Adiós,* Fils de Putes. *Vaya con Dios.*

Mais ça serait dingue de courir avec ce poids sur les épaules. Une suée de trop, se dit Tim. Ses cellules perdraient toute leur eau, alors que le soleil ne va pas tarder à se lever. Exactement comme dans ces films sur le désert où on te montre d'abord le soleil, puis le type qui titube dans le sable, puis de nouveau le soleil, le type qui avale le peu d'eau qu'il lui reste, encore le soleil et le type qui s'effondre. Puis encore le soleil, avec les vautours qui tournoient dans le ciel.

Son film, il peut se le mettre où je pense, *Beau Geste*

je l'emmerde, jure Tim en lui-même. Débrouille-toi pour atteindre les premières montagnes avant l'aube et trouve-toi un endroit où coincer la bulle. Un peu au-dessus du sol, dans un coin au frais.

Tim sait ce qu'il cherche : un creux à l'abri d'un rocher, avec de l'ombre et une belle vue.

Histoire de voir ce qui vient sur ses traces.

Mais pour ça il faudrait qu'il gagne un peu en altitude, et comme le soleil risque de le prendre de vitesse il décide quand même de partir au petit trot. Le gamin se réveille vaguement, mais il s'habitue vite au nouveau rythme et ne tarde pas à se rendormir.

Tim se dirige à petites foulées vers les montagnes que la clarté naissante teinte d'une nuance chocolat.

18

Johnson parcourt une quinzaine de kilomètres au volant de son camion en direction d'Ocotillo Wells, où il bifurque sur une vieille route en terre qu'il suit pendant encore deux bons kilomètres de maquis. Il freine devant une bicoque en adobe salement délabrée, avec un toit en tôle ondulée à moitié arraché.

Il se gare devant et entre.

On n'y voit rien, à l'intérieur. Il n'y a pas de fenêtres, la seule lumière vient d'une lampe à kérosène puante et crachotante installée sur la vieille bobine de câble électrique qui fait office de table. Le bar est meublé avec le matos de récup' minimum. Des chaises ramassées dans un tas de vieilleries à jeter, des bobines de câble qui datent de l'époque où on installait le téléphone à Borrego, de vieilles caisses de soda du temps où le soda se vendait en bouteilles.

Le bar lui-même n'est qu'un morceau de contreplaqué cloué sur des chevalets de bûcheron, mais de toute façon tout le monde s'en fout vu que les Indiens du coin viennent uniquement là pour faire le plein de mezcal.

Il y en a trois ou quatre en train de ronfler, justement, en cuvant leur cuite de la veille au soir.

L'endroit empeste, se dit Johnson. Ça sent carrément la merde, et il se demande depuis quand personne n'a jeté un peu d'essence et une allumette dans le trou des chiottes qui se trouvent dehors, juste derrière le bar.

Johnson pose la semelle de sa botte sur un des Indiens endormis à même le sol.

« Où il est, Rojas ? » qu'il fait.

L'avorton relève la tête et bat des paupières.

Pour Johnson, sur l'échelle des valeurs locales ces types-là n'arrivent pas au premier barreau. À supposer que les Blancs soient au sommet, et ils y sont, nom de nom, c'est évident, que les Mexicains arrivent deuxièmes assez loin derrière et les Cahuillas bons troisièmes, eh bien, c'est franchement dur de classer ces basanés gringalets, même en quatrième position.

Ce ne sont même pas des Cahuillas. Ils viennent d'une tribu si minus qu'ils ont dû oublier leur nom, ou alors ils sont tellement cons que peut-être ça ne leur vient pas à l'idée de le dire. Juste une poignée de pauvres types si fichtrement misérables qu'à tous les coups c'était écrit qu'ils finiraient tous paumés. Maintenant qu'ils ont basculé dans les vapeurs du mezcal, de la colle à sniffer, de la peinture en bombe qu'ils s'aspergent directement dans le gosier, ils ne sont plus bons à rien, sauf pour ce qui est de remonter une piste.

Ils remontent une piste aussi bien et même mieux que les coyotes, raison pour laquelle Johnson s'est tapé le détour jusqu'ici, dans la tanière de Rojas.

Rojas ou plus exactement Lobo Rojas, le Loup Rouge, du nom de ce petit coyote mexicain qu'on vient enfin d'éliminer de cette partie-là du pays. Chaque printemps ces petits salopards faisaient un carnage avec les veaux, et c'est donc une bonne chose que les fermiers du coin les aient exterminés avant que les écolos s'en mêlent, histoire de sauver ces saligauds sanguinaires.

En tout cas, Johnson trouve que Rojas s'est donné un nom sur mesure, parce qu'il a beau à peine tenir sur ses deux jambes, lui aussi c'est un vrai petit saligaud sanguinaire.

« Rojas, répète Johnson. Où il est ?

— Derrière », croasse l'autre.

Il louche comme un damné et un petit cercle doré lui entoure la bouche. Question peinture en bombe, c'est l'or qu'ils préfèrent, allez savoir pourquoi.

Derrière.

Johnson dégaine son pistolet et ouvre d'un coup de pied la porte de la petite pièce du fond.

Roulant sur lui-même, Rojas abandonne la femme sur laquelle il était couché et se relève d'un bond, armé de son satané couteau qu'il tient coude en arrière, à hauteur des côtes, là où aucun coup de pied ne saurait le déloger de son poing.

Il a les yeux bouffis et tout injectés de sang, mais noirs comme du charbon et brûlants comme la braise.

Je le savais, se dit Johnson en regardant cet avorton d'Indien nu comme un ver qui le menace de son couteau : Rojas a le réveil *mauvais.*

Johnson débloque le chien de son arme qu'il lève vers le front plat de Rojas.

« Tu me craches dessus, fumier, et je te fais exploser la tête », lui lance-t-il.

Te cracher dessus quand tu le réveilles, c'est la première idée qui lui vient, à Rojas.

« Je te coupe les couilles et je les donne à bouffer à la pute, réplique l'Indien.

— On dirait pas qu'elle a trop envie d'y goûter, dit Johnson. T'es sûr qu'elle a faim ? »

La femme pionce toujours.

« J'ai un boulot pour toi, reprend Johnson.

— Non, fait Rojas en secouant la tête. Là, je baise et je bois.

— J'ai besoin que tu me pistes un type. »

Rojas hausse les épaules.

C'est toujours pour ça qu'on a besoin de lui.

Un dos mouillé se taille dans le désert, ils sont pas fichus de le retrouver, qui c'est qu'ils vont chercher ? Rojas. Ou alors un coyote fait son malin, il s'installe sur leur bout de désert et se met à leur piquer les dos mouillés, qui c'est qui écope ? Encore Rojas.

Rojas trouve le coyote et lui plante la tête sur un piquet de mezquite.

Histoire de décourager ce genre de pratiques.

« Tu veux la niquer, Johnson ? demande Rojas. Vas-y.

— Non, je crois pas que je pourrais. Allez, enfile tes frusques avant que la piste refroidisse.

— La piste, elle refroidit pour toi, Johnson. Pas pour moi.

— Ouais, ouais, ouais. Magne-toi.

— Là, j'aime mieux baiser.

— Moi aussi, dit Johnson. Mais dehors y a un gus qui a déjà refroidi trois de mes Cahuillas. »

Il sait que l'argument devrait secouer Rojas. Pas parce que l'avorton va vouloir venger des Cahuillas, juste pour leur montrer qu'il se débrouille mieux qu'eux.

Rojas a un ego.

« M'en fous, dit Rojas. J'suis bourré.

— T'étais bourré à la naissance.

— Ma mère, elle était bourrée.

— Autrement, elle aurait avorté. »

Et ça c'est vrai, Rojas est affreux. Petit, bas sur pattes, le nez aplati et les yeux trop écartés. Des mains et des pieds comme des battoirs.

Mais ce nez-là, merde, pour ce qui est de sentir, il sent.

« Faut que je te tire dessus ? demande Johnson.

— T'es pas assez rapide pour me tirer dessus », rétorque Rojas en reculant son couteau d'un poil comme s'il s'apprêtait à se jeter sur Johnson.

Et si ça se trouve il a pas tort, se dit Johnson. Il serait bien capable de me coller ce truc dans le ventre sans me laisser le temps de le dégommer.

« T'as raison, dit Johnson en baissant le canon de son arme. Je vais me chercher quelqu'un d'autre. Occupe-toi de ta grosse. »

Il regarde Rojas attraper la bouteille de mezcal qui traîne sur le plancher et boire longuement au goulot, l'air méfiant. Puis se remettre sur son matelas crade, poser son couteau à portée de la main, flanquer une claque à la femme pour la réveiller. Il lui raconte un truc en espagnol, et même si Johnson ne comprend pas les paroles il n'a pas de mal à décrypter le message.

Il laisse Rojas s'y mettre un petit coup, jusqu'à ce que sa vilaine tronche soit toute contractée et qu'il ferme les yeux, et *bing*, il le cogne derrière l'oreille avec la crosse de son pistolet. Et *bing* une fois, et *bing* deux fois, puis Johnson observe le petit corps de Rojas qui se ramollit.

Il rengaine l'arme dans le holster, charge Rojas sur son épaule, attrape ses fringues de sa main libre. Là-dessus, il salue la bonne femme en touchant le bord de son chapeau et sort avec l'Indien qu'il décharge sur le plancher du camion.

Il y a déjà trois copains de Rojas qui attendent dans le camion, assis comme des chiens. Déjà ils ont compris qu'il y avait peut-être un boulot dans l'air, que ça pourrait peut-être leur rapporter un peu de blé, de quoi se payer du mezcal ou un lot de peinture en bombe.

Johnson s'installe au volant et reprend le chemin du ranch avec un soupir affligé.

19

L'enterrement d'Escobar ressemble en pire à ce que Gruzsa avait prévu.

Les femmes se lamentent comme si on leur avait piqué le chèque des allocs, les hommes restent plantés dans leurs costumes mal coupés en affichant un air farouche à l'abri de leurs grosses lunettes noires. Et pour que Gruzsa soit vraiment content du déplacement, les jeunes mâles de la famille d'Escobar ont passé leurs plus beaux atours de lendemain de fêtes spécial cimetière : tee-shirts blancs impeccables, jeans repassés de frais où on en mettrait deux comme eux et blousons bombardiers. Des blousons bombardiers, se dit Gruzsa, comme si ces glandeurs de sniffeurs de colle savaient faire la différence entre un pilote de chasse et leurs fesses boutonneuses. Ils ont le crâne rasé, l'allure *cholo* avachie, et ils fusillent Gruzsa — le seul Amerloque de souche de l'assemblée — de leurs regards de mineurs assassins.

C'est bien parce que c'est l'enterrement de Jorge, autrement Gruzsa s'en coincerait bien un ou deux discretos, histoire de leur rincer la bouche avec le canon de son Glock 9 mm pour qu'ils crachent leurs quenottes comme des Chiclets sur le trottoir, et ensuite ni vu ni connu, il s'en irait en sifflotant. Mais il *est* à un enterrement, circonstance où il est d'usage de respecter une espèce de trêve.

Ce qui d'ailleurs n'est pas plus mal, songe Gruzsa pendant que le curé baratine en espagnol. Car non seulement les jeunes mâles de la famille d'Escobar sont tous dans une bande, mais en plus ils font partie d'au moins deux bandes différentes que Gruzsa identifie sans problème. Un paquet de Quatro Flats, un autre de TMC, peut-être même quelques East Coast Crips. Et il suffirait qu'il vienne à un de ces tarés l'envie de frimer pour qu'ils se mettent tous à se flinguer.

Ce qu'en temps ordinaire Gruzsa considérerait comme un plaisant spectacle et une vraie bénédiction pour la société, mais qui aujourd'hui le ferait carrément chier parce qu'il a du pain sur la planche.

Alors, sans tenir compte de ces types qui le matent

d'un sale œil, il se tient tranquille, il se concentre sur l'immense photo d'Escobar qui le fixe du chevalet où elle trône à côté du cercueil. Il se demande comment se débrouillaient les Latinos du temps où Kodak n'existait pas, s'ils flanquaient un portrait du mort peint à la main sur ce truc ou quoi, puis, quand le curé mexicain arrive à la fin de son sermon-fleuve à la con, Gruzsa prend son tour dans la queue qui défile devant le cercueil pour présenter ses respects sonnants et trébuchants.

Il exprime ses condoléances à la mère en larmes, à deux tantes au nez rouge, trois ou quatre cousins, et là-dessus, comme Gruzsa l'avait prévu, le frère de Jorge dit qu'il aimerait bien lui toucher deux mots dehors.

Le frère de Jorge, c'est du sérieux. Un *cholo* à l'ancienne, du temps où les gangs de Mexicains s'entraidaient au lieu de se liquider mutuellement. D'ailleurs, Luis Escobar n'a pas pleuré, lui. Il a les yeux secs, mon vieux, secs comme une pierre mais noirs de colère. Luis a passé des années à se morfondre au trou : un meurtre avec préméditation plus une agression qualifiée, et au trou : c'était un leader, Gruzsa en sait quelque chose. Les Black Panthers, les Aryens et les maffieux baissaient les yeux quand il les croisait de son regard noir. Maintenant qu'il est sorti, Luis a repris la tête du vieux réseau. Gruzsa note aussi qu'il porte un costume, un vrai, pas un déguisement de clown pour gangster amateur. Un *beau* costume, et lui au moins il respecte comme il faut la mémoire de son frère.

On ne plaisante pas, avec Luis Escobar, aussi Gruzsa ne va pas lui servir des salades.

« Ça s'est passé comment ? demande Luis.

— Jorge s'est fait avoir, Luis, répond Gruzsa, l'air fataliste.

— Par qui ?

— L'informateur avec qui il travaillait.

— Son nom ? »

Gruzsa lève les yeux au ciel et secoue tristement la tête : « Bobby Z, Luis.

— Bobby Z a tué mon frère ? dit Luis. Bobby Z n'est pas un tueur.

— Je sais pas qui a pressé la détente, le prévient Gruzsa. Si ça se trouve, c'est un des hommes de Don Huertero, qui aura fait le coup pour lui.

— Pourquoi ?

— J'imagine qu'ils avaient monté une embrouille, soupire Gruzsa. Vous savez comment était Jorge, pas toujours commode, hein ? Il mettait les gens en pétard, des fois. Mais ne vous inquiétez pas, on va le trouver. Nos agents ont ordre de retourner le moindre caillou jusqu'à ce qu'ils aient mis la main sur Bobby Z et l'aient traîné en...

— Vous le trouverez pas », le coupe Luis d'un ton calme. Ce n'est pas un reproche, c'est un constat. « Nous, si. »

Exactement ce que Gruzsa avait prévu.

Gruzsa sait que pour la plupart des gens la Californie fait plus ou moins partie des États-Unis. N'empêche que si on observe ce qui s'y passe avec les yeux de Tad Gruzsa il est clair qu'en réalité c'est encore le Mexique. Les basanés circulent comme ils veulent, invisibles, ils fouinent partout, ils entendent tout et ils se la bouclent, sauf entre eux.

Luis Escobar doit avoir une armée à son service, pas

une poignée de soldats sur le pied de guerre mais une population entière prête à lui raconter ce qu'elle a vu.

En Californie, tu ne vois pas vraiment les Mexicains, songe Gruzsa, les yeux fixés sur les traits impassibles de Luis Escobar. Eux, en revanche, ils te voient.

Bonne chance, Tim Kearney.

« Attendez, Luis, reprend Gruzsa. Vous savez que la loi ne vous autorise pas à vous substituer à...

— Vous essaieriez de m'arrêter ? »

Gruzsa fait semblant d'y réfléchir quelques secondes avant de répondre : « Non, Luis. Vous avez carte blanche. Jorge était mon ami.

— *Carnal.*

— La chair de ma chair, Luis. »

Chair de ma chair, mon cul.

Chair à pâté, oui.

20

One Way se bouge sous son banc public et glisse un œil dehors en écartant la capuche de son poncho. Au-dessus de l'océan, les nuages sont rose optimiste, la plage est déserte.

Il hume l'air, jette un regard autour de lui, renifle encore un petit coup. Puis il s'extirpe à quatre pattes de sous le banc, se redresse sur ses genoux raides de froid et contemple l'océan.

Il y a quelque chose de changé.

One Way hume à nouveau l'air, gratte sa barbe

éparse, se passe les doigts dans ses longs cheveux sales. Tournant le dos à l'océan, il regarde en direction de l'est où le soleil commence à pointer derrière les montagnes de Laguna. Il hume l'air venu de par là.

Regarde encore l'océan.

Puis saute en l'air et s'écrie : « Il est revenu ! Il est revenu ! »

Il se précipite vers le rivage, entre dans l'eau jusqu'aux chevilles et commence à s'asperger de flotte glacée. En braillant : « Il est revenu ! Il est revenu ! Bobby Z est de retour ! »

La chose dure assez longtemps pour attirer l'attention des flics de Laguna, tellement contents de voir One Way se laver qu'ils le laissent faire un bout de temps avant de le traîner à l'hosto.

One Way s'en fout. Trempé d'eau de mer, enveloppé dans une couverture et menottes aux poignets, il se prélasse à l'arrière du fourgon en souriant aux anges entre deux éclats de rire, clamant la bonne nouvelle à qui veut bien l'entendre.

Bobby Z est de retour.

« Il vient de l'est », confie One Way à l'infirmière.

21

L'aube est levée depuis près d'une heure quand Tim trouve enfin ce qu'il cherche. Il a pris le risque de continuer à la lumière du jour en se disant qu'il devait avoir une bonne longueur d'avance et que de toute façon ça valait la peine de le prendre, ce risque, pour dénicher une bonne planque.

La bonne planque se perche à près de cinquante mètres au-dessus d'un canyon, dans les premiers contreforts des montagnes. C'est une petite dépression sous une saillie rocheuse, avec un bon gros caillou juste devant. Quand il regarde en s'abritant derrière ce caillou, Tim a un beau point de vue sur la plaine en dessous. Une aubaine, comme ça s'il voit quelque chose il pourra toujours tirer dessus.

Il pose Kit sur la pente le temps de s'assurer qu'il n'y a pas de serpents dans la petite grotte avant d'y amener le gamin. Il l'y installe, lui dit de ne pas avoir peur, qu'il revient dans une minute, puis il casse une branche d'arbre à perruques et passe une bonne demi-heure à effacer ses traces avec ce plumet et à se frayer un autre itinéraire qui descend plus bas dans le canyon et arrive à la grotte par en haut.

Maintenant, il y a au moins une chance que les méchants passent devant la grotte sans s'arrêter, et puis, de toute façon, chaque fois que tu en as l'occasion il vaut mieux tirer sur l'ennemi dans le dos.

Quand Tim le rejoint dans la grotte, Kit déclare qu'il en a marre de jouer au marine.

« Tu veux qu'on fasse Batman et Robin ? » demande Tim.

Kit repousse la suggestion avec une moue polie.

« Si on jouait plutôt aux X-Men ? » propose-t-il.

Tim ne trouve pas l'idée si mauvaise, vu qu'en Arabie Saoudite il bouquinait les B.D. des X-Men pendant des plombes quand les A-10 pilonnaient les positions des Irakiens.

« Ça te plaît, les X-Men ? » qu'il fait.

Kit répond d'un hochement de tête.
« Qui tu voudrais être ? demande-t-il à Tim.
— Wolverine. Sauf si tu veux le faire.
— Toi tu serais Wolverine, et moi je serais Cyclope, tu veux bien ?
— D'ac.
— D'acco d'ac. »
Une minute plus tard, Tim demande : « Tu as faim, Cyclope ?
— Drôlement, même, Wolverine. »
Tim dépouille deux barres énergétiques de leurs papiers et en tend une au gamin, avec une bouteille d'eau. Puis il se met à démonter le fusil et à le nettoyer, geste aussi naturel pour un ex-marine que la récitation du chapelet pour un curé.
Le gamin dévore sa barre, avale un peu d'eau et lance : « Si on disait qu'on était coincés dans le désert et que les méchants veulent nous rattraper et qu'on s'est cachés dans une grotte ?
— D'ac », dit Tim.
C'est comme si c'était vrai.

22

Le Moine vient de sortir s'acheter un *latte* et *The Economist* avec l'intention de les savourer ensemble en terrasse quand il apprend le retour de Bobby Z.
Naturellement, c'est One Way, fraîchement libéré de l'HP, qui joue les prophètes sur les trottoirs du quartier

du Parc en proclamant la bonne nouvelle aux oreilles de l'homme moderne.

Le Moine, qui vit à Laguna depuis un bout de temps, connaît trop bien One Way pour s'étonner de ses interprétations fantaisistes de la légende de Bobby Z. Ce matin, il lui file même un billet d'un dollar, et ça le perturbe un peu de voir ce détraqué froisser son obole et la balancer dans le caniveau en s'écriant : « Qui nous parle d'argent ? Bobby Z est de retour ! Pour récupérer son royaume ! »

La dernière partie de la tirade est à vrai dire ce qui perturbe le plus le Moine, entre autres mais surtout parce qu'il a *lui-même* récupéré un assez beau morceau de ce royaume depuis que Bobby Z est sorti de l'écran voilà maintenant près de quatre mois.

Sorti de l'écran, c'est bien l'expression qui convient, le Moine étant l'as de l'informatique qui gère les intérêts de Bobby aux États-Unis. Les disques durs du Moine, ses disquettes et ses CD-Rom recèlent les codes qui précisent le montant des gains du péché, l'immense fortune érigée sur la fumette, sur les tonnes d'herbe parties en légères volutes dans les salons, les jardins et les jacuzzis les mieux fréquentés de la côte Ouest.

Le Moine sait où se cache le trésor, oui-da. Il sait aussi qui sont les revendeurs, il sait que l'empire de Z, fragile depuis toujours, est menacé d'implosion.

Hormis bien sûr les sommes mises de côté en prévision des périodes de vaches maigres. Des temps durs qui, de l'avis du Moine, ont commencé dès le moment où Bobby est sorti de l'écran pour aller se perdre Dieu sait où en Asie du Sud-Est. Des mois durant le Moine a essayé d'établir le contact en tapant sur son clavier des mots du style *Reviens, Rangoon,* mais Bobby ne s'est pas manifesté. Quelque temps plus tard, le Moine s'est donc dit que comme tant d'autres jeunes Américains son copain Bobby avait dû croiser son destin dans les perfides montagnes de l'Asie du Sud-Est, et il a décidé que désormais l'empire lui appartenait. Ainsi que les réserves — proprement astronomiques — planquées pour la postérité.

Si bien qu'à sa grande honte le Moine se sent maintenant partagé quand il entend One Way prophétiser le retour de Bobby.

C'est humain, songe le Moine. Serait-ce la faute du péché originel ? En tout cas, l'homme est ainsi fait qu'à partir du moment où il profite assez longtemps de la fortune d'autrui il estime en être propriétaire.

Le Moine en sait assez long sur le péché originel, car il a été moine pour de bon. Jeune, il a quitté le lycée de Laguna pour Notre-Dame et pris tout cela plutôt au sérieux ; à preuve son entrée au séminaire d'où il est ressorti en curé jésuite. Ce niveau d'engagement ne paraissant toutefois pas assez sérieux à James P. McGoyne, il a tout quitté pour aller vivre au fin fond du désert du Nouveau-Mexique, dans un monastère où les moines passaient le plus clair de leur temps à creuser des canaux d'irrigation et à cultiver des agaves afin d'alimenter le marché de produits bio en gelée d'agave. Un jour, le père supérieur s'est entretenu avec frère James, a appris qu'il avait suivi des cours d'informatique à Notre-Dame et lui a demandé d'établir un fichier clients.

S'il lui fallut des mois pour la mener à bien, cette mission a marqué pour le Moine le début de la fin de sa vie de vrai moine et il n'a pas tardé à adorer un nouveau Dieu : l'ordinateur. En l'espace de deux ans, les bons frères se mirent à expédier leur infâme gelée dans des endroits aussi différents que New York, Amsterdam et Santa Fe. Grâce au Moine, les bons frères publiaient désormais un catalogue, un bulletin d'information, des livres de recettes, ils ramassaient le fric à la pelle, les bons frères, et c'est au Moine qu'il incombait de comptabiliser cette manne.

Un beau matin, le Moine se lève, et alors qu'il est plongé dans sa contemplation silencieuse — ce qui au monastère est le propre de la contemplation — il perd la foi d'un coup.

Sans avoir le temps de dire ouf.

Dissipée comme la brume du matin, envolée à jamais, sa foi l'abandonne. Lors de cette promenade à l'aube dans le désert, le Moine se tape un syndrome de Moïse à l'envers. Pas de buisson ardent, rien — le Moine se promène tout bêtement en regardant les montagnes obscures et d'un coup il décide que Dieu n'existe pas.

Il ne comprend pas pourquoi il n'y a pas pensé plus tôt. Voilà des années qu'il vit dans ce trou paumé à creuser des canaux, avaler de la bouffe dégueu, respecter ses vœux de silence, sauf pour communiquer l'essentiel ou psalmodier, et tout ça pour quoi ? Pour *nihil,* voilà pourquoi. Pour rien. *Nada.* Pour le grand néant.

Jusqu'au-boutiste comme toujours, le Moine alors ne se contente pas de devenir athée, il se proclame nihiliste. L'après-midi du même jour, il plante là les petits frères et monte dans un bus direction l'ouest. Là, il tombe sur Bobby Z, un de ses anciens camarades de classe, et tous deux se mettent à causer ordinateurs et fichiers clients.

Un monstre est né. Dorénavant, le Moine se consacre au marché de la dope avec l'entière ferveur qu'il a jusqu'ici réservée à Dieu. Il met au point un système de communications et de comptabilité mondial, impénétrable aux simples mortels de la brigade des stups, du FBI ou d'Interpol. Il ne redoute qu'une seule institution, la Société de Jésus, car il sait d'expérience combien ses membres sont pinailleurs. Mais les jésuites sont trop occupés par leurs propres rackets pour s'intéresser à l'empire de Z.

Lequel prodigue en abondance tout ce que le Moine possède aujourd'hui : une belle carrière, une superbe villa sur Emerald Bay, à l'aplomb d'une falaise qui domine les flots bleus du Pacifique, et un afflux d'argent qui paraît inépuisable.

De l'argent qui désormais serait aussi celui de Bobby.

« Tu l'as vu ? demande le Moine à One Way.

— Là-dedans », fait One Way en se touchant le front du doigt.

Réponse qui ouvre au Moine tout un univers de possibles. Déjà, il respire mieux.

« Mais tu ne l'as pas vu *de tes yeux* ? insiste-t-il. En chair et en os ?

— Qui l'a jamais vraiment vu ? » réplique One Way, pas le moins du monde ébranlé.

Eh bien, le Moine, naturellement — mais pas depuis des années.

« Tu connais Bobby ? reprend-il.

— Qui peut prétendre le connaître ? »

Et là-dessus One Way s'éloigne, la démarche exubérante, pour accoster les touristes qui commencent à émerger des hôtels en quête d'un premier café.

Tellement exubérante, la démarche, qu'il se fait à nouveau ramasser par les flics de Laguna. Habitués au problème — quoique un peu surpris par son ampleur —, les flics de Laguna savent comment le régler. Ils conduisent One Way hors du quartier du Parc et le lâchent côté sud.

À ceux de Dana Point de s'en débrouiller.

Pour le Moine, en revanche, les choses ne sont pas si simples.

Il paye son *latte*, achète *The Economist*, s'installe à la terrasse du café-librairie, mais n'arrive pas vraiment à se concentrer sur l'avenir de l'euro.

Si Bobby est de retour, se dit-il, si le hasard qui régit les éléments de l'univers les a associés selon la combinaison improbable qui pour une fois rendrait One Way cohérent, alors cela soulève pas mal de questions passionnantes et troublantes.

Pour commencer, pourquoi Bobby ne l'a-t-il pas contacté ? Par fax, par courrier électronique, en lui envoyant un messager ou en se servant de la vieille planque sûre près de la promenade de Dana Point ?

Se pourrait-il que Bobby le petit génie ait la puce à l'oreille ? Qu'il ait percé le Moine à jour, découvert le félon sous le fidèle vassal ? Si Z est de retour, où peut-il bien être ? se demande le Moine.

Et, Seigneur Dieu, que faire de lui ?

23

Johnson se dit que Bobby Z doit se terrer dans un coin.

Soit c'est ça, soit il erre dans le maquis et on finira par le retrouver crevé d'ici à un jour ou deux. Et si Brian frit dans sa graisse rien que d'y penser, lui ça le fait carrément suer, et pas qu'un peu, parce que se trimballer dans le désert en surveillant Rojas et ses trois *compadres* en train de renifler partout comme des chiens finit par lui porter positivement sur le système.

Ils ont retrouvé sa trace du côté du canyon. À vue de nez c'était pas trop la peine de crapahuter jusqu'au fond pour vérifier ce qu'il restait des débiles qui avaient flanqué le patrouilleur par-dessus bord. Et Rojas avait beau être pété comme le dernier des poivrots, il affirmait à Johnson que l'homme blanc après qui ils couraient n'avait pas sauté dans le trou avec sa moto. Il était parti vers l'ouest, avec un gosse, et à un moment les traces du gosse disparaissaient.

À partir de là, pas besoin qu'un foutu Indien examine la trace pour deviner que l'homme avait pris le gamin sur son dos. Ça se voyait aux empreintes de pas, vachement plus enfoncées dans le sable.

Donc Bobby Z courait toujours, mais pas tout à fait aussi vite que s'il avait été seul, ce qui fait que Johnson expédia Rojas et ses potes au petit trot sur la piste pendant qu'il suivait sans se presser, et à cheval.

Rojas n'a qu'à filer Z, le repérer, après il sera toujours temps de réfléchir à comment le coincer.

L'hidalgo le veut vivant.

Cap à l'ouest, ils suivent la piste qui traverse la plaine

jusqu'aux premiers reliefs avant de remonter le long d'un canyon, et les Indiens commencent à s'exciter parce qu'ils sentent que leur proie a ralenti l'allure. Johnson les regarde s'activer loin devant, comme des chiens.

Rojas entame l'ascension de la paroi du canyon, puis il s'arrête, recule, et, pendant qu'il échange trois mots avec les autres Indiens, Johnson en profite pour nettoyer ses lunettes noires avec un pan de sa chemise. Il les repose sur son nez à temps pour se rendre compte qu'un des Indiens vient de tomber comme si on lui avait tiré dessus.

Merde, se dit Johnson, j'y pensais plus, à ce fusil qui manquait.

Le cow-boy prend une seconde pour se demander où cet enculé de trafiquant de drogue qui soi-disant se dore la pilule sur les plages a appris à tirer comme ça, et bien qu'il soit sans doute hors de portée de tir il se laisse glisser à bas de son cheval et s'aplatit derrière une pierre.

Merde, se dit encore Johnson pendant que Rojas et les autres Indiens courent se mettre à l'abri. La journée va être longue, je vois ça d'ici.

24

« C'est un vrai fusil, hein ? demande Kit pour la forme.

— Pour de rire », prétend Tim, l'esprit ailleurs, un

peu inquiet tout de même de ce qui se passe au fond du canyon. Un des pisteurs est par terre, les deux autres se cachent derrière des rochers.

« Un vrai, insiste Kit. Le bonhomme est tombé quand tu as tiré.

— C'est la règle, répond Tim. De toute façon, je t'ai dit de ne pas espionner.

— C'est du sang qu'il a sur la jambe ?

— De la peinture rouge. Maintenant, tu retournes au fond et tu restes allongé. J'ai pas envie que ces sales mutants devinent qu'on est deux. »

C'est bien le fils de Bobby Z, pas de doute, pense Tim en son for intérieur, parce que, rien qu'à voir comment il se glisse tranquillement dans la grotte, c'est clair qu'il n'a pas peur *du tout.* Ce qui n'est pas plus mal, car Tim a besoin de se concentrer.

Sur le blessé. Qui devrait se mettre à brailler pour appeler à l'aide, c'est ça l'idée. Tu descends un mec, et tu dégommes les autres quand ils viennent à son secours.

C'est le jeu.

N'empêche qu'il est coriace, le petit salopard. Couché comme il est là, il déchire un bout de son pantalon avec ses dents et, sans mollir, se fabrique un garrot.

Malin et coriace, le petit salopard, mais personne ne se précipite pour l'aider.

Ils doivent connaître le jeu, se dit Tim.

Ce pauvre Tim n'a tout simplement pas le cœur d'abattre le type d'une balle dans la tête. Ça ne servirait pas à grand-chose, et en plus un blessé est plus rentable qu'un mort. Il faudra quand même bien que les autres finissent par s'en occuper d'une façon ou d'une autre.

« Tu ne bouges pas de là, lance-t-il au gamin.
— Je ne bouge pas, je ne bouge pas. »

Bizarre qu'ils ne tirent pas, se dit Tim. Ça serait pourtant le truc à faire, se mettre à arroser la grotte pendant que l'un des deux va chercher leur pote.

Sauf s'ils n'ont pas repéré d'où le coup est parti. C'est une possibilité.

Ou s'ils se sont déjà enfoncés dans le maquis pour le prendre par-derrière.

Une autre possibilité.

Sales mutants.

Pourquoi ils veulent ma peau, d'ailleurs ? se demande Tim, qui commence à trouver tout ça fatigant. Pourquoi ça n'arrive qu'à moi, ce genre de situation ?

Pourquoi tu te poses la question ? se reprend-il.

Il règle sa mire sur la tête du type couché par terre et inspire un grand coup.

25

Il a un bon fond, le fiston, décide Johnson.

Il devrait savoir, à l'heure qu'il est, qu'aucun d'entre nous ne va risquer sa peau pour aller aider ce pauvre Indien, et donc de son point de vue la meilleure chose serait de l'étendre une fois pour toutes, histoire d'être tranquille de ce côté-là.

Pourtant, il ne lui tire pas dessus.

Il a un bon fond, le fiston.

Alors Johnson dégage sa Winchester de l'étui de la

selle, prend son mouchoir, le noue autour du canon, puis sort de derrière sa pierre et s'avance vers la gorge.

Johnson compte sur le bon fond du fiston.

Il s'approche du blessé et constate qu'il va probablement s'en tirer. En règle générale, le Cahuilla moyen est un saligaud sacrément coriace.

Johnson lève les yeux vers la grotte, pas content tout de même de voir que Rojas a été assez con pour foncer tête baissée dans ce piège. Côté positif, ils ont trouvé le terrier de ce vieux Bobby.

« C'est ce que j'appelle une situation intéressante », crie Johnson.

Tim aussi la connaît, la situation. La situation, c'est qu'une fois de plus il s'est foutu dedans en allant tout seul se coincer dans une grotte au milieu du désert. Ça ne serait pas si différent s'il y avait un arrosage automatique, merde.

Mais comme il se dit que de toute façon l'autre n'attend pas sa réponse, il ajuste la mire sur la poitrine du cow-boy et attend.

« Merde, monsieur Z, on vous a coincé ! » beugle Johnson.

Tim abaisse l'angle de tir et envoie un pruneau faire voler la poussière sur les bottes de Johnson, histoire de lui rappeler que tout n'est pas encore joué.

« Hé, pourquoi t'as fait ça ? rebeugle Johnson.

— J'arrive pas bien à maîtriser mes pulsions », braille Tim en retour.

Tout à coup, il vient à l'idée de Johnson que le bon fond du fiston a peut-être un mauvais côté, et ça ne lui dit carrément rien de penser que ce mauvais côté pourrait lui sauter à la gueule sous la forme d'une balle de 7,62. En plus, il s'est tout de même trouvé une sacrée bonne position, là-haut, le fiston, ça sera pas coton de l'en sortir, et donc Johnson décide de s'y prendre autrement.

« Je vous propose un deal, monsieur Z, braille-t-il.

— Quel genre de deal ? » hurle Tim qui se méfie.

26

Tout le monde se tire et on en reste là.

Ça a l'air trop beau pour être vrai, comme tous les deals, mais, vu que Tim n'a rien de mieux à proposer, il accepte.

Le cow-boy fait sortir ses Indiens, ils ramassent leur blessé et se tirent pendant que Tim les observe, le doigt sur la détente, jusqu'à ce qu'ils soient loin dans la plaine, direction l'autre sens. Ils vont débarquer discretos leur blessé dans un coin et le cow-boy racontera au gros Brian que, désolé, ils n'ont pas pu mettre la main sur ce vieux Bobby Z.

C'est du moins ce qui a été conclu, sauf que Tim n'y croit pas une seconde. Mais il faut qu'il pense au gamin, et même s'il se doute que Johnson a dû imaginer un coup tordu il valait mieux saisir l'occasion que de rester à moisir dans cette grotte jusqu'à ce qu'il n'ait plus rien à boire et plus rien à manger.

« Tu as tiré sur ce bonhomme », déclare Kit. Comme s'il trouvait ça normal, on dirait que ça ne lui fait ni chaud ni froid, s'étonne Tim.

« Non, ment-il. J'ai fait semblant de lui tirer dessus et il a fait semblant d'être blessé. C'est le jeu.

— Ah, bon », dit Kit.

Tim sait que le gamin fait semblant de le croire, et donc à son tour il fait semblant de croire qu'il y croit puisque apparemment ça leur simplifie la vie à tous les deux.

« On va rester dans cette grotte ? demande Kit.

— Je ne sais pas encore. À ton avis ?

— Je pense qu'il vaudrait mieux s'en aller. »

Tim prend le temps d'y réfléchir un peu. Le plus sûr serait d'attendre que la nuit tombe, mais ça les obligerait à poireauter ici tout l'après-midi, et si ça se trouve Johnson a décidé de revenir avec des renforts.

« Attendons un petit moment », dit-il. Avant d'ajouter : « Si ça te va, Cyclope. »

Attendons que le soleil tape moins fort.

« Ça me va, Wolverine », répond Kit.

À l'heure qu'il est, ils savent aussi bien l'un que l'autre que le jeu qu'ils jouent n'est pas une histoire de B.D., mais c'est plus simple de faire comme si.

Et donc en attendant ils restent là, devant la grotte. Le temps que Johnson et sa bande deviennent pareils à des têtes d'épingle dans la grande plaine du désert, le temps que le soleil décroche un peu du zénith. Tranquillement assis là, ils parlent des X-Men, de Batman, de l'as des surfeurs, des bateaux téléguidés — Tim n'y connaît que dalle — et de trials. Ils causent de tout sauf de leur situation, qui n'a plus rien d'une histoire de B.D.

Et, au bout d'un moment, Tim passe une des deux bouteilles d'eau à Kit.

« Bois-la, lui dit-il.

— Tout entière ?

— Tout entière, confirme Tim. Dans le désert, tu stockes l'eau dans ton ventre, pas dans ta gourde. »

Tu fais pas comme au cinoche, où ils se la rationnent en avalant une gorgée tous les deux jours. Pas étonnant que ces tarés meurent, dans les films, se dit Tim. Ils stockent l'eau dans leurs gourdes, pas dans leur ventre. Connerie de *Beau Geste*, oui. Quelle blague.

« Allez, descends-moi cette flotte, ajoute Tim.

— C'est mal élevé de dire ça », remarque Kit, l'air ravi.

Il en faudrait plus pour démonter Tim, maintenant qu'il a vu les bonnes manières des adultes au milieu desquels Kit a grandi. Genre on évite de sniffer une ligne à deux devant les enfants et on se limite au pelotage, merci.

« Ça va comment, tes jambes ? demande-t-il à Kit.

— Super !

— C'est vrai ? »

Le gamin lève une main en l'air comme s'il allait prêter serment. Sûrement un truc qui l'aura marqué dans un film. Un truc que Tim a déjà vu pas mal de fois au tribunal — surtout avec les flics —, mais qu'il n'a jamais fait parce qu'il n'a pas eu l'occasion de prêter serment pour assurer sa défense. D'après les avocats, ce n'était pas conseillé.

Si encore il n'y avait que ça, quand on plaide coupable.

Le gamin coupe court à sa rêverie : « Pourquoi tu me demandes si ça va, mes jambes ?

— Parce qu'il va falloir un peu grimper. »

Beaucoup grimper, même.

Vu que le plus simple ce serait de descendre dans le

canyon et de suivre ses méandres pour sortir du désert. N'importe quel idiot sait qu'un lit de cours d'eau, même à sec, mène forcément hors du désert.

Ils vont m'attendre au fond.

Donc il ne reste plus qu'à grimper.

Ça serait sympa d'avoir une carte, se dit Tim. Naturellement, ç'aurait été sympa de ne pas se retrouver dans ce merdier, pour commencer, mais ça c'était un autre deal et on ne lui a pas demandé son avis, alors il vaut mieux qu'il n'y pense pas trop et qu'il se concentre sur la meilleure façon de négocier ce coup-là.

La vie, songe Tim : un coup merdique après l'autre.

Il pose les yeux sur le gamin, en gardant pour lui ce qu'il pense : *Tu ne sais pas ce qui t'attend, fiston.*

« Tu es sûr que tu veux venir avec moi ? lui demande-t-il.

— Sûr ! » s'empresse de répondre l'autre.

Pour la première fois, il a l'air de paniquer. Il panique à l'idée qu'il est encore tombé sur un adulte qui aimerait bien se débarrasser de lui.

« Parce que, si tu préfères, je peux te ramener.

— Ils te tueront », dit Kit.

Et là il ne joue plus, il ne fait plus semblant, on n'est pas dans une B.D.

« Impossible, déclare Tim. Je vends cher ma peau, tu sais. »

Demande à Stinkdog, tiens.

Mais Kit le regarde avec ses grands yeux noisette.

« J'ai envie de venir avec toi, dit-il.

— Alors on y va. »

Ils n'ont parcouru que quelques mètres quand Tim reprend : « Qu'est-ce que tu veux qu'on soit ? Des marines ou des X-Men ? »

Kit réfléchit, puis : « On pourrait pas être les deux ?
— Pourquoi pas ?
— Cool ! »
Des marines mutants, se dit Tim.
Cool.

27

One Way ne va pas perdre le moral parce qu'on le largue à Dana Point.

D'abord les poubelles y sont plutôt moins mal, estime-t-il en farfouillant dans une des grosses boîtes à ordures du restaurant Chart House. Dedans, il trouve les restes d'une super salade César, des toasts excessivement beurrés, mais qu'il décide de s'envoyer quand même, et un bout de saumon poché. Il y a aussi un nombre incalculable d'os de côtes de bœuf, des côtes premières à moitié entamées et des tonnes de cheeseburgers, mais One Way préfère s'abstenir de viande rouge, ce n'est pas très bon pour la santé.

Il retient le Chart House pour sa cuisine et pour son emplacement : perché sur la falaise, il offre une vue sereine et magnifique sur le port de Dana Point, où sont amarrés des centaines de yachts, de bateaux de plaisance et de vedettes de pêche.

One Way s'y connaît, en bateaux.

En tout cas il croit s'y connaître, car il y a de cela bien des années, avant qu'il entre dans ce qu'il appelle l'Âge des Lumières, il en affrétait en toute légalité pour promener les *turistas* dans la mer des Caraïbes. Il se souvient vaguement de cette époque où il vivait comme entre parenthèses une vie adoucie par le rhum, pimentée par l'herbe jamaïcaine, où il transbordait les bourgeois de port en port et se tapait à l'occasion leurs bourgeoises, leurs filles ou leurs maîtresses.

La vie facile, mais à l'Âge des Ténèbres.

Pourtant la vue qu'il a sous les yeux le ravit. Il aime tout en dînant observer le va-et-vient des bateaux qui entrent et sortent du port, suivent la longue digue de pierre qui sépare le bassin du sauvage Pacifique. Il aime regarder les bateaux, jauger en connaisseur leur silhouette et leur ligne.

Et puis il a la certitude que parmi les centaines de bâtiments de cette flottille se cache le bateau de Bobby Z.

C'est obligé, autrement les Parques — les flics, ces aveugles instruments du destin — ne l'auraient pas conduit à Dana Point en ce jour propice entre tous.

Son entrée avalée, One Way descend au pied de la falaise et, pénétrant dans l'espace du port, gagne le large quai où s'alignent les terrasses de restaurant. Il déniche dans une poubelle cette gâterie à nulle autre pareille : un cône de crème encore glacée — parfum chocolat — arraché à son fils par un père irrité, en pantalon blanc maculé de taches marron.

La moustache et la barbe barbouillées de chocolat, One Way entame son numéro spécial touristes. Il ne peut pas s'en empêcher, les mots qui bouillonnent en lui s'échappent de sa bouche au moment précis où un autocar répand à l'air libre son chargement de Japonais.

One Way est là pour les accueillir.

« Bienvenue à Dana Point ! » brame-t-il à l'adresse

d'un représentant d'articles en caoutchouc de Kyoto, qui le dévisage d'un air inquiet. Il attrape ce monsieur soucieux par le coude et le guide le long du quai. « Un des anciens havres du légendaire Bobby Z, qui, à l'heure où je vous parle, a emprunté la route du retour. Un beau jour Bobby Z s'est volatilisé dans les brumes océanes et le jour viendra où il reprendra la mer, mais auparavant il vient nous apporter la bonne nouvelle, mon ami.

« Comment le sais-je ? s'enquiert One Way de façon toute rhétorique, car le représentant en produits de caoutchouc de Kyoto est bien trop secoué pour demander quoi que ce soit. Il est bien normal que vous vous interrogiez, et il est bien normal que je vous réponde ! »

Et One Way se penche pour souffler son haleine pestilentielle à l'oreille de l'homme : « Il y a longtemps de cela, quand j'étais encore un jeune marin, j'ai servi comme second à bord d'un sloop qui croisait dans les eaux les plus tumultueuses des mers du Sud. Un voilier en principe de pure plaisance, mais qui pour cette traversée transportait, je l'avoue, une cargaison dont la teneur risquait d'attirer sur nous l'attention peu bienveillante des représentants du gouvernement s'il leur venait la fantaisie de fouiller le bateau au port ou en haute mer, et je ne parle pas des pirates, mon ami, les *pirates*... »

Un guide touristique aux quatre cents coups tente d'éloigner One Way qui a engagé le groupe dans la mauvaise direction.

Mais lui, tout content de voir son public grossir, le salue aimablement : « Hello ! J'étais justement en train de raconter à mon ami que voici comment moi, tel que vous me voyez, j'ai parlé à Bobby Z. Car je l'ai *connu*, vous savez...

— Non, non, non, non...

— Je me trouvais sur le bon bateau, Chose ou Machin, je ne sais plus, assis sur le pont par une nuit douce comme la soie en train d'épisser une amarre, les mains occupées, entre les lèvres le mégot d'un joint de la meilleure herbe de Hawaii, quand tout à coup s'approche de moi un jeune homme que rien *a priori* ne distinguait de tant d'autres jeunes gens si ce n'est, déjà, son port de roi.

« Vous m'avez deviné, je vois. Oui, c'était bien Bobby Z qui venait s'asseoir à mes côtés, moi, un pauvre marin, et tous deux nous avons conversé en regardant les étoiles scintiller sur l'eau phosphorescente. Une conversation d'homme à homme. J'étais profondément ému.

« Le lendemain, nous fîmes voile vers une île inconnue... »

Brusquement, One Way s'interrompt, non seulement parce que le guide touristique appelle à l'aide à grands cris et que les Japonais s'entassent en stère à l'autre bout du quai, mais aussi parce qu'il aperçoit un grand type efflanqué au crâne peu fourni qui vient d'ouvrir la grille du Ponton ZZ où il s'engage d'un pas pressé.

One Way observe l'homme qui file en vitesse jusqu'au dernier bateau, un sloop de petite taille, mais racé, monte à bord et s'engouffre dans la cabine.

One Way pointe vers le ciel son menton hérissé et hume l'air.

« Comme je le disais... », reprend-il — mais la main qui lui saisit le coude n'est pas celle du guide, c'est celle du vigile, une main gantée, qui a tôt fait de le pousser vers le poste de police de Dana Point.

« Bobby Z est revenu, vous savez, déclare One Way au flic qui le ramène à Laguna.

— C'est ça, ricane le chauffeur.

— Puisque je vous le dis ! glapit One Way avec indignation.

— Comment tu le sais ? » demande le flic. Sa bonne humeur est en train de s'envoler, il commence à en avoir un peu marre que les collègues de Laguna lâchent toujours One Way au sud de la limite de la ville. Ils ne pourraient pas l'emmener au nord, histoire de changer un peu, pour qu'il aille jouer les casse-couilles à Newport Beach ?

« Comment tu le sais, hein ? répète le flic.

— Je l'ai flairé.

— Ah.

— Et j'ai vu son grand prêtre, ajoute One Way. J'ai vu le Moine.

— Bravo.

— La première fois, je ne l'ai pas reconnu, avoue One Way. Mais quand je l'ai vu monter sur ce bateau...

— Ça a fait tilt, hein ?

— Absolument. »

Le flic se gare juste après le panneau de Laguna et ouvre la portière.

« Allez, ouste », lance-t-il.

Ça a fait tilt, se répète One Way en se dirigeant vers le centre-ville de Laguna. Ça a fait tilt — l'expression qu'a utilisée le flic lui plaît, il l'adopte.

Ça a fait tilt, chantonne One Way. Le Moine embarque à bord du sloop, et tilt.

Et le nom de ce bateau !

Nulle Part.
Z dans toute sa splendeur.
Une légende.

28

« Vous teniez Bobby et vous l'avez laissé filer ? » s'égosille Brian.

Son visage vire au rouge brique, et Johnson a l'impression qu'avec un peu de chance il va piquer une crise cardiaque et clamser d'un coup.

Ce n'est pas lui qui va pleurer.

Et puis l'enterrement attirerait du monde. Les Mexicos ne boudent jamais une belle fête, et à celle-là, c'est sûr, tout le monde chanterait et danserait. Même moi j'irais peut-être faire un tour, se dit-il.

« Il tenait les hauteurs, explique Johnson.

— Qu'est-ce que ça veut dire, cette connerie ? s'indigne Brian.

— Ça veut dire que c'était fichtrement pas coton de le sortir de là.

— Ça veut dire que vous aviez trop les jetons pour y aller !

— Peut-être », admet Johnson en haussant les épaules. L'idée le traverse de descendre Brian, là, tout de suite. De dégainer et de lui en coller une, pile entre ses deux petits yeux de goret.

« Un de nos hommes a été touché, dit-il à la place.

— La belle affaire.

— Mais soyez tranquille. Il est de nouveau sur pied. »

Et pourtant il n'est pas tranquille, Brian. Pas à cause d'un abruti de *tonto* d'Indien, bien sûr, mais à cause de l'hidalgo qui attend de l'autre côté de la frontière. Les yeux lui jaillissent de la tête, il souffle comme un phoque, Brian, et Johnson se reprend à espérer que le cœur va lâcher parce que tout de même ça éviterait bien des ennuis à tout le monde.

« De toute façon, on l'a pas laissé s'envoler, reprend Johnson d'une voix traînante. Rojas y est retourné. Il est sur ses traces.

— Et après ? Il va envoyer des signaux de fumée ?

— Je lui ai donné une radio.

— *Et ?*

— Il remonte Hapaha Canyon...

— Ce n'est pas dans Hapaha Canyon que Bobby a descendu votre homme ?

— Si, si, répond Johnson sans s'énerver. Et ensuite il s'est mis à remonter Hapaha Canyon.

— Pourquoi est-ce qu'il fait ça ? »

Johnson inspire à fond. Il commence à perdre son calme.

« Sans doute parce qu'il a dû se dire qu'on allait croire qu'il ferait le contraire.

— Je vois, mais une fois arrivé en haut de Hapaha Canyon il va se retrouver sur le plateau de Hapaha.

— Il ne doit pas le savoir.

— J'imagine que non. » Brian cogite sec. « Vous pourrez l'avoir, sur le plateau ? reprend-il.

— Ça paraît possible. Naturellement, le plateau n'est pas si plat que ça, vu qu'il forme une cuvette.

— Dans ce cas, ça devrait être facile », songe à voix

haute Brian, qui aime l'idée que Bobby Z va se faire coincer dans une cuvette.

Ça serait fichtrement plus facile si je pouvais tout simplement le descendre, se dit Johnson. Ou envoyer Rojas lui trancher la gorge. Mais de fil en aiguille Johnson en vient à repenser au gamin, et il n'aime pas trop y penser, justement.

« Et si nous essayions de surprendre M. Z sur le plateau de Hapaha ? » demanda Brian comme s'il parlait tout seul. Il reprend du poil de la bête à la vitesse grand V.

Un sourire s'étale sur sa gueule de bouffi.

« Peut-être que Willy aimerait nous aider..., se met-il à ronronner. Après tout, il en veut à Bobby de lui avoir fait mal et de l'avoir humilié, *n'est-ce pas** ? Il me semble que nous devrions y consacrer un après-midi. Je mettrai la tenue de la Légion étrangère — le képi avec le couvre-nuque, des jodhpurs — et Willy... je suis sûr que Willy adorerait que son biplan serve à des fins utiles, pour changer... »

Johnson n'est pas tranquille quand Brian prend cette voix-là. En principe, c'est signe qu'il y a de la connerie dans l'air.

« Vous avez une idée » ? lui demande-t-il.

Le sourire de Brian n'épargne aucun repli de son visage maintenant qu'il fredonne l'air d'un vieux film sur la guerre du Viêt Nam.

« La mort vient du ciel », répond Brian.

La mort vient du ciel ? s'étonne Johnson intérieurement.

Qu'est-ce que ça peut bien vouloir dire, nom de nom ?

29

Tim et Kit viennent de s'arrêter au bord d'une immense cuvette et ils regardent au fond.

« Quelle merde, jure Tim.

— C'est beau ! » s'extasie Kit, le souffle coupé.

Un champ de fleurs de huit kilomètres s'épanouit au-dessous d'eux.

Une pleine cuvette de fleurs.

Tim a déjà vu le printemps dans le désert, avant, mais il n'a jamais rien vu de pareil. Cette cuvette, putain, c'est un vrai carnaval. Des rouges vifs, des violets, des jaunes, des or, des couleurs dont il ne sait même pas le nom. Il ne sait même pas si elles en *ont* un, de nom.

Contrairement au brun-beige qui domine d'habitude dans le désert, ces couleurs brillent sur un tapis vert. Rien que des broussailles et du maquis, Tim le sait — des armoises, des arbres à perruques, du tabac des sables, des cactus et des buissons de mezquite — mais, vu d'en haut, on dirait un tapis vert.

Piqueté de milliers et de milliers de fleurs sauvages.

À croire que toute la pluie qui a pu tomber sur le désert s'est déversée dans cette cuvette, et *voilà**, c'est le printemps. Comme si on avait filé une toile de huit kilomètres carrés à un artiste défoncé au LSD en le laissant peindre ce truc de dingue.

« Si tu louches, dit Kit, on dirait un... comment ça s'appelle, déjà ?

— Kaléidoscope ?

— Ouais. Un kaléidoscope. »

Tim regarde les lèvres du gamin former le mot deux ou trois fois, histoire de le mémoriser.

Puis il lève un peu les yeux des fleurettes du tableau de dingue. Planté en plein milieu, il y a un putain de caillou énorme qui a bien l'air de la taille d'une grosse baraque. Posé là-dedans comme un ornement de pelouse à la gomme.

Dans un film ça ferait une super image, se dit Tim, qui n'est pourtant pas chaud à l'idée de se la taper en gros plan. Pas chaud du tout à l'idée d'aller crapahuter au fond d'une cuvette, vu qu'en général ce qui se passe dans ce cas-là c'est que les autres s'assoient sur le bord et te tirent comme un lapin. Ou alors ils descendent dans la cuvette avec des effectifs supérieurs aux tiens — et lui il n'a qu'un gamin, merde —, ils te débordent, et comme tu ne tiens pas les hauteurs, *adiós,* pauvre enfoiré.

N'empêche qu'il n'y a pas d'autre solution à part le repli, et le repli c'est pas une solution. Les parois du canyon sont bien trop à pic pour les escalader avec un gamin. En plus, le gosse est fatigué — brave, ça oui, mais vanné —, et Tim sait que pour finir il faudra probablement qu'il le porte une bonne partie du chemin. Tim sait aussi que s'il prenait le temps de réfléchir il laisserait tomber le gosse, bordel, mais, comme il a déjà été amplement démontré qu'il ne prend jamais le temps de réfléchir, la seule solution qu'il lui reste est de traverser la cuvette pour arriver aux montagnes qui se trouvent de l'autre côté.

Il y a beaucoup d'avantages à vivre seul, se dit Tim. D'abord, pour commencer, d'habitude on vit plus vieux.

« Allez, on plonge dans le kaléidoscope, lance-t-il au gamin.

— Cool. J'aime bien les kaléidoscopes.

— Va faire chaud.

— C'est le désert », réplique le gamin en haussant les épaules.

Tim se sent un peu plus rassuré une fois qu'ils sont au fond de la cuvette, parce que les broussailles sont si hautes qu'à moins de prendre un avion, un hélicoptère ou un truc du genre il ne sera pas commode de les repérer. Et puis comme ils avancent sur un sentier qui a l'air d'avoir été tracé par un gros gibier, peut-être un coyote qui chasse le lièvre ou alors un daim, se dit Tim, ils progressent facilement. Jusque-là, le gamin suit sans problème.

Et, qu'ils regardent de près ou de loin, les couleurs éclatent partout. Rouge ardent des fleurs du cactus ocotillo, jaune vif de la créosote, jaune-vert de la *cholla* argentée, rose soutenu de la queue-de-castor. Il y a la lavande du désert, une herbe indigo, le yucca vert aux feuilles pointues et une grande plante couverte de fleurs jaunes — la plante centenaire qui, d'après la légende, ne fleurit qu'une fois tous les cent ans.

Alors c'est peut-être bon signe, se dit Tim. Cette plante ne fleurit que tous les cent ans, et on est là pour voir ça. C'est forcément *une* chance, tout de même, et je trouve que j'ai bien mérité d'en avoir une seconde.

Il n'a pas encore vu l'avion qu'il l'entend déjà.

30

Assis au bord de la cuvette, Johnson regarde le petit appareil qui teufe-teufe au-dessus du désert. Brian est là, aussi. Debout à ses côtés en grand attirail de la Légion étrangère française, l'œil vissé à ses jumelles, il ressemble au sergent du film qu'il aime tant. D'après Brian, le sergent de *Beau Geste* est le premier grand méchant homosexuel de toute l'histoire du cinéma, mais ce n'est pas Johnson qui ira vérifier.

Johnson regarde Willy en train de virer sur l'aile dans son espèce de coucou qui a tout de la poussette volante. Sûr que je n'aimerais pas m'envoyer en l'air là-dedans, songe le cow-boy.

« On dirait un faucon qui tournoie au-dessus de sa proie », déclare Brian, les jumelles toujours vissées à l'œil.

Et lui on dirait un débile, se dit Johnson. Pour sa part, il a plus confiance en ce vieux Rojas qui trotte toujours derrière ce vieux Bobby en gardant ses distances. Rojas n'a pas besoin d'un imbécile de Boche qui fait vroum-vroum dans le ciel en envoyant des messages radio pour préciser la position de Bobby. Il la connaît déjà, Rojas, la foutue position de Bobby.

Mais donnez un jouet à un môme et il va vouloir s'amuser avec, philosophe Johnson. Brian est bien trop poule mouillée pour monter lui-même dans ce petit avion de rien du tout, mais Heinz ou Hans ou Trouduc ou va savoir comment il s'appelle crevait tout simplement d'envie d'essayer son engin et d'ailleurs, qu'il disait, je sais très bien comment ça marche parce que j'étais membre de l'Aéro-Club bavarois ou nom comme ça, et donc ils sont là pour le regarder faire son cirque.

Il entend dans la radio la voix du Boche chuchoter : *Le suchet se diriche à fint' cinq dekrés sut-sut-ouest*, et dans sa tête il se demande : *Mais nom d'un chien pourquoi il chuchote comme ça?* Qui est-ce qui risque de le capter ? Un couillon de colibri ?

« Il se dirige à ving-cinq degrés sud-sud-ouest, traduit Brian.

— J'ai entendu, dit Johnson.

— Transmettez à Rojas », lui ordonne Brian.

Johnson sait que pour Rojas vingt-cinq degrés ou ses fesses, c'est du pareil au même, mais il obéit aux ordres. Le seul problème, c'est que ça va énerver Rojas, mais qui ça dérange que Rojas s'énerve ?

Il entend Brian demander au Boche : « Alors, on le tient ?

— *Foui, on le tient.* »

Brian biche tellement que Johnson en est presque malade.

« Vas-y, fous-lui sur la gueule », crie Brian.

Johnson n'est pas sûr d'avoir bien compris, mais il voit le biplan fondre en piqué. Puis l'autre imbécile qui se penche pour faire coucou.

Puis l'autre imbécile qui se met à tirer.

31

« Regarde pas en l'air, lance Tim à Kit.

— Mais...

— Je sais, mais tu regardes pas en l'air. »

Le foutu biplan les a repérés. Son pilote à la gomme leur fonce droit dessus, le buste à moitié sorti de la carlingue, en s'improvisant tireur d'élite.

Sale con, se dit Tim. Il sait qu'il y a un gamin, en bas.

Et là, le gamin n'est pas rassuré, Tim le lit dans ses yeux.

« Merde », jure Tim.

Kit approuve d'un hochement de tête.

« C'est Magneto, dit Tim l'air lugubre. Le chef des méchants des X-Men. »

Ça va tout de suite mieux pour le petit.

« Comment *faire* pour lui échapper ? s'exclame-t-il sur un ton désespéré pour rire.

— On va courir jusqu'à ce gros rocher, répond Tim. Il est entouré par un champ de force que Magneto ne peut pas franchir !

— Allons-y ! »

Ils partent au pas de course. Tout au jeu, le gamin oublie qu'il en a plein les pattes et s'élance ventre à terre avec Tim pendant que ce cinglé de pilote tourne au-dessus de leurs têtes en criant youpi à pleine gueule et en les canardant tous azimuts, mais, comme Tim sait que c'est déjà assez dur de toucher une cible mobile au pistolet quand on se tient soi-même tranquille, tu parles comme c'est coton, aux commandes d'un avion, ce qui fait qu'il ne s'inquiète pas trop, enfin, tout de même... Et puis les youpi de ce type, ce n'est pas vraiment ça. Il dit youpi avec une espèce d'accent boche, comme un méchant dans un vieux film sur le câble, et Tim en déduit que ça doit être l'Allemand de la piscine et que donc c'est une histoire personnelle.

Moi, ça me va, décide Tim.

Et voilà l'Allemand qui tout en les canardant de plus belle se met à chanter « la, la, la, *la,* la » : l'air de « La mort vient du ciel » que les troupes d'assaut en hélico balançaient à pleine sono dans le Golfe — ça leur flanquait une de ces pétoches, aux Irakiens —, en mettant le volume à fond. *Des vrais fêlés, ces mecs,* se dit Tim.

On a intérêt à y arriver à ce rocher.

Même s'il n'a pas prévu ce qu'il va encore falloir inventer une fois là-bas, ça ne peut pas être pire que de détaler comme des lapins devant un faucon.

Il trouve qu'il faudrait accélérer l'allure, alors il s'arrête et s'écrie : « Cyclope, saute sur mon dos !

— Ça va, je te suis !

— Je sais ! Mais ta cuirasse de protection dorsale super-magnétisée nous protégera tous les deux.

— Bonne idée, Wolverine ! »

Banco, se dit Tim.

Kit saute sur son dos et Tim s'arrache, il donne le meilleur de son sprint Semper Fido, comme dans la course d'obstacles à Pendleton, comme si un salaud de gradé lui gueulait dessus et tirait à balles réelles histoire de le motiver. Il ne lui faut pas longtemps pour voir le rocher en gros plan, et si ça se trouve il y a du vrai, dans cette histoire de plante centenaire, parce que le caillou a pas mal l'air d'une seconde chance.

Avec cette énorme fissure qui le fend en deux par le milieu.

32

« Où est-ce qu'il va ? demande Brian, pas loin de paniquer.

— Apparemment, il est allé se fourrer dans la Roche Fendue », répond Johnson.

Bonne nouvelle. Ce petit malin de Bobby a couru se fourrer dans un piège. Il s'est planqué dans un caillou de quinze mètres de haut qui n'a que deux issues : une à un bout de la fissure et l'autre à l'autre bout, ce qui fait que ça ne va pas être compliqué d'en colmater une et d'aller l'attendre à l'autre. Il aurait aussi bien pu foncer tête baissée dans un corral.

La partie est presque finie, se dit Johnson.

« Comment le *savoir* ? reprend Brian, inquiet parce qu'il voit le biplan se redresser, prendre de l'altitude et se remettre à tourner en rond. Vous êtes bien sûr que nous ne l'avons pas perdu ?

— Ouais, il est là-dedans. »

Et quand la nuit sera tombée on ira le sortir de là.

Mais Brian baragouine dans sa radio : « Demande confirmation de la position du sujet. Demande confirmation de la position du sujet. »

Il colle de nouveau les jumelles sur ses yeux et observe le biplan qui décrit des cercles autour du rocher.

33

Tim l'observe, lui aussi.

Couché sur le dos dans la fente qui doit bien être assez large pour que deux bonshommes pas trop grands s'y tiennent debout côte à côte, Tim regarde le ciel. Ce rocher-là n'est carrément pas banal, se dit-il en essayant de reprendre haleine. À croire que Dieu a pris une hache et qu'il en a balancé un grand coup dessus pour le couper en deux. Il y a aussi des dessins bizarres, gravés sur les parois.

« Pourquoi tu t'es couché ? demande Kit.

— Pour reprendre mon souffle.

— Tu as perdu la forme ?

— Ouais. »

Le gamin s'allonge à côté de lui. Ensemble, ils regardent le biplan apparaître dans la bande de ciel bleu, tout là-haut, avant de disparaître à nouveau.

« Il est drôlement haut, là, dit Kit. Tu crois qu'il nous a repérés ?

— Pas exactement, répond Tim. Mais quand il saura où on n'est pas, il tardera pas à savoir où on est.

— Et alors ?

— Je sais pas. Écoute, le prends pas mal, mais j'ai pas trop envie de parler. Je voudrais reprendre mon souffle.

— Moi aussi. »

Le biplan réapparaît, et Tim se dit qu'il a à peu près pigé le rythme du mec. Allez, encore un ou deux tours et je vais respirer comme il faut.

« Tu veux bien me rendre un service, Cyclope ? demande Tim une fois que la toute dernière palpitation s'est calmée dans sa poitrine. Ferme les yeux.

— Mon *œil*, tu veux dire.

— Ah, ouais. Ton œil.

— Pourquoi ?

— Pose pas de questions. »

Tim a l'impression d'entendre le mec rigoler, là-haut, mais si ça se trouve son imagination lui joue des tours.

D'ailleurs, pour ce que ça change, maintenant qu'il lève le fusil à la verticale en appui sur son épaule, vise droit en l'air et attend.

Il voit le biplan — juste au-dessus — très haut.

Tranquillement, il fredonne « la, la, la, *la,* la » en son for intérieur et appuie sur la détente.

34

Johnson n'a pas entendu le coup de feu, mais il entend le moteur crachoter.

Et derrière la fumée noire vomie par le biplan, il arrive à peine à distinguer le Boche qui est à moitié sorti de la carlingue, l'air de chercher un bon endroit où sauter.

« Il a un parachute ? demande-t-il à Brian.

— Trop bas pour sauter en parachute », murmure Brian.

Le moteur s'étouffe, un instant durant le zinc reste suspendu en l'air, puis il tombe à pic.

Comme un oiseau blessé, se dit Johnson.

Il est tombé de l'autre côté de la Roche Fendue, ce qui fait qu'ils ne le voient pas s'écraser.

« Vous croyez qu'il y a une chance qu'il soit vivant ? s'inquiète Brian.

— Putain non, il a bien dû faire une chute de trente mètres », répond Johnson.

Une seconde plus tard, c'est l'explosion, suivie d'une immense flamme rouge orangé qui s'élève dans le ciel.

Johnson ferait mieux de se taire, mais c'est plus fort que lui : « Votre ami, dit-il, c'était pas un de leurs savants qui travaillaient sur la bombe, si ?

— La ferme.

— Là-bas, dans son pays, je veux dire ? »

Brian est rouge comme une tomate. La tronche écarlate du type qui ne va pas tarder à *kaputer.* Il essaie d'éructer quelque chose mais rien ne sort de sa bouche, sauf des postillons baveux.

Ça ne serait pas franchement déplaisant de voir Brian terrassé par un infarctus aigu, mais vu que tout bien pesé les ennuis potentiels l'emporteraient sûrement, dans ce cas, sur la satisfaction immédiate, Johnson décide qu'il vaut mieux changer de sujet.

« Je ne sais pas vous, mon commandant, fait-il de sa voix traînante, mais moi, il me semble qu'il serait peut-être temps d'envoyer l'infanterie, vous ne croyez pas ? »

À moins, poursuit Johnson à part soi, que vous n'ayez envie d'essayer un hors-bord ou Dieu sait quel engin ?

35

Kit aussi a entendu l'appareil s'écraser.

« Qu'est-ce qui est arrivé à Magneto ? demande-t-il.

— Je crois bien qu'il est tombé », dit Tim.

Kit y réfléchit une minute, puis reprend : « Comme Icare, alors ?

— Tu as lu cette histoire ? demande Tim, impressionné.

— Non, répond Kit en secouant la tête. J'ai vu le dessin animé à la télé.

— Oh. »

N'empêche que c'est une histoire pas mal du tout, se dit Tim. Avec une leçon utile à la clef : si tu t'approches trop de la bouche d'un M-16, tu risques de les voir fondre, tes ailes à la con.

« Quel âge tu m'as dit que tu avais, déjà ? demande-t-il à Kit.

— Six ans. Élizabeth raconte tout le temps que je vais sur mes vingt-six.

— Elle n'a pas tort.

— Qu'est-ce qu'elle veut dire ?

— Elle veut dire que tu es déjà grand pour ton âge, répond Tim.

— Ah. »

Tim dégage l'outil de sapeur de sa ceinture, dévisse la lame, la fixe avec le cran de sûreté et tend l'objet à Kit.

« En fait, tu es si grand que tu peux commencer à creuser.

— À creuser ?

— Un trou.

— Pourquoi ?

— Pour dormir dedans », ment Tim.

En réalité son idée — mais il ne veut pas flanquer les jetons au gamin — c'est qu'à moins que Willy ait traîné dans le coin pour jouer les von Richtofen en solitaire, Johnson et ses gars vont venir les cueillir cette nuit.

Tout à l'heure, pourtant, le caillou fendu avait tout l'air d'une super bonne idée — comme tant de choses, d'ailleurs, songe Tim, désabusé —, mais en y entrant ils sont venus se fourrer dans un piège.

Le bon truc, pour Brian et ses gars, ce serait de les attendre dehors, sauf que Brian manque trop de discipline pour ça. Un autre bon truc serait de monter en haut du caillou et de lâcher des explosifs par la fente. Mais s'ils les veulent toujours vivants ils ne peuvent pas s'y prendre comme ça.

Donc ils vont entrer. Et si côté pas de bol il n'y a que deux issues pour sortir de ce caillou, côté coup de veine il n'y en a que deux pour y entrer.

Sauf que je ne suis qu'un.

Car même si le gamin pouvait tirer — et pas la peine d'être un as de la gâchette pour faire mouche à travers cette fissure —, Tim ne va pas obliger un enfant à tuer quelqu'un.

Il fait sûrement assez de cauchemars comme ça, le gamin.

Donc Tim va le planquer dans un joli trou bien profond. Où il sera à peu près en sécurité si jamais les balles se mettent à ricocher sur les parois. La séance qui les attend pourrait ressembler à une fusillade dans un couloir.

Il faut aussi que Tim trouve le moyen de former deux bataillons à lui tout seul.

Ça ne va pas être coton, se dit-il, surtout pour un spécialiste des coups foireux.

« Continue à creuser, lance-t-il au gamin. Je vais chercher du petit bois.

— On va faire du feu ? s'exclame Kit, rayonnant.

— Ouais », réplique Tim.

Une vraie flambée.

36

Le gamin en a assez vite marre de creuser, et Tim prend donc la relève. Il creuse un terrier de renard assez grand pour que Hulk Hogan se cache dedans, puis tresse ensemble des branches d'arbre à perruques pour fabriquer comme un couvercle qu'il pose par-dessus le trou.

« C'est pour quoi faire ? demande Kit.

— Pour pas que tu prennes froid.

— Et toi ?

— Moi, j'ai le sang chaud. »

Avec le bois de mezquite qu'il est allé ramasser, Tim prépare un feu de camp. Ensuite, il empile des broussailles sèches devant la fente, à l'autre bout du caillou.

Kit, qui commence à se fatiguer, de le voir s'agiter se met à s'intéresser aux dessins sur le mur.

« Qui est-ce qui les a faits, tu crois ? demande-t-il.

— Des Indiens ! crie Tim.

— Comment tu le sais ?

— Il y en a partout dans le désert. On les appelle des pictogrammes.

— Ah.

— C'est les Indiens qui les dessinent.

— Je vais dans mon fort, maintenant.

— Bonne idée. »

Tim regarde le gamin se coucher dans le trou et tirer le couvercle sur sa tête. Il espère qu'il va dormir, le gamin, parce que lui il a du pain sur la planche et qu'il n'a pas envie que le petit voie ça.

Il se trouve une branche fourchue qu'il enfonce dans le sol. Ensuite il attrape le pistolet et le fixe sur la fourche avec du chatterton jusqu'à ce qu'il tienne aussi bien qu'il doit tenir. Il sort le rouleau de fil de fer du sac de toile, l'enroule à un bout autour de la détente, arme le pistolet, déroule soigneusement le fil de fer, le tend à hauteur de cheville devant la fente. Puis il le ramène à son point de départ et l'attache bien serré autour de la branche.

Vu que ça fera déjà un coup, se dit-il, je vais pouvoir me casser à l'entrée de derrière sans avoir besoin de rester là. Tout ce que je demande, c'est que le salopard ait l'idée de sauter à travers le feu et qu'il se prenne la balle en pleine poitrine.

Après avoir vidé trois balles de leur charge de poudre, Tim trace une ligne de cordite qui va de la pile de broussailles jusqu'au milieu de la fente. Puis il prend son outil de sapeur pour creuser une espèce de tranchée un peu plus loin. Pas aussi profonde que le trou de Kit, juste assez pour qu'il puisse s'allonger dedans sans qu'on le repère nécessairement dans le noir. Cela fait, il entreprend de se creuser une position de tir similaire à l'autre bout du caillou.

Là-dessus, Tim réfléchit un moment à ce qu'il pourrait encore trouver pour leur mâcher un peu le boulot, mais il sèche.

Alors, se concentrant sur un autre sujet, il se demande pourquoi Don Huertero fait tellement suer le poncho pour le prendre vivant vu qu'il serait si facile de l'avoir les pieds devant. Il décide que c'est sûrement parce que Bobby a un truc que Huertero veut, ou parce que Bobby *sait* un truc qu'il garderait pour lui si jamais il mourait.

Qu'est-ce qu'elle disait, Élizabeth, déjà ? *Tu lui as pris quelque chose ?*

Don Huertero veut le récupérer.

Et si jamais j'arrive à m'en sortir, j'ai intérêt à découvrir ce que c'est, ce machin, à trouver où il est et à le lui rendre. Le monde n'est pas assez vaste pour échapper à Don Huertero.

C'est alors qu'il entend Kit pleurer doucement. Calmement, comme un gosse qui a l'habitude de pleurer pour que personne n'entende.

« Ça va ? fait Tim.

— Je voudrais ma maman.

— Elle va bientôt sortir de la clinique, dit Tim. Tu la retrouveras, j'y veillerai. »

Tim n'a pas l'ombre d'un foutu indice pour savoir comment il va s'y prendre, mais il se jure d'y arriver.

« Ce n'est pas ma mère, reprend Kit.

— Naturellement, que c'est ta mère.

— J'ai entendu Élizabeth le dire.

— Ce n'est pas à ça qu'elle pensait.

— À quoi elle pensait, alors ?

— Elle pensait qu'Olivia n'est pas toujours une mère formidable.

— Ah.

— Désolé.

— Ça ne fait rien. »

Tim rumine ça une minute, puis se secoue.

« Tu n'as pas envie de te lever pour casser un peu la croûte ? Elles sont bonnes mes rations de combat !

— C'est ce que mangent les marines ?

— J'en ai peur, fiston.

— D'ac.

— D'acco d'ac. »

Tim allume donc le feu, et pendant que la bonne odeur du bois de *mesquite* leur emplit les narines ils font chauffer les rations — de la dinde sauce trucmuche avec du riz. Comme dessert ils ont droit à une barre énergétique chacun.

Pour passer le temps ils se racontent des histoires, et à ce jeu Kit est meilleur que Tim. Le gamin, qui a de l'imagination à revendre, arrive à bien distraire Tim en lui en racontant une excellente sur une île où un pirate a caché plein de trésors.

Le pirate s'appelle Bobby Z, justement, et Tim ne sait pas trop s'il faut paniquer ou prendre un air flatté.

37

Johnson se roule une cigarette, histoire de patienter le temps que la lune se lève. Assis sur le bord de la cuvette, les yeux fixés sur la Roche Fendue, il se dit que ce coup-ci Bobby Z est cuit, tellement cuit que ses roustons vont attacher au fond de la casserole.

Il est plutôt relax, Johnson. D'abord, pour commencer Brian, qui en avait sa claque, est rentré à la maison, et, nom de nom, c'est pas dommage car y a gros à parier que dans la bagarre Brian est plus un poids qu'autre chose. Et puis Johnson en a jusque-là de son « je le veux vivant ».

En repensant, d'ailleurs, il en a jusque-là des conneries de Brian. Johnson a passé quarante ans de sa vie à travailler dans un *vrai* ranch, le sien. Et dans le désert il t'en faut, des compétences, pour envoyer le bétail vers le peu de verdure qui pousse jusqu'à ce que ces couillons de bestiaux aient suffisamment engraissé pour que tu puisses en tirer suffisamment de pognon pour tenir les banquiers à distance suffisante. Ce plan-là a marché pour lui quarante années de suite, nom de nom, ça ne l'a pas rendu plus riche mais il a toujours eu de quoi se payer ses fayots, son café, son tabac et son whisky. Il avait ses terres à lui, ses bêtes à lui, il était quelqu'un nom de Dieu, jusqu'au jour où le gouvernement a expulsé tous les fermiers installés sur les terres fédérales. Plus le droit d'y faire brouter le bétail, ça risquait d'« endommager la flore primitive du désert » : il n'en fallait pas plus pour ficher sur la paille les petits éleveurs comme Johnson.

Les banquiers lui ont sauté sur le râble comme la puanteur sur la merde.

Ils ont saisi le ranch et tout ce qu'il y avait dessus, sans même lui laisser un cheval pour partir.

Et voilà, songe Johnson, comment j'en suis venu à me louer à cette grosse fiotte dans son « ranch » de cinoche.

Ranch, mon cul, mon cul calleux.

Il finit de rouler son clope, l'allume, et, tout en aspirant profond la première bouffée, la meilleure, il se dit qu'ils vont simplement prendre ce brave Bobby sans trop s'inquiéter de savoir comment l'attraper.

Et le gosse... bon, on verra.

Assis à côté de lui, Rojas a l'air d'un vieux clebs vicieux.

Johnson roule une cigarette pour l'Indien et la lui tend. Il la lui allume, aussi, et engage la conversation :

« On va attendre la lune... », qu'il fait.

Rojas ne moufte pas.

De toute façon, ce n'est pas un bavard, Rojas. Quand

il est à jeun, il deviendrait même abstinent, question causette. En plus, se raisonne Johnson, ce que j'ai dit n'appelait pas vraiment une réponse.

Il l'a mauvaise, Rojas. Rien qu'à rester assis à côté de lui, Johnson devine qu'il est en pétard. Il lui trouve des excuses. Rojas a passé toute une journée dans la fournaise à pister l'homme et le gosse, tout ça pour que le patron sabote le boulot en ramenant un connard qui voulait faire joujou avec son coucou.

Et Johnson pense tout à fait ce que Rojas pense : ils auraient dû laisser Rojas les coincer et les liquider.

C'est pour ça qu'on va chercher un Rojas.

Autrement, on se demande à quoi ça sert de l'avoir. C'est tellement chiant d'aller tout le temps verser la caution pour le sortir de taule.

Un foutu danger pour lui-même et pour les autres, le Rojas.

« Tu sais, reprend Johnson, j'ai réfléchi. Je ne suis pas sûr qu'on ait vraiment besoin de prendre ce gus vivant. Il me semble que tu pourrais le tuer, si ça se présente. »

Mais Johnson n'a pas bien estimé à quel point Rojas est en rogne. Il le réalise en entendant Rojas siffler : « J'vais me le faire vivant.

— Non, franchement, tu... »

Rojas brandit son grand couteau et l'agite à la clarté des étoiles : « J'vais lui planter dans le cou, et le type il sentira plus jamais rien. »

Nom de Dieu, se dit Johnson.

« Le type, il vit toujours, poursuit Rojas, mais quand il chie il sait même plus qu'il chie.

— C'est un vieux truc indien ?

— Je crois que c'est comme ça qu'on va amener

Bobby Z à Don Huertero. Je crois qu'il sera content, Don Huertero.

— J'imagine.

— Ouais, moi aussi. »

Johnson regarde le plateau de Hapaha que la lune qui se lève transforme en cuvette argentée.

« Bon, fais comme tu veux, déclare-t-il. Moi, je vais dire aux gars d'y aller en tirant. Juste pour “blesser”, naturellement. Si tu chopes Bobby avant qu'une balle l'ait eu, tant mieux pour toi, ça sera ta veine.

— La veine, postillonne Rojas. J'ai pas besoin d'un avion pour avoir des ailes, moi. »

Johnson n'a pas la moindre putain d'idée de ce qu'il entend par là, mais il laisse passer parce qu'il doit s'agir d'un truc mystique indien à la con. Les Cahuillas sont comme ça — ils se transforment en coyotes, en blaireaux, en lièvres et autres conneries.

Quand ils ont goûté au mezcal, en tout cas.

« Bon, reprend-il, si tu peux le choper vivant... » Il marque une pause avant d'en venir au point suivant. « ... d'un autre côté, le gosse... »

Rojas, ce fils de pute vicieux, l'attend au tournant. Il veut l'obliger à cracher le morceau.

Mais Johnson sait se buter. Il tire sur son clope en regardant la lune monter dans le ciel.

Et pour finir Rojas se met à rire.

« Le gosse », dit-il. Et il passe la lame de son couteau sur sa gorge. « Tu veux la tête du gosse ? » demande-t-il à Johnson.

Il se fout de sa gueule, Johnson en jurerait.

« Ça ne me paraît pas nécessaire », répond-il.

Il attrape ses jumelles à infrarouge et les braque sur

la cuvette. Là-bas, ses gars se mettent en position autour de la Roche Fendue.

Allez, encore une petite demi-heure ou pas loin et on pourra finir le boulot.

38

Tim descend le premier mec à l'instant où il apparaît, fantôme vert dans la lunette de visée à infrarouge. Il sait qu'il l'a eu rien qu'à la façon bizarre qu'a le mec de tomber, comme tous les mecs qui viennent de s'en prendre une.

Tim vise la poitrine : la partie la plus large de la cible. Pas de trucs à la con du genre « touchez-les sans les tuer », ce soir. Ce soir, ça barde, et pour de vrai.

C'est reparti pour la bataille de Khafji.

Tim entend le gamin remuer dans son dos.

« Tu restes dans ce trou », ordonne Tim. Il parle comme un sergent, sans blabla, parce que les autres ripostent, maintenant. Dans ses oreilles, le fracas des balles qui claquent sur le caillou. Une ou deux lui passent en sifflant au-dessus de la tête.

« Tu restes dans ce trou », répète Tim.

Une autre silhouette anime fugitivement son minuscule champ de vision. Tim lâche une rafale. Il entend le bruit de l'air qui s'échappe du mec au moment où il retombe sur le sol.

Il essaie d'écouter ce qui se passe par-dessus les battements de tambour de son cœur. Son sang charrie l'adrénaline et ces trucs à la con qui font bander, mais il faut absolument qu'il sache si les autres vont se pointer de l'autre côté.

Par la porte de derrière.

Il entrevoit une silhouette, tire, rate.

Mais il les entend, là-dehors, et ils s'écrasent. S'ils étaient un peu malins, ils ramperaient le long du caillou et enverraient quelques giclées faciles en se collant au bord de la fente.

Tim tend l'oreille, guettant des pas.

Rien de ce genre, ni par-devant ni par-derrière.

En revanche, il entend le coup de pistolet.

Un coup, tu parles, un putain de rugissement, oui, l'écho résonne depuis là-bas dans l'étroit couloir de pierre et tout de suite après Tim entend le mec gueuler « merde ! », comme il en a déjà entendu gueuler d'autres qui n'en revenaient pas de s'être fait descendre.

On y est. Cette fois, putain, c'est la bataille d'Alamo, se dit Tim, qui abandonne en rampant sa position de tir.

« Reste dans le trou », ordonne-t-il une nouvelle fois à Kit alors qu'il passe à plat ventre devant lui, en chemin pour l'entrée de service. Il voit le mec qui est resté collé à la paroi rocheuse, il arrive à peine à distinguer le trou d'impact de la balle dans sa poitrine. Et il n'a *aucune* envie d'aller voir le trou qu'elle a fait en sortant — un 9 mm et de si près, tu parles — et alors qu'il regarde le mec collé là avec dans les yeux ce regard vitreux Tim s'écrie : « Infirmier ! », par habitude et sans même réaliser qu'il a crié.

Il pose la flamme du briquet qu'il vient d'allumer sur la ligne de poudre juste au moment où un bruit de pas précipités se fait entendre dehors en direction de l'ouverture. L'étincelle court sur quelques mètres avant d'incendier d'un coup les broussailles qu'il a empilées, dans une lueur si vive qu'elle lui blesse les yeux.

« Qu'est-ce qui se passe ? hurle Kit.

— Bouge pas ! » braille Tim en retour.

Il n'y a plus de bruit de pas, maintenant, mais comment en être sûr, avec le ronflement assourdissant du feu ? Tim prend le pari que les mecs se sont arrêtés de l'autre côté du brasier. Il actionne le levier d'armement du M-16, vise vaguement les taillis et lâche la purée.

Malgré les flammes qui crépitent il perçoit parfaitement le pop-pop mou des balles qui s'enfoncent dans les corps.

Tim se jette par terre.

Sacrée bonne idée, putain, parce qu'à présent la valse des valdas c'est à l'intérieur que ça se passe.

Les balles filent, ça jure en espagnol, et Tim réalise que le fameux « prenez-le vivant » n'est sans doute plus d'actualité maintenant que le sang coule et qu'il y a des morts.

Il se souvient que des tas d'ordres comme ça cessent d'être d'actualité une fois que tu as vu tomber un ou deux de tes potes et que la peur, l'adrénaline et la rage se *déchaînent*, comme chez lui en ce moment.

N'empêche, il se maîtrise, et gagne en rampant l'étroite tranchée qu'il a creusée tout à l'heure.

Il s'empare du cran d'arrêt glissé dans sa ceinture, se tapit, genoux ramassés sous lui.

Le mec s'amène en sautant *dans* le feu, dans ce putain de feu, merde, et il *prend* feu, le mec, des petites flammes lui lèchent sa chemise et son chapeau, on dirait une espèce de méchant de bande dessinée, la Torche

Humaine ou un truc du genre — le mec prend feu au moment où Tim plonge en avant avec son couteau qu'il tient à deux mains.

Il lui enfonce la lame dans le ventre, la tord d'un quart de tour, la redresse, la dégage en flanquant un coup de pied au mort.

Puis il s'allonge sur le sol et il écoute.

Il décide qu'il va faire comme si l'assaut de l'entrée de service était de l'histoire ancienne. De toute façon, il n'a pas le choix, vu qu'il entend un autre attaquant se pointer par l'entrée principale. À croire qu'ils sont toute une armée, songe Tim, qui a bien l'impression que cette fois-ci le coup est foiré.

T'as pas changé, mon pauvre Tim, se dit-il : imbattable pour entrer sans y être invité, mais infoutu de t'en sortir.

Il déplace doucement le fusil dans la bonne vieille position de tir classique et colle son œil contre la lunette. Encore un fantôme vert, en train de raser le flanc de la paroi cette fois. Il fait une cible un peu mince, mais ça devrait aller. Tim vient juste d'exercer la pression requise sur la détente quand il entend un bruit au-dessus de sa tête, alors il lève les yeux à temps pour distinguer un corps qui se jette par la fente en haut du caillou.

Il tombe du ciel comme une espèce de chauve-souris furibarde, le fils de pute.

Cinglé de fils de pute, se dit Tim en essayant de décarrer vite fait, mais le cinglé lui atterrit pile dessus. Et ça lui coupe le souffle. Tim n'arrive plus à respirer, putain, et, avec le fusil et les bras coincés sous le ventre, impossible d'attraper le cran d'arrêt.

Il sent le couteau de l'autre se poser sur sa nuque.

Le mec est couché tout du long sur lui, il faut qu'il reprenne haleine, lui aussi, mais il se contrôle assez pour amener sa lame à l'endroit où dans une seconde et des poussières elle aura raccourci Tim, et il se contrôle même si bien, ce cinglé de fils de pute, qu'il a le culot de sortir : « *Señor Z, pendejo d'enfoiré.* »

Puis il se redresse un peu pour faire levier, et là il commet une petite erreur, vu que le mec resté aplati contre la paroi délire tellement qu'il lève son arme.

« *No !* » hurle Rojas, mais trop tard, ça ne sert qu'à énerver l'autre qui lui vide son chargeur dessus.

Tim sent brusquement le poids qui l'écrasait s'alléger. L'autre fantôme vert, lui, il reste planté là, sous le choc et complètement paumé avec son flingue vide. Il est encore en train de tripoter son chargeur de rechange quand Tim se lève d'un bond et le cueille d'un coup de crosse en pleine poire.

Tim a l'impression que l'adrénaline *chante* dans ses veines.

C'est reparti de plus belle pour la bataille de Khafji, c'est comme la nuit où il a gagné sa Navy Cross, alors *adiós*, la maîtrise des pulsions. Le type, il le bouscule contre la paroi, il le déleste de ses munitions, et merde alors, c'est quoi, ça ? des *grenades* ? T'aurais mieux fait de t'en servir, se dit Tim en agrippant l'autre à la nuque pour le pousser devant lui vers l'ouverture. Il le pousse dehors, et juste à ce moment surgit un fantôme vert qui règle son compte à son pote en lui envoyant une giclée de balles dans les jambes avant de réaliser que ce n'était pas Bobby Z, du coup il se tient bêtement à découvert et Tim lui colle un pruneau dans la gueule.

Puis tout redevient très calme.

Se laissant tomber sur le sol, Tim rampe jusqu'à la position de tir qu'il s'est creusée devant Kit.

« Ça va ? demande-t-il au gamin qu'il vient d'entendre pleurer.

— Ça va », répond Kit.

Brave petit enfoiré, va, pense Tim.

« Tu es un bon marine, lui dit-il.

— Je n'ai rien fait.

— Exactement. »

Si le gamin s'était mis à sauter, à crier et à foutre la merde ils seraient morts, tous les deux. Il faut sacrément en avoir dans le ventre pour rester planqué dans un trou quand ça pète de tous les côtés et que tu ne sais même pas ce qui se passe, putain.

Tout a l'air calme, à part le feu à l'autre bout. Un mur de feu. Tim n'aurait pas rêvé mieux, sauf qu'il va tout de même falloir qu'ils sortent de là et Tim n'est pas cent pour cent sûr de pouvoir se casser sans problème par l'entrée principale.

Des fois qu'il y ait l'arrosage automatique, se dit-il juste au moment où il entend le cow-boy meugler : « Encore une situation intéressante, monsieur Z ! »

Tim hisse le gamin hors de son trou et lui murmure à l'oreille : « Ce coup-ci il va falloir qu'on fasse un truc vraiment dur et c'est *maintenant* qu'il faut le faire. Tu es partant ? »

Le brave petit opine, affirmatif.

« OK, dit Tim. Ce qu'il faut, c'est courir super vite pour passer à travers le feu.

— Non, *ça*, je ne peux pas.

— On n'a pas le choix. »

Le gamin secoue la tête.

Tim le fixe dans le blanc des yeux.

« Je sais que tu peux », dit-il. Il lui enlève sa chemise pour la lui mettre sur la tête. Puis il prend ce qu'il reste d'eau et le lui verse dessus. « On va courir super vite en passant à travers le feu, reprend-il, et une fois qu'on sera passés tu continues à courir. Tu continues à courir jusqu'à ce que tu arrives aux broussailles, là tu te caches...

— Je...

— Je te rejoins, promis. Dans quelques minutes maximum. Mais si jamais je me perdais ou je ne sais quoi, tu restes caché, tu te reposes, et quand le jour se lève tu pars en direction des collines. Tu montes sur la première que tu trouves, arrivé en haut tu attends que quelqu'un vienne te récupérer. Compris ?

— Compris.

— Prêt ?

— Prêt.

— D'abord on va faire un peu de boucan. »

Tim vide un chargeur dans le feu, histoire de rendre l'obscurité un peu moins épaisse, puis ils s'élancent. Il tient la main de Kit pendant qu'ils piquent un sprint à travers les flammes.

Quand il voit que le gamin s'en est bien sorti, il respire un bon coup et le pousse en avant en criant : « *Fonce !* »

Il le suit du regard le temps qu'il arrive au taillis, puis jette un rapide coup d'œil alentour. Deux morts au combat, qui seront bientôt trois.

Tim entame l'ascension du caillou. Il se dit que si ce cinglé de fils de pute y est arrivé il devrait y arriver lui aussi. Ça glisse, il dérape, il s'écorche même comme il faut, mais enfin il tient bon et finit par atteindre le sommet. De là-haut il distingue le cow-boy et trois

Indiens en train de se frayer un chemin à travers les décombres au fond de la fissure. Un des Indiens repère le corps d'un de ses copains et se met à hurler, à hurler comme un loup rouge, quand il s'aperçoit que le mec est refroidi.

Tim dégoupille la grenade et la lâche dans le trou. La tête cachée entre les bras, il entend le bruit violent, mais comme étouffé, de la déflagration.

Il entend les cris.

Ouvrant les yeux, il voit une étrange, une inquiétante lueur verdâtre sortir du caillou. Comme dans un film sur les envahisseurs de l'espace, sauf que là il s'agit d'une grenade au phosphore.

Alors il redescend doucement en bas du caillou et s'avance vers le taillis.

Il y trouve le gamin roulé en boule comme un grand lièvre sous une espèce d'armoise.

Il faudrait lui dire un truc gentil, pense Tim, mais, comme aussi bien ça risque encore d'aggraver les choses, il se contente de lui demander : « Tu te sens cap' de marcher un peu ?

— Et toi ? fait Kit.

— Allons-nous-en d'ici, dit Tim. Le désert, je commence à en avoir jusque-là.

— Moi aussi. »

La lune est de plus en plus haut, et tout est calme dans le désert argenté alors qu'ils repartent en direction des collines.

39

Le temps que Johnson regagne l'hacienda, la matinée est déjà bien entamée et le soleil commence à taper. Le cow-boy envoie sa bonne femme à Ocotillo Wells avec mission de ramener le toubib qu'on paye pour qu'il la boucle. Une heure plus tard, le type se pointe, l'air encore à peu près à jeun.

Bien qu'il pue la vodka à plein nez, il ne se débrouille tout de même pas trop mal pour retirer les éclats du bras et de l'épaule de Johnson qui pendant ce temps-là tète la tequila au goulot. Le toubib est payé pour se la fermer, il fait ce qu'il a à faire, il emmaillote le bras droit du blessé dans une écharpe, lui file des cachets et s'en va, ce qui convient parfaitement à Johnson qui, de toute façon, n'a pas trop envie de parler de la pluie et du beau temps.

Il est d'une humeur massacrante, Johnson. Il avait amené toute une putain d'armée de Cahuillas pour avoir Bobby Z, nom de nom, et c'est Bobby Z qui l'a eue, son armée. Il les a tous tués jusqu'au dernier, sauf lui.

Il y a de quoi piquer sa rogne et râler, la vache, sans compter qu'en plus de tous ces embêtements il faut qu'il se prépare à affronter Brian.

Inutile de remettre à plus tard. Johnson boit une longue rasade à la bouteille, et, sans se laisser attendrir par les prières de sa *Mejicana* qui le supplie de se mettre au lit, il se traîne jusqu'à la grande maison pour aller annoncer la bonne nouvelle au gros Brian.

Don Huertero est déjà arrivé. Même si Johnson ne le voit pas, il reconnaît ses hommes postés autour de la baraque. Alignés là avec leur dégaine de machos, leurs carabines, leurs pistolets mitrailleurs Mach-10 et aussi des lunettes noires à verres réfléchissants, merde, et la version mexico du chapeau de cow-boy : en paille. Le basané en chef refuse de laisser entrer Johnson.

« Je veux juste le prévenir qu'on n'a pas pris Bobby Z, explique Johnson en anglais.

— Je crois qu'il le sait », réplique le chef, et donc tout le monde poireaute sous le soleil jusqu'à ce que Don Huertero sorte, avec d'autres gars à lui qui encadrent Brian.

Nu comme le jour où sa mère l'a fait. Grosse masse informe de chair grasse et blanche qui se met à chialer comme un bébé quand un des gardes du corps de Huertero l'envoie s'étaler dans la poussière d'un coup de pied dans le cul.

« On n'a pas attrapé Bobby Z », lui dit Johnson.

Brian se contente de lever vers lui ses yeux tout rouges et tout gonflés, et Johnson n'a pas de mal à deviner qu'il a dû se prendre une ou deux paires de baffes. Il se dit qu'il a eu bien raison de faire le plein de tequila, parce qu'à en juger à la tête de Huertero il n'aura sans doute plus trop l'occasion d'y goûter... sauf si l'au-delà est carrément différent de ce que racontent les prêcheurs baptistes.

Le vieil Huertero se tient debout sous le porche, à l'ombre, l'air très cool dans son costume blanc, sa chemise bleu océan et ses mocassins à six cents dollars. Grosses lunettes noires teintées bleu, cheveux poivre et sel impeccablement peignés en arrière, mais pas poisseux comme les tifs des Mexicos que Johnson a l'habitude de croiser. Huertero toise Johnson et lance : « Ainsi, vous avez essayé d'attraper Bobby Z ?

— Oui, m'sieur.

— Et que s'est-il passé ?

— Il nous a tous tués, répond Johnson. Presque tous. »

Huertero hoche la tête.

« Il ne vous a pas tué, vous, remarque-t-il.

— Non », fait Johnson.

Huertero hoche de nouveau la tête.

« Du moins, pas encore », ajoute-t-il.

Johnson hausse les épaules.

« Et pourtant vous l'aviez coincé », reprend Huertero.

Là, Johnson se dit qu'il ne va pas tarder à déguster, mais vu qu'il n'a aucun moyen de l'empêcher il répond simplement qu'il *croyait* avoir coincé Bobby Z.

Huertero se contente de sourire.

« Ah, soupire-t-il, je sais ce que c'est. M. Zacharias est un astre étincelant. On tend la main pour le saisir et... » Il s'interrompt, comme perdu dans une sorte de rêverie, puis retrouve sa voix de grosse pointure hidalgo : « Brian le tenait, lui. Il l'hébergeait sous son toit. Brian le tenait et il l'a laissé filer, et moi je me demande si M. Z ne lui aurait pas offert plus que ce que Brian croyait pouvoir obtenir de moi. »

Brian nasille un truc qui ressemble à un démenti, mais Huertero n'est pas prêt à le gober.

« Comment être sûr que ce fieffé menteur de Brian me dit la vérité ? demande Huertero à la foule rassemblée. Vais-je lui appliquer le traitement que je réservais à Bobby Z ? »

Brian, qui s'est relevé, essaie de s'enfuir, mais un sous-chef l'arrête net en lui allongeant dans le ventre un coup de crosse qui lui coupe le souffle et l'envoie valdinguer les quatre fers en l'air.

« Laissons Brian profiter un peu du soleil, décrète Huertero d'un ton badin. Monsieur Johnson, si vous voulez bien vous donner la peine d'entrer ? »

Comme Johnson n'est pas vraiment sûr d'avoir le choix, il suit Huertero dans le grand salon arabe à l'ancienne où l'une des servantes de Brian s'empresse déjà de servir un café au seigneur de la drogue.

Élizabeth est assise dans un fauteuil. Elle porte un peignoir en soie verte, et elle a beau ne pas s'être coiffée ni maquillée, c'est tout de même une drôlement belle femme. Mais elle a l'air un peu pâle. Terrifiée.

« Café ? propose Huertero.

— C'est pas de refus. »

La petite bonne qui sert à Johnson son café avec de la crème et du sucre se débrouille comme un manche. Sa main tremble tellement que la tasse cliquette dans la soucoupe. D'une certaine façon, sa maladresse perturbe encore plus Johnson que le feu d'artifice d'hier soir : ça crève les yeux que les anciens employés de Brian sont maintenant les nouveaux employés de Huertero, et Johnson se dit qu'il doit en être de même pour lui.

En tout cas, il l'espère.

L'autre possibilité, c'est que Huertero s'apprête à le liquider.

Le vieux salaud reste là sans mot dire comme s'il savourait tranquillement l'arôme du Juan Valdez, mais Johnson sait très bien qu'il fait durer le silence pour leur flanquer la frousse.

Eh bien, va te faire foutre, Don Huertero, se dit Johnson. Tu sais ce que ça donne un amateur de tortillas à qui on file deux cents millions de dollars ? Ça donne un amateur de tortillas riche, point c'est tout.

Huertero consent enfin à ouvrir la bouche.

« Brian est un individu profondément stupide, et qui plus est dégénéré, déclare-t-il. Il s'est imaginé pouvoir passer à ma barbe un arrangement avec Bobby Z. Comment ne pas penser qu'une conduite aussi stupide est la conséquence de la nature dégénérée de son mode de vie ? »

Ça, se dit Johnson, si la stupidité s'attrape avec ces empaffeurs de minets italiens, à l'heure qu'il est Brian doit être quasiment débile.

« Mais sans galanterie aucune, poursuit Huertero, Brian a tout mis sur le dos d'Élizabeth. Il m'a dit qu'Élizabeth avait prévenu Bobby de mes intentions à son égard. Si c'est vrai, et ça l'est peut-être, alors je ne peux que reprocher à Brian de s'être montré négligent en s'ouvrant de mes projets à Élizabeth, ici présente, surtout dans la mesure où il savait qu'Élizabeth et Bobby avaient eu une liaison autrefois. Si c'est vrai, alors Brian et Élizabeth sont tous les deux coupables. »

Huertero pose tasse et soucoupe sur la table basse et s'adresse à Élizabeth d'une voix cinglante : « Debout. »

Elle se lève, et Johnson voit un frisson passer sur son corps, telle une ombre sur le désert.

« Tourne-toi. »

Élizabeth leur tourne le dos.

« Le peignoir. »

Elle a un haussement d'épaules, le peignoir glisse sur sa peau. Johnson cille : le dos et les fesses de la femme sont à vif, labourés de traces de coups et d'estafilades.

« Brian est un jeune homme profondément stupide, reprend calmement Huertero. Il ne comprend pas, et peut-être au fond ne *peut*-il pas comprendre, la nature de ce genre de femme. Savez-vous, monsieur Johnson, que je connais bien Élizabeth ? C'était une grande amie de ma défunte fille. Voire sa meilleure amie. N'est-ce pas, Élizabeth ? Il y a des années que je connais Élizabeth, elle a souvent été reçue chez moi.

« Élizabeth est éminemment sympathique, jolie, charmante, intelligente et paresseuse. Elle a un corps de courtisane, c'est là sa chance. Elle a aussi l'âme d'une courtisane, et c'est là son malheur.

« Une femme comme Élizabeth n'a pas peur de souffrir, voilà ce que Brian est incapable de comprendre. Elle n'aime *pas* souffrir, certes, je n'insinue rien de pareil, mais la souffrance ne lui fait pas *peur*. Jamais elle ne trahirait son amant par peur de souffrir.

« Tourne-toi. »

Johnson ne quitte pas des yeux la femme qui pivote sur elle-même pour leur faire face. C'est d'une voix ferme et posée qu'elle demande si elle peut remettre son peignoir.

« Mais je t'en prie », rétorque Huertero.

Elle ne se presse pas. Se penchant en avant d'un mouvement souple et sans hâte, elle ramasse le peignoir, passe ses bras dans les manches. C'est à peine si un léger battement de paupières lui échappe lorsque la soie retombe sur son dos.

« Une femme comme elle ne craint qu'une chose : d'être défigurée, explique Huertero en se levant de sa chaise pour se diriger vers elle. Regardez ce visage. Superbe. Une femme belle comme elle a peur de devenir laide. » Tout en parlant, il pose l'index sur le front d'Élizabeth et le fait lentement glisser jusqu'au menton. « Peut-être une profonde cicatrice, d'ici à là.

Tracée avec une lame si émoussée que même le chirurgien le plus adroit... »

Puis il referme les doigts et son énorme poing vient délicatement frôler le beau visage.

« On pourrait aussi écraser les pommettes, ou le nez, ou encore les orbites. Douloureux ? Oh, certes, mais ce n'est pas cette peur-là qui la pousserait à trahir un amant, non. Seule pourrait l'y résoudre la peur d'être défigurée. La peur de devenir affreuse. J'ai raison, Élizabeth ?

— Oui.

— Oui ?

— Oui.

— Assieds-toi, s'il te plaît. »

Don Huertero et Élizabeth reprennent place sur leurs sièges.

« Avec un homme comme vous, c'est plus simple, dit Huertero. Vous voulez vivre, n'est-ce pas ?

— Mouais. »

Huertero hoche la tête puis se plonge dans ses pensées, laissant de nouveau le silence s'installer. Et même si Johnson n'est pas trop content de l'admettre, ça marche : il est à moitié mort de trouille quand Huertero reprend la parole.

« Eh bien... pour toutes vos trahisons et vos manquements au devoir, je vous condamne, *toi* (avec un geste à l'adresse d'Élizabeth), à être défigurée. Et vous, monsieur Johnson, à mourir. »

Sous les yeux de Johnson qui lui-même ne se sent pas si bien que ça, Élizabeth devient blanche comme un suaire.

« Toutefois, déclare Huertero, je suspends la sentence. Sentence suspendue, donc, étant bien entendu que dès que je désirerai vous voir il me suffira de tendre le bras, car le monde n'est pas suffisamment vaste pour que vous puissiez m'échapper. Libérés sur parole, donc, pour mieux manifester notre bonne foi respective. C'est bien entendu ?

— Et vous voulez quoi contre notre parole ? » s'enquiert Johnson. En vrai péquenaud, grossièrement, parce qu'il en a jusque-là de ces conneries d'aristo-hidalgo-mexico et que, par-dessus le marché, il a drôlement mal au bras.

L'impolitesse n'échappe pas à Huertero, mais il faut croire qu'elle ne l'énerve pas assez pour qu'il écrase Johnson telle une mouche.

« C'est simple, dit-il. Je veux Bobby Z.

— Simple comme bonjour, rigole Johnson.

— Je veux Bobby Z d'ici à... un mois, jour pour jour, c'est entendu ? À défaut, les sentences seront exécutées. »

Là-dessus, Huertero leur adresse un sourire, puis se lève et sort. Comme ça.

« Je savais pas que vous et sa fille vous étiez copines, remarque Johnson.

— Mmm.

— Elle est morte, alors ?

— Vous avez entendu Huertero.

— Comment ça s'est passé ? »

Élizabeth se serre dans son peignoir et quitte son siège.

« Elle s'est tuée, lâche-t-elle en s'apprêtant à sortir.

— Pourquoi ? demande encore Johnson dans son dos.

— J'imagine qu'elle n'avait plus envie de vivre. »

Johnson se dirige vers le bar où il prélève une bouteille de tequila inentamée. Il a comme l'impression que Brian n'en aura plus l'usage, désormais. Puis il sort sous le porche et s'assied, histoire de souffler un peu.

Ils ont laissé ce vieux Brian couché là en plein soleil. Eux sont restés debout tout autour, la main sur leurs bijoux de pistolets mitrailleurs pour qu'il ne lui prenne pas la fantaisie de se lever. Le vieux Brian est couché là, il pleurniche et chiale pendant que sa peau commence à prendre une jolie nuance rouge. Chaque fois qu'il essaie de se protéger du soleil, un des gars lui balance un coup de pied pour qu'il reste bien étalé. Ils lui ont donné de l'eau, tout de même, une ou deux gorgées, par-ci, par-là, parce qu'ils ne veulent pas qu'il leur crève entre les pattes.

Un dur pays, ce Mexique, décide Johnson.

Au bout d'environ une heure, Don Huertero sort de la maison, et tout de suite il repère Johnson.

« Je ne sais pas ce que Brian trouve à ce vieux film, lui dit-il. Je viens de le regarder. Complètement ringard.

— Ouais, mais Gary Cooper me plaît bien.

— C'est vrai, Gary Cooper est bon, admet Huertero. Mais l'histoire...

— Plutôt *stupide.*

— Très stupide.

— M'est avis que ça plaisait à Brian, ces conneries d'Arabie.

— Vous croyez que vous trouverez plus facilement Bobby Z en vous enivrant, monsieur Johnson ?

— Au point où j'en suis, je ne pense pas que ça change grand-chose. »

Huertero braille des ordres en espagnol et ses hommes se taillent en quatrième vitesse. Quelques minutes plus tard, ils reviennent avec la Toyota tout-terrain de Brian et attachent ce dernier au pare-chocs par les chevilles.

Huertero se campe au-dessus de Brian. Il a la figure salement brûlée, le gros. Gonflée de partout, à ce que voit Johnson, et presque de la même couleur que le gel qu'il se colle dans les cheveux.

« Je ne tolère pas qu'un homme lève la main sur une femme, déclare Huertero. Et puis tous ces *dolares* que vous cachez dans des trous à même le sol... »

Huertero crache sur la gueule de Brian et lance un nouvel ordre en braillant. La Toyota démarre, Johnson la suit des yeux pendant qu'elle fonce vers les broussailles, là où poussent la queue de castor et la *cholla* argentée.

Puis il déplie sa grande carcasse et s'en retourne chez lui, sans se presser. Il a l'intention de se préparer une tasse de café, de boucler son sac et de dénicher M. Bobby Z avant que ses trente jours arrivent à terme. Tout en s'éloignant, le cow-boy prend le temps de bien regarder la baraque. Avec dans l'idée que c'en est fini de cette vie-là.

Sacrée Toyota, songe-t-il en traînant ses bottes dans la poussière. Dans le bon vieux temps, c'est avec des chevaux qu'on faisait ça.

40

Assise devant son miroir, Élizabeth se maquille. Elle sent encore sur son visage la trace suivie du bout de l'ongle par Don Huertero. Comme elle sent encore l'empreinte légère de ses phalanges sur sa joue, son nez, ses yeux.

Un long moment elle se regarde dans le miroir, puis, s'emparant d'un tube de rouge à lèvres vermeil, elle dessine un épais trait vertical qui va du front au menton. Et le temps s'arrête pendant qu'elle contemple son image en pensant à elle, à Olivia et à Angelica.

Quel trio ! Pas de meilleures copines que ces trois-là. On les surnommait les Nanas Mascara. Trois petites filles riches qui savaient s'amuser.

À l'époque.

Alors que maintenant ! Elle, c'est une putain sans domicile fixe, Olivia, une droguée en cure de désintox, et Angelica n'est plus de ce monde.

Angelica, l'ange adoré de Huertero. Une fille splendide, une vraie beauté. Elle planait haut, Angelica.

Mais Bobby l'a stoppée en plein vol.

Personne ne l'avait jamais laissée tomber, aussi la chute fut-elle brutale. Angelica n'ayant pas appris à sauter, elle n'avait pas su se ramasser. Quand on tombe les bras grands ouverts, on atterrit sur le cœur, se dit Élizabeth.

L'overdose qui avait suivi n'était qu'une simple formalité — le dernier shoot du condamné.

Élizabeth nettoie sa balafre de rouge à lèvres et se remaquille, avant d'enfiler délicatement une chemise en jean, un jean et des bottes. Puis elle se coiffe et se met à faire ses valises. Elle a une longue expérience de la chose, mais il lui faut tout de même près de deux heures pour vider la penderie de ses affaires. Des vêtements, elle en a beaucoup, et chacun de ses gestes est douloureux.

Elle ne prend pas la peine de sonner pour qu'on vienne chercher ses bagages. Tous les domestiques sont partis, seul le bourdonnement de la télévision allumée dans sa chambre trouble le silence de mort qui règne sur la maison. Un talk-show de l'après-midi, elle ne sait même pas quoi ; sur le petit écran, une minable qui vit dans une caravane engueule sa voisine minable de la caravane d'à côté parce qu'elle a couché avec son minable de mari.

Élizabeth en est à son deuxième voyage à la voiture quand elle remarque le cadavre de Brian, ou peut-être même Brian car il n'est pas impossible que le pauvre vieux respire encore.

Il est allongé là dans la cour, la peau cramoisie, le corps enflé de façon grotesque, transpercé dirait-on par un millier de flèches miniatures.

Au troisième voyage, la jeune femme fait un crochet pour gagner sa voiture.

Une Mercedes rouge. Élizabeth enfourne le dernier sac dans le coffre, tripote la radio jusqu'à ce qu'elle trouve un petit air de jazz et s'éloigne au volant. En regardant droit devant elle, si bien qu'elle voit seulement du coin de l'œil les hommes de Don Huertero embarquer les clandestins dans les camions.

Dieu sait pour où, se dit-elle. Dieu sait pour où.

Arrivée sur la grand-route, elle s'arrête et se gare pour se retourner une dernière fois.

Une épaisse fumée noire se mêle aux nuances gris rosé du couchant, se perd ensuite dans l'ombre des montagnes à l'horizon, disparaît pour finir dans le ciel qui s'obscurcit. Les flammes couronnent les murs du vieux fort arabe de Brian. Les tours de feu orange qui s'élèvent au-dessus des parapets rappellent à Élizabeth le dessin des portes mauresques. Presque en forme de larme.

Beau geste, Brian, se dit-elle.

Une drôle de blague, mon vieux.

41

Dix jours plus tard, Tim est en train de remplir son bol et celui de Kit avec le fond d'une boîte de Corn Pops pendant qu'ils regardent tous les deux *Double Dragon,* un dessin animé que Kit trouve gonflant et Tim assez nul mais OK.

Ils vivent dans le dernier bungalow en cèdre d'une rangée de huit bungalows tous pareils bâtis au milieu d'une prairie qui s'étale sur Mount Laguna, à l'ouest de l'autoroute. C'est loin de tout, Mount Laguna, et ça n'a pas plus de rapport avec la ville de Laguna qu'avec Laguna Beach, mais ce nom rappelle tout de même assez Bobby Z pour que Tim ne perde pas de vue son principal problème dans la vie.

À savoir que dans la vraie vie il *est* Bobby Z, et que Don Huertero est furax contre lui. Plus furax, tu meurs.

Au moins Mount Laguna n'est pas une montagne du désert. Pour commencer, il y pousse de sacrés arbres bien réels : des grands pins qui montent très haut, des cèdres, des sapins bleus et même des chênes. Ces arbres-là donnent de *l'ombre,* putain, et les bungalows du Knotty Pine (cinquante-sept dollars la semaine hors saison, un prix correct) se trouvent à deux pas de la route dont les sépare une haie de pins géants. Un coin pas cher, tranquille, intime, avec en prime un proprio qui ne pose pas trop de questions même s'il remarque que le client a des taches de sang sur sa chemise. Du moment qu'il paye le loyer, hein ! En plus, il n'y a personne dans les sept autres bungalows, un truc que Tim apprécie vraiment, et même s'il n'y a pas beaucoup plus d'espace que dans un chiotte il trouve ça presque parfait de rester là un moment histoire de réfléchir à la suite des événements.

Sans compter que l'endroit a des allures de paradis pour Kit, qui n'est pas loin de délirer à l'idée qu'un mec s'occupe de lui, pour changer. Il marche à fond dans ces histoires « d'homme à homme » et avale sans protester toutes les cochonneries que Tim va lui acheter au supermarché du coin, deux kilomètres plus haut.

C'est le régime Corn Pops, Pepsi, lait chocolaté, hot-dogs, tartines au beurre de cacahuète, haricots sauce tomate et ragoût de bœuf en boîte, rayons entiers de pizza congelée et la télé tant qu'il en a envie.

Il ne marche pas, il court, le gamin.

Il marche aussi à fond dans le jeu des espions.

Le jeu des espions, c'est cache-cache revu et corrigé par Tim.

« À partir de maintenant on serait des espions, annonce-t-il à Kit après être d'abord passé chercher la clef chez Macy, le vieux qui tient le motel.

— C'est comment, les espions ? demande Kit.

— *Primo,* il faut qu'on change de nom.

— Pourquoi ?

— Impossible d'être un espion si tu gardes ton nom, dit Tim. Tout le monde saura qui tu es, et tu ne pourras plus rien espionner. »

Kit y réfléchit un moment, puis : « Tu vas prendre quoi, comme nom ? »

Tim fait semblant de réfléchir à son tour.

« Qu'est-ce que tu penses de Tim ? fait-il.

— Pas mal.

— Et toi, comment tu t'appellerais ?

— Mike.

— Mike ?

— Mike.

— C'est bien, Mike, ça me plaît, déclare Tim. Alors *deuxio* il y a des méchants qui nous cherchent et nous on se cache jusqu'à...

— Jusqu'à quand ?

— Jusqu'à ce qu'on découvre où est cachée la formule secrète.

— C'est notre maison, ça, Tim ?

— Oui, Mike.

— Je peux ouvrir la porte ?

— Comment ça ?

— J'aimerais bien, quoi.

— Tu sais te servir d'une clef ?

— J'ai *six* ans, tu sais.

— Bon, j'ai rien contre. »

Aussitôt Kit court au bungalow, écarte le panneau de la moustiquaire et, à force de tripoter la clef dans la serrure, finit par ouvrir la porte. Tim n'avait pas pigé qu'à six ans c'est le pied, ce genre de truc, mais bon, il n'a rien contre.

Le bungalow est minus. Un coin-cuisine avec un petit réchaud et un four, un coin-salon avec un vieux divan défoncé et un rocking-chair, une chambre avec des lits superposés. La salle de bains est assez grande pour qu'on puisse se retourner, mais il n'y a pas de baignoire, juste une douche.

N'empêche qu'il y a la télé : la télé et « Bobby », à peu près tout ce qu'il faut à Kit, alors c'est dire s'il est heureux. Peut-être qu'il a toujours en tête la terrible nuit dans le désert, mais en tout cas il n'en parle pas et apparemment ça ne lui coupe pas l'appétit, vu la façon dont il dévore pizzas et glaces.

Au bout d'une semaine environ, Tim commence à en avoir sa claque de revenir en stop du supermarché avec toutes les courses, et comme en plus il se dit qu'il aura besoin d'un moyen de transport pour découvrir comment jouer Bobby Z à la case suivante il décide de se trouver une bagnole.

Sa première idée c'est d'en voler une, naturellement. De planquer du côté de la station-service du supermarché pour repérer le bourgeois qui laissera ses clefs sur le contact le temps d'aller se chercher un morceau de vache folle au rayon boucherie, mais il y renonce assez vite, à cette idée. C'est une petite ville, ici — la ville, tu parles, elle tient tout entière dans le supermarché et dans le bar à loubards de l'autre côté de la route, alors forcément la victime ne tardera pas à repérer que sa caisse est garée au motel Knotty Pine. Tim a franchement mieux à faire que de replonger dans le système où Gruzsa et la Confrérie des Aryens seraient trop heureux de l'accueillir.

Sans compter qu'il y a le gamin. Qu'est-ce qu'il va devenir, le gamin, si on me chope ? se demande Tim. Résistant à ses penchants naturels, il décide donc qu'il a plutôt intérêt à s'acheter un vieux clou.

Justement il y en a un *ici,* de vieux clou, la Dodge vert citron moche comme tout, scotchée sur le gravier du parking depuis qu'ils sont arrivés. Alors Tim lance à Kit de continuer à regarder le dessin animé, il en a pour trois minutes.

Il pousse la porte du bungalow qui fait office de réception et dit bonjour au proprio. Macy grommelle un vague salut et repique du nez sur son journal.

« La vieille Dodge ? commence Tim.

— Ouais ?

— Elle est garée là-dehors depuis un bout de temps. Savez à qui elle appartient ?

— Ouais.

— À qui ?

— À moi. »

Espèce de vieux con, se dit Tim. Même *ça,* il va le mégoter.

« Je cherche une voiture, explique Tim.

— Neuf cents dollars, fait le vieux en s'arrachant à son article.

— Pas besoin d'y mettre des vitres *teintées.* Je la prends en l'état. Cinq cents.

— Vous l'aurez pas à cinq cents. » Le vieux rumine un instant, puis : « Huit cent cinquante.

— Ouais, je l'aurais parié. »

Tim patiente le temps que Macy arrive au bout de son article. Quand il lève de nouveau les yeux, il n'a pas l'air si étonné que ça de voir que le client est toujours là.

« Je vous en donne six cents, propose Tim.

— Les chèques, j'en veux pas, fait l'autre après avoir longuement réfléchi.

— Comptant, et en liquide. »

Tim n'est pas trop fier de ce qu'il vient de dire et le regard qui s'allume dans l'œil de Macy ne lui plaît pas.

Ce vieux qui vivote avec ses bicoques nulles va trouver louche qu'un petit Blanc minable se promène avec tant de blé sur lui. Il va se demander d'où il le sort, ce blé, et quel genre de récompense a mérité le fauché qui trimballe une pareille somme sur lui.

Pourtant, impossible de faire autrement, se dit Tim. Il nous faut une bagnole.

« Allez chercher l'argent, je vais chercher les clefs », déclare le vieux.

Tim plonge la main dans la poche de son pantalon et en sort six billets de cent.

« Je vais chercher les clefs », reprend le vieux avant de disparaître dans la pièce du fond. Une minute plus tard, il est de retour et jette les clefs sur le comptoir. « Les papiers sont dedans. Vous n'allez pas vous tailler, hein ?

— Pas encore », le rassure Tim.

Il a déjà un pied dehors quand l'autre le rappelle :

« Il vous faut pas autre chose, des fois ?

— Du genre ?

— Une arme. »

Tim ne va pas aller lui raconter qu'il en a déjà une, merci bien. En sortant du désert il a bousillé le M-16 en l'écrasant sous une pierre, confiant dans la théorie selon laquelle même en Californie du Sud on n'est pas facilement pris en stop avec un fusil automatique accroché à l'épaule. Mais il a toujours le pistolet, glissé dans son jean au niveau de la taille.

« Pourquoi je voudrais une arme ? » demande Tim.

Le vieux hausse les épaules : « Par précaution. »

Il dit ça, le vieux schnock, mais Tim sait bien à quoi il pense : son idée, c'est de lui vendre un feu, histoire que Tim s'en aille faucher ailleurs. Le vieux s'en contrefout qu'il fauche, du moment qu'il ne lui pique rien. Et qu'il paye le loyer.

« J'en ai toujours une à portée de la main, par précaution », ajoute Macy. Pour bien faire comprendre à Tim que ça ne se passerait pas *comme ça* s'il piquait *chez lui*.

Personne ne fauche là où il se planque, songe Tim avec mépris. Même ce connard de Wayne LaPerrière ne serait pas assez con pour aller faucher dans sa planque.

« La voiture suffira, merci », répond Tim.

Il sort, se glisse derrière le volant, met le contact, et il est tout étonné et tout content de voir que le clou démarre au quart de tour. Kit, qu'il appelle en renfort, l'aide à vérifier les freins arrière, les feux de position, les clignotants. Tim revérifie aussi le numéro d'immatriculation de la vignette d'assurance et la vignette du contrôle technique. Il n'a pas envie de tomber pour un truc débile.

Surtout qu'il n'a pas son permis.

Kit, ça l'excite, la bagnole.

« C'est une voiture *d'espion* ? s'écrie-t-il.

— Pas si fort.

— Pardon. »

Mais il a un sourire jusqu'aux oreilles, le gamin, et Tim se dit qu'il doit mener une vie imaginaire passionnante.

« Allez, on va la sortir, lance-t-il. Il faut renouveler les réserves. »

Ils montent jusqu'au supermarché pour se réapprovisionner en cochonneries fraîches. Tim prend la décision de rester au vert encore une semaine, histoire de décider calmement ce qu'il va bien falloir inventer pour la suite.

Il se dit aussi qu'il sera bientôt temps de bouger, avant que le vieux trouve un acheteur à qui le vendre.

Tout en chargeant les courses dans la voiture avec Kit, Tim remue dans sa tête ces questions capitales. Le problème, c'est qu'il est sorti du trou juste assez longtemps pour que sa parano commence à rouiller et qu'il ne remarque pas le biker qui le mate vite fait bien fait de l'autre côté de la route. Pour rendre justice à Tim, c'est vrai que ça caille, dans la montagne, par endroits il y a encore de la neige et le type porte une veste en mouton d'Australie qui camoufle ses insignes.

N'empêche que le biker n'a pas loupé Tim, lui, même s'il est déjà à mi-chemin d'El Cajon quand à force d'y repenser il se rappelle où il a déjà vu cette tête-là. Le gamin lui parasitait la mémoire, mais brusquement ça lui revient et il revoit Tim dans la cour de San Quentin.

Alors, comme ça ne fait jamais de mal de rendre un bon service aux potes de L.A., il passe un coup de fil à un club de bikers de là-bas, et deux heures plus tard l'affreux Boom-Boom le rappelle.

« Ouais ? lâche Boom-Boom sur le ton furax du mec qui a carrément autre chose à foutre.

— Devine qui j'ai vu, tout à l'heure ?

— Qui ça ? »

Genre fais pas chier.

« Tim Kearney », annonce le biker.

Du coup, Boom-Boom devient plus attentif.

Causant, presque.

42

Tim commence à penser qu'il serait temps d'appeler le Moine, car la vie risque de ne pas le laisser vivre trop vieux s'il tarde à régler les choses avec Don Huertero. Il embarque Kit dans la bagnole et part avec lui passer ce coup de fil à Julian, un bled qui se trouve bien à quarante kilomètres.

S'ils vont là-bas, c'est parce que Tim a réfléchi qu'il a tout de même mieux à glander que de téléphoner de la cabine du motel alors qu'il se donne tant de mal pour qu'on ne le traite plus de foutu glandeur — d'ailleurs j't'emmerde, agent Gruzsa.

Mais Kit le rate pas quand ils s'arrêtent à Julian, une petite ville de chercheurs d'or clochardisés reconvertis dans la vente de tartes aux pommes pour touristes. L'endroit *ressemble* toujours à un patelin de western, et du coup la cabine téléphonique devant laquelle Tim se gare paraît bizarrement déplacée.

« On est venus ici pour *téléphoner* ? s'étonne le gamin.

— Ouais.

— Hé, mais y a un téléphone au motel. »

Genre *hé mais ça va pas* qui plaît bien aux gamins.

« Un truc d'espion, explique Tim. Et s'ils localisaient l'appel, hein ?

— OK.

— OK, doc. Tu attends dans la voiture.

— Pourquoi ? »

Le gamin boude pour de bon. Il ne veut pas être tenu à l'écart des actions d'espionnage, le gamin.

Tim n'est pas loin de répondre *parce que c'est comme*

ça, voilà pourquoi, mais ça lui rappelle trop son père, alors il change d'avis.

« Et si tu te faisais capturer ? suggère-t-il à la place.

— Capturer ? » Kit pâlit, comme s'il avait oublié que ce n'était qu'un jeu.

« Capturer, ouais, insiste Tim. Alors moins t'en sais, moins tu parles. »

Même si ça n'est pas toujours vrai, se dit Tim, parce qu'en prison il en a connu plein, des mecs qui étaient tout le temps fourrés chez le procureur pour lui raconter des trucs qu'ils ne savaient pas. En plus, d'habitude ça marchait : chaque fois le procureur les croyait parce que comme ça il arrivait à coincer les pauvres paumés qu'il n'avait pas pu condamner faute de preuves. Rien de plus facile que de cuisiner une balance pour qu'elle crache : « On était tous les deux dans la cellule et le mec m'a dit que c'était lui. »

Enfin bon, Tim pense qu'il vaut mieux ne pas communiquer cette triste vérité au gamin, qui de toute façon n'a pas l'âme d'une balance, et donc il se contente de répéter : « Moins t'en sais, moins tu parles.

— De toute façon, il faut quelqu'un pour garder notre voiture d'espion, dit Kit en se mordant la lèvre.

— Exact.

— Pour surveiller les méchants.

— Exact.

— À quoi ils ressemblent, les méchants ? »

Le type que tu vois pas dans le rétro, t'as plutôt intérêt à t'en méfier comme d'un méchant, a envie de répondre Tim. Mais au lieu de ça il répond : « Ils ont des voitures argentées.

— Argentées ?

— Ouais.

— Bon, d'accord », fait Kit le plus sérieusement du monde, et le voilà qui se met à zyeuter de tous les côtés pour repérer des voitures argentées.

Tim entre dans la cabine où il compose le numéro que lui a indiqué Élizabeth.

Son cœur bat à cent à l'heure parce qu'il ne sait pas qui va décrocher à l'autre bout.

Trois sonneries, puis une voix neutre : « Ouais ?

— Ouais, c'est moi », commence Tim.

Une pause, et longue, putain, le temps pour Tim de se dire qu'il ferait peut-être mieux de raccrocher et de se casser. Son cœur est sur le point de flancher quand soudain la voix s'exclame : « *Bobby ?!* »

Genre le mec qui n'arrive pas à y croire, non ? Comme s'il était carrément fou de joie, le mec.

C'est comme de retrouver quelqu'un qu'on croyait mort, pas vrai ?

« Ouais, confirme Tim. Bobby. » Et là-dessus il prend un méga risque et ajoute : « Qui est à l'appareil ? »

Nouvelle pause.

Casse-toi, s'ordonne Tim en son for intérieur. Mais il reste à l'appareil.

« C'est moi, vieux, fait la voix. Le Moine. »

Le Moine ? se dit Tim. Si c'est le Moine, c'est lui, non ? Le bras droit de Bobby. Le type qui connaît toutes les cachettes.

« C'est bon de t'entendre, vieux.

— C'est bon de t'entendre *toi,* affirme le Moine. Où étais-tu passé ? On était morts d'inquiétude, ta mère et moi.

— Demande-moi plutôt où je n'ai *pas* été, vieux !

— Tu as l'air d'avoir changé. »

Merde. Casse-toi, se dit Tim. Monte dans ta bagnole et laisse-la t'emmener aussi loin qu'elle pourra.

Ce qui risque d'être du genre el Centro, pas vrai ? Ça ne va pas le mener bien loin. Allez, accroche-toi, se dit Tim, et c'est d'un ton agacé branché qu'il grommelle : « Toi aussi tu aurais l'air changé, vieux, si tu étais passé par là où je suis passé. Tu connais les prisons thaïes, le Moine ?

— Je n'ai pas encore eu ce plaisir, frérot. »

Frérot. Je t'emmerde, frérot.

« Ouais, eh ben t'as du bol, regrogne Tim.

— Tu reprends les affaires ?

— Ça chauffe trop pour moi, vieux. »

L'autre, d'un peu il *l'entendrait* cogiter dans le téléphone.

« De quoi tu as besoin ? s'enquiert le Moine.

— De cash et d'un nouveau passeport.

— Demandez et vous serez exaucé.

— Je demande. Il me faudrait dans les vingt mille pour démarrer.

— Tu veux qu'on se voie à l'endroit habituel ? »

Sûr, se dit Tim, sauf que personne ne me l'a jamais indiqué, l'endroit habituel.

« Non, fait-il.

— OK. Où, alors ? »

Dans un coin qui grouille de monde, se dit Tim.

Un coin où aller avec un gamin.

« Au zoo.

— Au *zoo* ?

— Au zoo de San Diego. Demain. Deux heures.

— Mais où, exactement ? »

Même s'il n'a jamais mis les pieds au zoo, Tim

s'imagine qu'il doit bien y avoir des éléphants, comme partout.

« Devant les éléphants », déclare-t-il.

En plus, les éléphants, ça va plaire à Kit, non ? Les mômes adorent les éléphants.

Il cogite encore, le Moine, Tim l'entend. Puis il reprend la parole : « J'apporterai tout dans un sac en plastique de chez Ralph. Tu pourras t'en procurer un ?

— Sûr.

— Deux heures. »

Tim décide alors de prendre un nouveau risque.

« Ah, fait-il, il me faut un renseignement.

— Vas-y.

— Qu'est-ce qu'il a contre nous, Don Huertero ? »

Le « nous », c'est pour mettre ce vieux Moine dans le coup. Pour lui donner l'impression qu'il participe à l'action.

Et il prend le temps d'y penser, le Moine. Soit il cogite, soit il est en train de localiser l'appel.

« Alors ? reprend Tim.

— J'ai beau réfléchir, je ne vois rien.

— On n'aurait pas quelque chose qui lui appartient ?

— Pas que *je* sache.

— Réfléchis bien, lui ordonne Tim. On en reparle demain. »

Et Tim raccroche. Si le Moine a localisé l'appel, il est temps de filer. D'ailleurs, Kit n'arrête pas de sauter sur son siège parce qu'il a repéré une voiture gris métallisé qui descend la rue.

« Les méchants arrivent, souffle-t-il à l'oreille de Tim qui vient d'ouvrir la portière.

— Il faut les semer, chuchote Tim en retour.

— On va y arriver ?

— Ouais, ouais. »

C'est moi Bobby Z, oui ou non ?

Tim repère une quincaillerie où il achète un bout de tuyau en PVC, une scie à métaux et un morceau de laine de verre. Il s'arrête au supermarché de Mount Laguna pour faire le plein de cochonneries habituelles, avec aussi des biscuits aux pépites de chocolat et un méga moule à tarte avec fond amovible.

Il n'a pas fini de ramasser tout son bazar que déjà Kit s'est précipité pour aller déverrouiller la porte du bungalow.

Marrant, se dit Tim, comme un gamin est heureux avec deux-trois babioles.

Ce soir-là, ils se lancent dans la pâtisserie. Kit, du moins, car Tim n'y connaît que dalle question pâtisserie. Au trou, il a bien essayé d'avoir un boulot aux cuisines, mais au lieu de ça il s'est retrouvé à l'atelier des plaques d'immatriculation.

43

Après avoir raccroché, le Moine laisse son regard errer sur l'océan. Pas trop difficile, vu la taille des baies vitrées du salon. Et comme la maison est posée à l'extrémité d'un cap avec des falaises sur trois côtés, si tu as envie de regarder l'océan tu peux le regarder sans te tordre le cou. À droite, la plage d'El Morro, à gauche, la plage de Laguna. La vue de cette baraque vaut un million de dollars, et elle peut puisque la baraque a coûté le triple.

L'argent de la drogue, l'argent de Bobby Z.

Maintenant, le problème, c'est qu'il est de retour.

Le Moine est tout secoué, pas tant d'ailleurs à cause du retour de Bobby (problème d'ordre purement naturel et physique) que de l'accomplissement de la prophétie de One Way.

Pour un gars qui a dit à Dieu d'aller se faire voir ailleurs, une prophétie qui s'accomplit c'est forcément un peu déstabilisant.

Le zoo ? s'interroge le Moine. Depuis quand est-ce que Bobby va au zoo ? Pourquoi ne m'a-t-il pas fixé rendez-vous dans la grotte de Salt Creek Beach, comme avant, ou sur les marches de Three Arch Bay ? Pourquoi le zoo ?

Parce qu'il n'a pas confiance, pense le Moine. Il veut un endroit public.

Ah, la parano, soupire le Moine en faisant coulisser la baie vitrée pour sortir sur la terrasse. Un vrai fléau, dans les milieux de la drogue.

Vingt mille dollars et un passeport. Vingt mille ? Une misère pour Bobby, qui a cependant l'air pressé de les empocher. Et un passeport. Donc Bobby s'apprête à requitter le pays. Il a dû sentir que ça chauffait pour son matricule du côté des forces de l'ordre, et pas simplement de celui de Don Huertero. Car on ne sort pas de la juridiction de Don Huertero. Pas vivant, en tout cas.

Et qui lui a monté la tête, à Bobby, pour qu'il se demande *ce que Don Huertero peut avoir contre moi* ? Le Moine s'interroge. Il y avait peut-être avec Bobby quelqu'un qui écoutait la conversation. Si ça se trouve,

Don Huertero tient déjà Bobby et il tisse sa toile autour de *moi*.

Nul n'est loyal, soupire le Moine, dans un monde abandonné de Dieu.

Car le Moine, de fait, a pigeonné Huertero en beauté. Ainsi que Bobby, par la même occasion. Bobby était parti avec l'argent du vieil hidalgo (trois millions de dollars amerloques) pour acheter de l'opium thaï qu'il devait refiler aux hommes de Huertero à Bangkok. Sauf que le Moine a balancé les Mexicains aux flics thaïs avant de partager l'opium et les bénefs avec eux.

Désolé, Don Huertero, mais la police thaïlandaise a arrêté vos gars. Autant dire *adiós* à votre investissement. La tuile.

Oui, pense le Moine en regardant des surfers qui attendent la vague derrière les récifs d'El Morro, Huertero a sûrement tout compris.

Et ça le rend dingue.

Et donc Bobby a des ennuis et il aimerait savoir pourquoi. Il va vouloir jeter un œil aux comptes. Il va sans doute vouloir restituer l'argent.

Non, je ne crois pas, corrige le Moine.

Il décide de descendre en ville, histoire de réfléchir au cours de l'univers en buvant un capuccino. Mais il ne parvient toujours pas à piger comment une victime du LSD comme One Way a pu apprendre le retour de Bobby.

Ça lui flanque les jetons.

Tellement les jetons qu'il descend jusqu'à Dana Point pour inspecter le bateau.

Le Moine jette un regard par-dessus son épaule au moment de s'engager sur la passerelle. Pas de One Way en vue, pas de visage familier, si bien que le Moine commence à se rassurer en se disant que dans le vieux métier de la prophétie, même un vrai fêlé doit de temps en temps mettre dans le mille.

Non, Si ça a marché pour un schizo de première comme saint Jean-Baptiste, un One Way doit pouvoir y arriver lui aussi. Donc, on se calme.

Le Moine descend dans le cockpit et s'attaque au boulot avec un tournevis et un ciseau à bois. Deux heures plus tard, il retire le bout de planche et plonge la main dans la coque.

Sent sous ses doigts les liasses de fraîche soigneusement enveloppées.

S'active pour replacer le panneau et tout en s'activant cogite.

Il est peut-être temps de mettre les voiles.

Auparavant, il doit toutefois remettre à Bobby son ridicule pécule et le passeport.

Puis le tuer.

44

Gruzsa est furax parce qu'il se prend des cendres plein ses pompes neuves.

Il est venu inspecter les ruines de la Casa Brian Cervier, où le vent souffle des cendres sur la paire de chaussures en cuir de Cordoue flambant neuves qu'il a eue en solde à Nordstrom.

De toute façon, il n'était déjà pas content avant, car ça va bientôt faire quinze jours que Brian a été liquidé mais jusqu'à maintenant personne n'avait eu l'idée de l'en informer. Planté dans ce trou paumé où le bel éclat lustré de ses chaussures neuves n'est déjà plus qu'un souvenir, Gruzsa regarde d'en haut les restes rôtis de Brian Cervier, une saleté, un pervers de première qu'on croirait passé au napalm, et vu l'ampleur des dégâts Gruzsa se dit que ça ne fait pas un pli : ce foutu glandeur de Tim Kearney est *forcément* impliqué dans l'affaire.

« Du charbon dans ses poumons ? » demande Gruzsa au jeune agent des stups dont il a déjà oublié le nom, mais qui se comporte comme s'il bossait sur l'affaire depuis au moins un mois.

« Pas d'après le légiste.

— Brian a eu de la chance, fait Gruzsa. Il est mort avant de cramer Et ses frusques, elles ont brûlé ou quoi ?

— Non, il était nu. »

Finalement, il y a chance et chance, songe Gruzsa.

« Bobby Z se trouvait dans le coin, hein ? s'enquiert-il pour la quinzième fois, ou pas loin.

— Nous avons enquêté au domicile de plusieurs domestiques, à Borrego Springs. Tous affirment qu'un certain señor Z séjournait ici en tant qu'invité.

— Mais on n'a pas retrouvé le corps du señor Z ? rabâche Gruzsa, qui a déjà posé la question.

— Non. »

Ça prouve que ce fils de pute de señor Z est plus futé que j'n'aurais cru, reconnaît Gruzsa à part soi.

« Et le Boche, de quoi il est mort ? reprend-il.

— Une panne de moteur, répond le jeunot. Apparemment, il n'y a pas de lien entre ce décès et les autres.

— Tu es débile ou quoi ? s'énerve Gruzsa. On t'amène sur un plateau un trafiquant de drogue-marchand d'esclaves rôti à point avec en prime son associé fridolin qui est tombé du ciel comme un météore, t'as un gros caillou en plein désert avec tellement de cadavres d'Indiens qu'on se croirait dans un film de John Wayne et tu me chantes qu'il n'y a pas de lien ? C'est quoi ta chanson, alors ? La foudre est tombée sur la baraque et l'a soufflée comme à Nagasaki ? D'où tu sors, toi ? De l'Iowa ? »

Le jeunot est rouge tomate, et pas à cause du soleil.

« Du Kansas, répond-il.

— Ça, bordel, c'est génial, peste Gruzsa. Je cavale après ce salopard de Don Huertero, après ce salopard de Bobby Z et après je ne sais quel salopard encore, et on me colle un gommeux du Kansas sur l'enquête. Dis-moi la vérité, vous en avez, des drogues, au Kansas ?

— Évidemment.

— Évidemment. Vas-y, récite-moi la liste. »

Le jeunot se met à énumérer la liste des drogues, mais Gruzsa ne l'écoute pas. Il a dans l'idée que ce pauvre petit Blanc cent pour cent amerloque de Tim Kearney commence à *se* prendre pour le grand Bobby Z, maintenant qu'il sème les cadavres derrière lui comme des miettes de pain. Il doit confondre avec le Petit Poucet ou autre chose de son invention, l'enfoiré de mes deux. Mais bon, au moins il laisse des traces.

« ... méthédrine, ecstasy, cocaïne, crack...

— La ferme. »

L'agent se la ferme.

« T'as pas pigé que je me foutais de toi ? » s'emporte Gruzsa.

Il est d'une humeur de pitbull, Gruzsa. Si on l'avait

mis au courant tout de suite, la piste de Kearney serait encore chaude. Il aurait pu le coincer et le livrer à Huertero.

Alors que maintenant...

« Je veux que tu me nettoies tout ça, nickel. Tu raconteras aux gardes du parc national qu'il ne s'est jamais rien passé ici. Tu m'enterres ces crevures d'Indiens, tu réexpédies le Boche à Francfort, tu me rases ces bunkers et tu renvoies les Mexicos au Mexique. C'est dans tes cordes ?

— Oui, sergent.

— Me donne pas du foutu sergent. J'ai une tête de gradé, d'après toi ? »

Gruzsa jette un dernier regard aux décombres.

Stups-et-fiottes, non, stupéfiant. Don Huertero passe la frontière comme un routier sympa, il tue le gringo, lui calcine sa baraque, et repasse tranquillement la frontière dans l'autre sens.

La chose à faire, et vite, se dit Gruzsa en remontant dans sa voiture, c'est de livrer le jeune Tim Kearney à Don Huertero.

Et de le livrer refroidi, pour pas qu'il ouvre sa grande gueule d'enfoiré.

Le problème, c'est que ce Kearney est tout de même plus dur à dégommer que je croyais.

Semper fido, hé.

Il suffit à Gruzsa de baisser les yeux pour s'apercevoir que les cendres qui recouvraient ses chaussures s'étalent maintenant sur cette saloperie de moquette où il a passé l'aspiro pas plus tard que tout à l'heure. Il voit rouge, bordel de merde, et là-dessus le téléphone qui se met à sonner.

« Salut, fumier, commence Boom-Boom.

— Qu'est-ce que tu me veux, gras du cul ?
— Je l'ai trouvé, ton client. »
Gruzsa se sent soudain nettement mieux.
« Sans déc ? qu'il dit.
— Sans déc. »
Du coup, Gruzsa n'en fait plus un fromage, de ses pompes. Rien à cirer de ces pompes, se dit-il, je peux en avoir tant que je veux, des pompes.
Dans pas longtemps je serai riche.

45

Tim envoie Kit se coucher dès la fin de l'épisode de *Plages sous surveillance,* leur feuilleton préféré : Kit en pince pour les sauvetages, les maîtres nageurs et les happy ends à la con, et Tim, lui, en pince pour toutes ces belles femmes qui se tapent un petit jogging en maillot de bain. Dans son idée, les plages que fréquentait Bobby Z sont pleines de femmes comme elles en train de faire leur jogging dans un maillot de bain tout mouillé.

Il y avait une maîtresse nageuse à la piscine municipale de Desert Hot Springs, Tim s'en souvient. On l'appelait la Grande Bleue à cause de son maillot une pièce bleu pétard. Jamais personne ne l'avait vue nager. D'après la théorie qui courait sur son compte, si jamais quelqu'un risquait de se noyer la Grande Bleue se contenterait de sauter dans le bassin et ça ferait tellement monter le niveau de l'eau que le noyé se retrouverait tout naturellement éjecté sur le bord de la piscine. Mais comme il n'y avait pas eu de volontaires pour tester la théorie, dans le souvenir de Tim la Grande Bleue reste assise en haut de sa chaise où elle feuillette *Mademoiselle Magazine* en mâchouillant une lamelle de viande séchée.

D'après Tim, les belles femmes de *Plages sous surveillance* ne doivent même pas savoir que ça existe, les lamelles de viande séchée.

Enfin bon, une fois Kit couché, Tim peut se mettre au travail. Prenant son bout de tuyau de PVC, il en coupe un morceau de trente centimètres de long. Il le bourre de laine de verre, fixe le bouchon de dégorgement à une extrémité et emmanche le tout sur le canon de son pistolet en vissant jusqu'à ce que ça rentre au poil. Puis il enlève le tuyau.

46

« Plastique ou papier ? veut savoir la caissière qui rend à Tim la monnaie sur son paquet de bonbons, ses bouteilles d'eau, ses biscuits au fromage, son pain et son pot de beurre de cacahuète.

— Plastique, merci », répond Tim.

Kit sur les talons, il pousse la porte des magasins Ralph, et tous deux remontent en voiture.

« Alors, c'est quoi, ta surprise ? demande Kit pour la énième fois au moment où ils sortent du parking pour reprendre l'autoroute.

— Si je te le disais, ça ne serait plus une surprise.

— S'il te plaît, vieux...

— S'il te plaît, vieux..., se moque Tim. Tu le sauras dans deux minutes.

— En tout cas, c'est à San Diego », remarque Kit comme s'il parlait tout seul.

Il tient la grande forme, le gamin.

Tim aimerait pouvoir en dire autant. En réalité, il a la trouille de sa vie. Il ne sait pas dans quoi il va mettre les pieds, il ne sait pas si le Moine est recta, il ne sait pas qui il va trouver devant les éléphants. Il ne sait rien, c'est simple, et il trouille.

Sauf que c'est tout de même marrant d'embarquer le gamin dans cette histoire de surprise. À croire d'ailleurs que personne n'a encore jamais eu l'idée, parce que ça l'excite tellement qu'il est au bord du délire.

Tim quitte la 163 après le panneau marqué : « 4e Avenue — Parc Balboa — Jardin zoologique ».

Le gamin, qui est du genre malin, repère tout de suite le zoo de « zoologique ».

« On va au zoo ! s'écrie-t-il. C'est ça, la surprise, dis ? Le zoo ? Oui ?

— Ça se peut.

— C'est ça ! J'ai deviné ! Le zoo ! braille Kit en se trémoussant sur son siège.

— Tu y es déjà allé, au zoo ? demande Tim.

— Non.

— Moi non plus. »

Ils traversent le parc Balboa en suivant les flèches qui indiquent le zoo. Arrivés sur l'immense parking, il leur faut tourner un bout de temps avant de trouver une place.

« Bon, fait Tim. Ton boulot, c'est de te rappeler dans quelle rangée on est : rangée de l'autruche. »

Il y a un dessin d'autruche planté sur un grand piquet au bout de leur rangée.

« Rangée de l'autruche, répète Kit.

— Rangée de l'autruche. »

Sinon, on ne serait pas dans la mouise, songe Tim. Arriver jusque-là et ne pas être foutu de retrouver la voiture après. Le coup foireux classique à la Tim Kearney.

Tim achète les billets. Il n'en revient pas que ça coûte pas loin de cent balles de rentrer dans un putain de zoo, mais c'est comme ça et donc il paye. La première chose dont il s'occupe en entrant, c'est de regarder le plan qu'on leur a donné avec les billets. Un de ces plans super chiadés, avec des images de tous les animaux, sur lequel il repère vite fait l'image de l'éléphant.

Seconde chose, il étudie la configuration des lieux. Le zoo est aménagé sur la pente d'une colline assez haute avec des sentiers en lacet tout du long. Il y a aussi une espèce de télésiège pour arriver en haut. Mais une seule sortie, à côté de l'entrée où ils se trouvent toujours.

« On pourra y monter ? demande Kit en montrant le télésiège du doigt.

— Sûr, pourquoi pas ? » répond Tim après avoir consulté le plan. Ils ont du temps devant eux, parce qu'il tenait à arriver en avance.

« Chouette alors ! » s'exclame Kit.

Chouette alors ? se dit Tim. Emmenez un gamin au zoo et le gamin redevient un gamin.

« Ça me paraît même une bonne idée », fait Tim.

Ils y vont, donc, et prennent place dans une cabine en forme de Mini décapotable.

Tim n'est pas trop rassuré dans cet engin qui grince et qui balance en s'élevant vers les hauteurs, n'empêche qu'il lui offre tout de même l'avantage inespéré d'une bonne vue aérienne du terrain.

Ça monte, ça monte. Pendant que Kit découvre les antilopes, les buffles, les oiseaux et tous les bestiaux, Tim scrute le coin des éléphants en essayant de repérer un type avec un sac en plastique blanc de chez Ralph. Un type qui n'aurait pas trop l'air de s'intéresser aux éléphants.

Il en voit bien un, grand et mince, qui pourrait coller avec la description, mais il a un doute, et donc aussitôt qu'ils arrivent là-haut il entraîne Kit sur la plate-forme d'observation et met des pièces dans la fente des grosses jumelles. Comme il faut qu'il laisse un peu la place à Kit, Tim dépense un paquet de petite monnaie à regarder assez longtemps le type pour décider qu'il s'agit bien du Moine.

Ce n'est pas du tout un rondouillard, il ne porte pas une robe de bure avec un capuchon, il n'a pas l'air de sortir d'un film de Robin des Bois, mais Tim décide tout de même qu'il s'agit bien de son homme.

Polo prune, dockers kaki, casquette de base-ball noire, lunettes noires John Lennon. Pieds nus dans ses mocassins. Un sac en plastique blanc de chez Ralph.

Branché, le mec. Il reste planté, l'air pas trop tranquille, l'air de s'embêter un peu. Naturellement, il est arrivé de bonne heure, lui aussi. Trop tôt d'une demi-heure et il est déjà là, le mec. Tim a une trouille d'enfer.

Il aimerait bien savoir si l'autre est venu seul, mais ça grouille de monde en bas, comment faire la différence entre les gens qui sont simplement là et ceux qui sont, comment dire, *là,* quoi. Il ne mate que les hommes seuls (sans femme et enfants, sans petite amie), quand tout à coup l'image se brouille.

« J'ai plus de pièces, constate Tim.

— Qu'est-ce que tu as envie de faire ? lui demande Kit.

— Tu connais le jeu "L'espion au zoo" ? »

Kit sourit comme s'il trouvait que la journée risquait d'être encore plus belle que ce qu'il croyait.

« Comment on y joue ?

— D'abord, pour commencer, il faut trouver un type avec un sac en plastique blanc, explique Tim.

— C'est un méchant ?

— Ça, je ne sais pas », répond Tim.

Mais à son avis il ne devrait pas tarder à le savoir.

47

Boom-Boom suit des yeux l'espèce d'enfoiré qui s'éloigne au volant de sa caisse. Il a l'air sous pression comme si sa meuf l'attendait, le con, et donc, en déduit Boom-Boom, ça laisse le temps de voir venir.

En plus, c'est pas comme s'il en avait pour des plombes. La porte est nulle, on pourrait faire sauter la serrure rien qu'à coups de boule de neige. Boom-Boom se glisse à l'intérieur et referme derrière lui. Ça le soulage de voir qu'il y a encore de la bouffe, des fringues et tout un tas de trucs, là-dedans. La preuve qu'il n'arrive pas trop tard.

Il est foutu, Kearney l'enfoiré.

Boom-Boom avance vite en besogne. Il a le geste vif, pour un gras du bide. Il commence par frotter le bâton de plastic entre ses paumes pour le rendre tout mince et le moule avec dextérité en haut du chambranle. Ensuite, il rabat doucement la porte, vérifie si ça marche. Puis il place un fil électrique en travers du battant, à l'intérieur, dénude le bout et le passe dans l'amorce avant de l'enfoncer dans le plastic.

Quand Kearney va pousser la porte, ça fera le même effet que s'il appuyait sur un piston.

Un putain de boum.

Explosé, il pourra toujours se demander pourquoi il n'a plus la tête sur les épaules.

Et Stinkdog pourra enfin lever son verre en enfer.

Courage, Stinkdog, prépare-toi à accueillir Kearney, il va pas tarder.

Boom-Boom arrache le store grillagé de la fenêtre de la salle de bains et se faufile dehors. Il a le temps d'aller se taper une bière au bar, l'œil sur la route pour voir passer la caisse merdique de Kearney.

Ensuite, il le suivra jusqu'ici et regardera le spectacle.

Boum !

48

Dans le bar pour bikers où il vient d'entrer, Macy repère tout de suite le type assis au fond dans un box. C'est son homme, pas de doute : le type n'a pas une tête de motard, il a la tête d'un homme qui attend son rencart.

Et son rencart c'est moi, se dit Macy. Dans pas longtemps je serai riche.

Des yeux l'homme lui désigne le siège d'en face. Macy s'installe.

« C'est vous le type qui cherchez quelqu'un ? demande-t-il.

— Vous avez un tuyau ? rétorque Johnson.

— Faut voir. »

Johnson n'est pas d'humeur à finasser. Il a mal à l'épaule, il en a plein les bottes. Douze jours et douze nuits passés à étriller la région, à poser des questions dans tous les bars et les bouges merdiques pour que ça se sache qu'il cherche une piste. Là-dessus, il entend parler d'un vieux qui vendrait bien quelqu'un, mais qui et pourquoi, mystère.

Enfin bon, un vendeur qui cherche un acheteur, à ce stade ça peut coller.

Sauf que je ne suis pas d'humeur à finasser, se dit Johnson.

« Faut voir quoi ? grommelle-t-il.

— Le prix, fait l'autre. Je m'appelle Macy », ajoute-t-il en tendant la main.

Johnson se contente de la regarder.

« Combien, votre prix ?

— Cinq mille », chuchote Macy, une lueur cupide dans l'œil.

Johnson rigole.

« J'ai pas cinq mille dollars dans la poche..., commence-t-il (la mine du vieux salaud s'allonge)... mais je les ai dans le camion. (Macy retrouve le sourire.)

La moitié maintenant, le reste une fois que je tiens mon homme.

— Tenir votre homme, c'est *votre* problème, proteste Macy. Pas de raison que j'y laisse des plumes si vous ne faites pas bien votre boulot. La moitié maintenant, le reste quand vous l'aurez identifié. »

Et il se lance dans la description. Quand il a fini, Johnson passe à l'interrogatoire.

« L'homme que je cherche est seul, dit-il. Il est seul, le vôtre ? »

Une ombre passe sur le visage de Macy.

« Le mien a un enfant, déclare-t-il piteusement.

— Une petite fille, hein ? s'enquiert Johnson avec un grand sourire.

— Un gars », confesse Macy.

Le sourire de Johnson s'élargit.

« Remerciez votre bonne étoile d'avoir gardé un penchant honnête, m'sieur. C'est bien après votre homme que j'cours.

— Il est à mon motel, s'empresse Macy, l'air heureux comme le chien du boucher.

— Venez avec moi jusqu'au camion, je vais vous donner l'argent. »

Ils se rendent ensemble au parking. Macy s'engouffre sur le siège passager.

« Verrouillez la portière », ordonne Johnson.

Obéissant, le vieux appuie sur le loquet de sécurité.

Johnson ouvre la boîte à gants et en sort une enveloppe blanche. Il la tend à Macy qui la déchire, compte les billets et bafouille : « Hé, mais qu'est-ce que c'est, ça ?

— Cinq cents dollars. Ce que je vous donne.

— Écoutez, m'sieur... »

Johnson attrape Macy à la gorge par sa main qui va bien, la droite, et lui cogne la tête dans la vitre. Une fois, deux fois, trois fois, fort, et une tache de sang s'étale sur le verre.

« C'est *toi* qui vas m'écouter, m'sieur, fait-il. Cinq cents, c'est tout ce que t'auras et faudra t'en contenter. Faudra aussi veiller à la boucler ou j'te jure que je reviendrai et que je te transformerai en chair à pâté. C'est compris ? Et maintenant, où il est ?

— Le Knotty Pine, un peu plus haut sur la route, bungalow 8, croasse Macy, que Johnson serre toujours à la gorge.

— Il y est, en ce moment ? »

Macy fait non de la tête.

« C'est vrai, ça ? »

Macy fait oui.

« Il est parti où ? » panique Johnson, parce que si ça se trouve la veine de Bobby tient toujours et qu'il pourrait avoir plié bagage. Johnson déteste cette idée.

« J'en sais rien, recroasse Macy.

— Merde », jure Johnson en le lâchant.

Geste qu'il regrette tout de suite, car, quand le vieux salaud passe la main derrière lui comme pour se gratter la fesse, Johnson réalise qu'il a sûrement un flingue glissé dans son froc.

Vu qu'il n'a pas le temps de sortir le sien, il se laisse tomber de tout son poids sur le siège d'à côté et bouscule Macy contre la portière en lui coinçant le bras dans le dos. Il bloque de toutes ses forces pour empêcher le vieux de l'attraper, ce flingue, mais le vieux essaie comme un malade de se dégager pour descendre Johnson.

La vitre commence à s'embuer pendant que les deux

hommes se bagarrent, le souffle court. Quand Macy finit par piger qu'il se bat pour sauver sa peau, il ouvre des yeux comme des soucoupes et Johnson s'arc-boute et le serre de plus près.

Plus il serre, nom de nom, plus il a mal à cette satanée épaule, mais il n'a pas le choix : il a besoin de sa main valide pour sortir le pistolet du holster fixé sur sa hanche. Il finit par y arriver, et cette fois Macy a les yeux fous du cheval qui voit une selle pour la première fois de sa vie et devine au quart de tour qu'on va la poser sur son dos.

Ils sont grands comme ça, les yeux de Macy, au moment où Johnson lui enfonce le canon de son 44 entre les dents. Il crachote des sons inarticulés, le vieux, il secoue la tête dans tous les sens, si fort que Johnson a du mal à maintenir le canon de son arme en place quand il se décide enfin à presser la détente pour lâcher un coup, puis deux.

Johnson rengaine son feu, met le contact et fiche le camp. Côté passager, la vitre est pleine de sang, de cheveux et de morceaux de cervelle, mais le cow-boy se dit qu'il nettoiera tout ça une fois arrivé au motel.

Il compte bien attendre Bobby dans la pièce où il crèche.

Johnson se gare dans la cour du Knotty Pine, jette un regard alentour, puis traîne le cadavre de Macy jusqu'à la réception. Il installe le vieux dans la pièce du fond, son flingue à la main. En cherchant un peu, il finit par trouver les clefs du bungalow 8. Là-dessus il remonte dans le camion qu'il laisse un peu plus bas, sur une aire de stationnement panoramique, se tape à pied le bout de route jusqu'au motel, file droit au bungalow et met la clef dans la serrure.

49

Tim installe Kit à côté des gorilles. Il y a un petit tertre avec un banc dessus, un endroit facile à retrouver.

« Tu ne bouges pas d'ici, lance-t-il au gamin. J'en ai pour deux minutes.

— Mais...

— Tu restes là, répète Tim.

— OK, OK. »

Kit est furax, mais il peut toujours râler, se dit Tim. Si le rendez-vous se passe bien, il va revenir tout de suite. Mais au cas où les choses se gâteraient il n'y a aucune raison d'embarquer le gamin là-dedans.

Kit se pose sur le banc sans jeter un regard à Tim.

« Je reviens tout de suite », explique Tim.

Le gamin n'a d'yeux que pour les gorilles.

En redescendant la colline vers les éléphants, Tim s'arrête dans des toilettes pour hommes. Dans le chiotte où il s'est enfermé, il fixe le silencieux fait main sur le canon de son pistolet qu'il fourre ensuite à l'intérieur de son pantalon, devant, caché sous sa veste en jean. Puis il sort le fond du moule à tarte du sac, se le colle au-dessus des fesses, coincé dans le slip, et tire la veste par-dessus.

En sortant, il s'arrête devant le miroir pour vérifier si sa démarche a l'air à peu près normale. Il décide que oui, juste un peu raide, peut-être, mais en même temps l'idée le traverse que ses espoirs de mener une vie sexuelle épanouie vont sacrément morfler si ce putain de feu part accidentellement.

L'enclos des éléphants était un bon choix, finalement.

Il se trouve au bout d'une large allée toute droite qui offre à Tim une vue d'approche idéale. Le Moine est toujours en train de poireauter, avec le sac blanc qui se balance au bout de son poignet.

Tim inspecte discrètement les environs, histoire de s'assurer qu'il n'y a pas au rendez-vous quelqu'un qu'il n'aurait pas prévu, mais il ne voit personne qui traînerait en sifflotant, l'air dégagé. Dans la foule, il y a surtout des touristes étrangers, des groupes scolaires et des vieux. Tim ne sait pas trop ce qu'il cherche, de toute façon, et comme il ne voit pas de types avec des lunettes noires, des radios et des automitrailleuses il prend le parti d'y aller.

D'ailleurs, le Moine l'a repéré. Il soulève ses lunettes et lui lance un regard dur pas croyable pour un type qui fait semblant de ne pas le connaître.

Puis aussitôt il se retourne vers les éléphants et s'accoude à la barrière. Tim s'approche de lui.

« Content de te voir, vieux, lui glisse le Moine. Ça faisait un bail...

— Un bail, le coupe Tim.

— Tu as l'air...

— Changé, le Moine. Toi aussi.

— L'âge...

— Ouais, fait Tim. Le Moine ?

— Ouais ?

— Baisse pas les yeux, mais j'ai un neuf millimètres avec un silencieux pointé sur ton bide.

— Tu n'as pas confiance en moi, Bobby ?

— Je n'ai confiance en personne, le Moine. Allez, on échange les sacs. »

Les lunettes noires du Moine ont beau être impénétrables, il a ce tout petit mouvement de tête que Tim a déjà vu des centaines de fois au trou. Le tout petit coup d'œil de la balance par-dessus l'épaule d'un taulard qui va se prendre un mauvais coup dans le dos.

Il le remarque une fraction de seconde avant que la lame d'un solide couteau vienne taper dans le fond de moule à tarte qui lui protège les reins. La lame rate sa cible, mais elle ripe sur le flanc de Tim. En penchant la tête, il voit ce foutu bout d'acier pointu fiché sous son bras droit. Alors et d'un, Tim coince le coude de l'agresseur sous ce bras-là, et de deux il lui attrape le poignet de la main gauche. Il tire vers le bas de la main gauche, pousse vers le haut avec son bras droit et ne lâche le mec que quand il entend son épaule craquer.

Pendant ce temps-là, le Moine a *disparu,* à ce qu'il semble.

Tim se tire avant que le meurtrier présumé s'écroule par terre.

Il entend une vieille dame glapir : « Il a perdu connaissance ! », et il se dit que les éléphants doivent être tout secoués, eux aussi, parce qu'ils poussent les mêmes cris que dans les films de Tarzan. Puis, réalisant qu'il court le couteau à la main, il le jette dans une corbeille à papier par-dessus un carton de pizza.

Encore un super coup foireux classique à la Tim Kearney, se dit-il en sentant un filet de sang chaud et poisseux couler le long de son flanc droit. N'empêche qu'il serait *mort,* putain, s'il n'avait pas pris la précaution de ressortir le vieux truc des cuisiniers du trou. Il revoit encore ce mec qui venait de Fresno et l'air ahuri de sa gueule de con alors qu'il croyait planter Johnny Mack et que son canif à la gomme avait rebondi sur la tôle du moule, juste le temps pour Mack de se retourner et de l'envoyer proprement *dans les pommes* où il l'avait piétiné jusqu'à ce que les matons se ramènent, surtout que Johnny Mack, c'était pas un poids plume, dans le genre gros Noir baraqué.

Mais putain pourquoi je pense à ça ? se dit Tim. Arrête de rêvasser quand on te court après.

Tim essaie de réfléchir, de garder la tête sur les épaules, merde, et tout en marchant il regarde derrière lui. Même dans la foule il arrive à les repérer, maintenant. Trois mecs déguisés en touristes à la gomme, le premier avec un tee-shirt « I ♥ San Diego », le deuxième avec le tee-shirt « Sea World de San Diego », le troisième avec la casquette de la Mission espagnole, et Tim ne comprend pas comment il a pu les rater, tout ce qu'il comprend, c'est qu'il est vraiment champion, question coups foireux.

Il voit bien qu'il n'a pas la pointure requise, il se passe trop de trucs à la fois pour qu'il arrive à suivre. Bobby le grand Z saurait peut-être sortir de ce merdier, lui, se dit Tim, mais pas moi. D'abord, il faudrait que je me casse rapidos mais il faut aussi que je trouve Kit, et en plus on sera bientôt sans un et sans l'ombre de l'ombre d'une chance et puis bon sang de toute façon tu vas te faire descendre dans ce putain de zoo, Tim Kearney. C'est pas ce qui s'appelle un enfoiré, ça ? Non mais regarde un peu : tu arrives à te sortir vivant de trois passages au trou, de la guerre du Golfe, de la putain de séquence dans le désert, et tout ça pour finir au zoo ?

Mais là il a un doute : *Tu crois vraiment que ces mecs vont te dégommer en plein jour dans un lieu public ? Oui,* se dit-il, *je le crois, parce que je n'ai pas rêvé, ils viennent juste d'essayer, non ?*

La vie sait vous gâcher les meilleurs moments.

Ce qu'il aimerait, Tim, c'est pouvoir se poser et continuer d'avancer en même temps, mais même un couillon comme lui peut voir qu'il y a là comme une contradiction, sauf si tout à coup il pense au télésiège.

Tim ne prend pas le temps de réfléchir davantage. *Ce n'est qu'une fois installé* sur le siège qu'il réalise qu'il s'est piégé en beauté vu qu'il n'y a que deux mecs dans la nacelle qui vient derrière et que le troisième pique un sprint pour retrouver tout le monde là-haut.

Enfin bon, comme pour l'instant il n'y peut rien il en profite pour écarter sa chemise et regarder sous son bras la belle entaille d'au moins douze centimètres qui commence à le démanger et qui pisse le sang. Pourtant, ça n'a pas l'air trop profond, il ne devrait pas finir saigné à blanc s'il ne tarde pas trop à bander la plaie, alors il reboutonne sa chemise et se met à chercher Kit des yeux.

Pas de Kit sur le banc à côté des gorilles.

Tim la reconnaît tout de suite, cette putain de peur bleue qui vous serre le cœur quand il voit que le gamin ne se trouve pas là où il devrait.

Comme fou, il se met à scruter dans tous les coins, mais nulle part il n'aperçoit la tête blonde de Kit. Maintenant, il reconnaît l'angoisse qui vous empêche de respirer. En se tordant le cou pour inspecter derrière lui, il voit que les deux mecs sont en train de se fendre la poire. Là-haut, adossé à un arbre, M. Sea World de San Diego remonte tranquillement son fusil et Tim se dit que l'embusqué n'aura pas besoin d'être Lee Harvey Oswald pour le dégommer du premier coup dès l'instant où il posera le pied sur la jolie petite plateforme du télésiège.

Espèce de glandeur débilos, s'engueule Tim. Enfoiré

de première, va. Tu paumes le fric, tu perds le gamin et tu te fais descendre. Tu as bien gagné ta journée, Tim Kearney, entubé toute catégorie.

Tim monte doucement vers sa mort, comme un bestiau embarqué sur le tapis roulant qui mène à l'abattoir. Qu'est-ce qu'il peut bien inventer, le type qui se balance à trois cents mètres de haut et sait qu'il va fatalement finir à portée de fusil ? *Sauter,* peut-être ?

Tim saute.

Plus tard, ses poursuivants iront raconter au Moine que Bobby Z s'est envolé, oui, *envolé* dans les airs, le con. Il a escaladé le bord de son siège, il a tendu les bras, le con, et il s'est *envolé* pour attraper la nacelle qui descendait de l'autre côté, le long du câble.

Ils vont aller raconter au Moine que d'un coup on se serait cru sous le grand chapiteau du cirque Barnum, là-bas, parce que les quelques-uns qui levaient justement les yeux à ce moment-là se sont mis à *brailler* comme ça braille au cirque quand tout le monde croit que le trapéziste qui travaille sans filet vient de louper son coup. Et de filet, au zoo de San Diego, y en a *pas*, tout ce qu'il y a c'est de la terre dure comme un caillou, des barrières avec des barbelés, des animaux qui mangent les hommes et j'en passe. Un des tueurs ira même raconter au Moine qu'il a vu les lions ouvrir grande la gueule en se léchant les babines au moment où Z a sauté, détail que le Moine mettra au compte de la licence poétique. N'empêche que n'importe quel autre type qui quitterait le télésiège de San Diego en marche aurait peu de chances de réussir comme ça à sauter d'un coup, *banzaï !*, et que pour passer d'un bond d'une nacelle qui monte à une qui descend il faut être sacrément taré ou carrément cinglé.

À moins d'être une légende.

« Maintenant, je vois pourquoi c'est une légende, ce mec », ira confier un des tueurs au Moine, remarque qui agacera passablement ce dernier sans pourtant qu'il la mette au compte de la licence poétique.

« Il est parti en flèche, ajoutera le tueur, saisi d'une crainte révérencielle. Superman, tu vois. »

Enfin bon, les gens hurlent, et Tim hurle avec eux quand, bondissant hors de la nacelle qui monte, il se met à planer dans les airs un temps qui semble (à lui surtout) infiniment long, avant d'accrocher la nacelle qui descend et de s'y cramponner du bout des doigts pendant que les deux mecs qui le suivent sont bien trop sous le choc pour le descendre, ce qui serait pourtant facile à ceci près qu'en bas il y a un paquet de spectateurs qui suivent passionnément l'action.

Les gens hurlent, les lions rugissent, les éléphants barrissent, les gardiens accourent ventre à terre et Tim, lui, réussit enfin à passer une jambe par-dessus bord et à se hisser sur le siège.

Où il se laisse tomber avec fracas.

Mais vivant.

Pour l'instant, en tout cas, car Tim sait bien qu'en bas il y aura des gardiens qui risquent de le conduire au trou qui le conduira à la mort. De toute façon, M. Sea World de San Diego est sans doute en train de démonter son fusil à toute blinde dans l'idée de doubler Tim sur la pente et de conclure en beauté sa balade en l'accueillant comme il faut à l'arrivée.

Pas d'autre solution, donc, que de sauter une nouvelle fois, même si Tim attend d'être à trois mètres du sol pour exécuter son numéro à la Geronimo en espérant que la bestiole chez qui il va tomber ressemblera à Bambi, plus ou moins, ou qu'elle aura déjà avalé son déjeuner.

En fait, il atterrit chez une espèce de daim bizarre qui a l'air soufflé de voir un être humain débouler du ciel. Il regarde Tim une fraction de seconde puis se carapate au triple galop, une super bonne idée, de l'avis de Tim, qui escalade illico la clôture.

Il reconnaît le trottinement des petits pieds des gardiens lancés à ses trousses — ce bruit le poursuit depuis son enfance. Aussi, à peine a-t-il franchi la clôture qu'il s'enfonce dans un épais bosquet de bambous avec le plan d'arriver de l'autre côté et d'essayer de filer par là.

C'est tellement génial, de passer par les bambous, que le tireur embusqué y a pensé, lui aussi, mais ils sont quand même un peu étonnés tous les deux de se retrouver pratiquement nez à nez. L'autre s'écroule aussi sec quand Tim lui balance dans la tronche trois coups frappés du tranchant de la main. Y en a marre, se dit Tim en continuant à tracer. Il faut vraiment trop se bagarrer quand on est Bobby Z. Si jamais je m'en sors, un je retrouve le gamin et deux je me taille dans l'Oregon.

Le voilà donc en train de décider de prendre un nouveau départ dans la vie. Le financer sera une autre paire de manches, mais peut-être qu'en chemin il pourrait s'arrêter à Palm Springs.

D'abord, pour commencer il s'agit de retrouver Kit, parce que, même si le seul truc intelligent serait de se tailler d'ici en vitesse et d'oublier le gamin, Tim n'est pas encore prêt à faire un truc intelligent.

Quelque chose le retient, peut-être ce vieux problème qu'il a avec la maîtrise de ses pulsions, si bien que même lorsqu'il entend les gardiens s'égosiller dans les bambous *Ça y est, on le tient ! Il est blessé !* au lieu de foncer vers la sortie Tim file en haut du côté des gorilles pour voir si Kit n'y serait pas retourné.

Faux espoir. Avec son cœur qui bat à cent à l'heure Tim se tape au pas de course la tournée de l'arche de Noé, passe en trombe devant les gorilles, les orangs-outans, les chimpanzés et autres primates, traverse les steppes d'Asie, les jungles de l'Inde, descend jusqu'à la mare aux hippopotames, entre dans la cabane des serpents, tout ça pour ne pas trouver Kit.

Tim *panique,* comme qui dirait. Ça ne lui vient même pas à l'idée que les tueurs rôdent peut-être toujours dans le coin pour le choper. La seule chose qu'il voit, c'est que ce satané gamin a disparu. Il se précipite dans le sens indiqué par la flèche « Les animaux de la ferme » en se racontant que pas un môme ne résisterait à l'envie d'aller peloter des chèvres, des moutons et toutes ces bêtes puantes, sauf que Kit n'est pas plus là qu'ailleurs et que Tim commence à penser que le Moine a dû se rencarder, qu'il était au courant pour le gamin et qu'il l'a pris en otage.

Il s'imagine déjà en train de tirer dans les rotules du Moine, Tim, à l'instant où il déboule sur le parking pour mettre les voiles, appeler le Moine, lui mettre le marché en main — mais soudain il pile net parce qu'il ne sait plus où est sa bagnole.

Le voilà sur ce parking à peu près aussi grand que l'État de Rhode Island et infoutu de se rappeler où il a garé sa tire.

Une espèce d'oiseau.

Tim ne sait plus ce que c'était, cet oiseau. Il se creuse la cervelle un bout de temps, mais la seule chose qui lui revient c'est la tête de Kit en train d'articuler : « Rangée de l'autruche », il le revoit parfaitement en train de se répéter ça et donc il avance, le nez en l'air, finit par repérer l'autruche en haut de son piquet, court à la bagnole, et se souvient brusquement que Kit avait les clefs quand il aperçoit le gamin assis sur le siège passager.

Avec sur les genoux un sac en plastique blanc.

« Tu es blessé, remarque Kit pendant que Tim se glisse derrière le volant.

— Je t'avais dit de m'attendre à côté des gorilles.

— Heureusement que je ne t'ai pas écouté, fait Tim en montrant le sac.

— Où tu as trouvé ça ?

— Je t'ai suivi aux éléphants.

— Quoi ?

— Et après j'ai suivi le type qui partait avec le sac blanc, je lui ai fauché le sac et je me suis sauvé.

— Tu n'aurais jamais dû faire ça.

— Un adulte ne va pas se mettre à courir derrière un enfant dans un zoo, explique Kit en hochant la tête. Les autres croiraient que c'est un pédophile et ils lui casseraient la figure. »

Tim reste quelques minutes à regarder le gamin : « On part pour l'Oregon », déclare-t-il.

Kit lui tend les clefs.

50

Voilà des plombes que Johnson attend à l'intérieur du bungalow et il commence à s'inquiéter à l'idée que si jamais Bobby a flairé le piège il risque de ne pas rentrer. Ça serait un comble, s'énerve Johnson, qui a vraiment essayé de mettre toutes les chances de son côté. Jusqu'à décider qu'il ne passerait pas par l'entrée parce que si ça se trouve Bobby a pris la précaution de fixer un cheveu ou un truc comme ça sur sa porte et qu'en arrivant il va tout de suite vérifier. Donc il s'est compliqué la vie à escalader la fenêtre de derrière et maintenant il est là, son fusil armé sur les genoux, à se demander si seulement son homme va finir par se pointer.

La même pensée traverse Boom-Boom qui a passé tout l'après-midi à s'enfiler des bières et des tranches de bacon en gardant l'œil sur la route histoire de ne pas rater la poubelle vert citron. Le soir qui tombe le trouve fin saoul et moche à vomir, dans un état d'ébriété qui dépasse de loin la limite du raisonnable pour quelqu'un qui s'apprête à tuer, même si c'est à distance. Boom-Boom est là, vautré derrière la vitre qu'il ne quitte pas du regard, et il fait déjà presque trop noir pour distinguer la caisse vert citron, quand enfin il la repère qui se traîne sur la route.

Johnson voit les phares au moment où la voiture s'engage sur le parking. Un faisceau de lumière qui balaie rapidement la pièce, puis baisse d'intensité quand la voiture tourne sur le parking. Johnson se redresse sur sa chaise. Tout juste s'il respire, nom d'un chien, tellement il a peur que Bobby Z l'entende. Tout doucement, il se lève et avance en rasant le mur. La bagnole freine, le moteur s'arrête. Johnson cale le fusil contre sa joue en se disant allez, fils de pute, tu la pousses, cette porte.

Il tend l'oreille à l'affût du bruit des pas.

Les portières de la voiture s'ouvrent, l'une claque presque tout de suite et Johnson entend le gamin crier : « C'est moi qui vais ouvrir ! »

51

Tim laisse Kit filer devant. Il lui faut un petit bout de temps pour basculer son corps endolori sur le côté et s'extirper de son siège, surtout avec toutes les bandes et tout le sparadrap que Kit lui a enroulés sur le torse après leur visite au pharmacien d'El Cajon. Il faut aussi qu'il attrape le sac plein de fric enfermé dans le coffre, et là il réalise que Kit a la clef.

Et qu'il est parti ouvrir la porte en courant.

« Hé, donne-moi les clefs ! » s'écrie Tim.

Mais ça n'arrête pas Kit.

« J'ai besoin d'aller quelque part ! » lance-t-il sans se retourner.

Tim se dit que le sac peut bien attendre une seconde. Il emboîte le pas au gamin quand brusquement un truc le frappe : il fait tout noir dans le bungalow, alors qu'il est sûr et certain d'avoir laissé la lumière allumée au-dessus de l'évier.

« Stop ! » ordonne-t-il à Kit avant de se ruer derrière lui parce que le gamin se contente de rigoler et de courir encore plus vite pour ouvrir la porte avant que Tim le rattrape.

« Le dernier arrivé est un nul ! » braille Kit à tue-tête.

Et soudain l'obscurité nocturne devient d'une blancheur aveuglante.

52

Toute l'histoire, c'est que Johnson a pris le risque de jeter un regard par la fenêtre, qu'il a vu Bobby Z talonner le gamin dans l'allée, l'a entendu crier : « Stop ! » et a tout de suite compris que jamais Bobby Z n'allait franchir cette porte.

Et là, Johnson se dit qu'il peut avoir Bobby d'une balle en plein cœur en tirant par-dessus la tête du petit. Donc il prend son fusil au creux de son bras, pousse la porte de sa main libre, et se plante sur le seuil en calant le fusil contre sa joue. Il y a ce fameux instant où tout devient si calme que le monde a l'air mort, puis le souffle de l'explosion lui décolle la tête des épaules.

Tim continue d'avancer dans la lumière qui, de blanche, devient rouge quand le bungalow prend feu. À moitié aveuglé, il crie : « Kit ! Kit ! » et ce n'est que mille et une nuits plus tard qu'il entend le gamin appeler : « Bobby ! »

L'image du gamin mutilé danse dans les yeux de Tim : les deux jambes arrachées, un bras en moins, la figure brûlée transformée en bouillie, et ce n'est qu'après encore un millier d'heures au moins qu'il prend enfin Kit dans ses bras, un Kit en pleurs, les cheveux roussis, mais à part ça l'air entier.

Et pendant que Tim répète : « Pardon, pardon, pardon », parce qu'il ne sait pas quoi dire d'autre, Kit continue à sangloter mais entre deux sanglots arrive tout de même à articuler : « Ça va, ça va.

— Ça va ? s'inquiète Tim.

— Oui, je crois.

— Merci, mon Dieu, s'exclame Tim. Merci, mon Dieu. »

Il serre Kit fort contre lui, assis dans l'herbe humide il le berce contre sa poitrine quand la moto arrive sur le parking. Tim reconnaît Boom-Boom et pige instantanément qu'il a un tas d'ennuis dont il ne se doutait même pas.

Boom-Boom remonte l'allée en tanguant, une canette de bière serrée dans son poing obèse. Cette canette lui sera fatale, car, quand à son tour il reconnaît Tim dans le type accroupi par terre, le sourire s'efface bien de ses lèvres mais il oublie que la main qu'il porte machinalement à sa ceinture pour attraper son flingue tient cette fichue boîte.

C'est à cette seconde que Tim lui tire trois fois dessus, trois coups amortis par le silencieux, inaudibles et bizarrement creux à cause du bruit de fond de l'incendie. Boom-Boom finit par la lâcher, sa canette, pour poser lourdement ses fesses dans l'herbe et essayer de comprendre pourquoi il se sent si mal et si crevé, brusquement, si mal et si crevé qu'il se contente de regarder Tim Kearney passer à côté de lui au pas de course avec comme un gros paquet dans les bras.

Boom-Boom entend le coffre de la voiture qui s'ouvre, puis claque, il entend sa moto démarrer puis partir en vrombissant et se dit qu'il devrait réagir. Seulement, ça lui paraît le bout du monde, de se remettre debout, et ce grand feu est tellement beau. Alors il reste là, à regarder sans les voir les bottes du cow-boy étendu sur le porche, à admirer son œuvre, et c'est dans cette position que les pompiers bénévoles le découvrent lorsqu'ils débarquent quelques minutes plus tard.

Kit se cramponne à Tim de toutes ses forces, c'est comme la première nuit où ils se sont sauvés de chez Brian, sauf que cette fois ils n'ont pas pris une trial mais une grosse Harley Davidson cent pour cent américaine que Tim pousse *à fond la caisse* sur cette route de montagne.

Parce qu'il sait, Tim Kearney, que maintenant les Hell's Angels ne vont plus le lâcher, pas plus que Huertero, pas plus que Gruzsa, et qu'il peut dire adieu à sa petite vie tranquille dans l'Oregon.

Tim Kearney ne connaîtra jamais cette vie-là, ni Bobby Z.

Ni le gamin.

Alors Tim emballe le moteur de la bécane sur la route en lacet, et une fois arrivé en bas il prend vers l'ouest. Un coup à l'ouest, un coup au nord, puis à nouveau à l'ouest.

S'il n'y a pas moyen de ne pas être Bobby Z, eh bien il va l'être, Bobby Z.

Tu es Bobby Z, et tu les bats tous.

Tu deviens une légende.

Et donc tu rentres à Laguna.

53

En temps normal, Tad Gruzsa aurait trouvé plutôt réjouissant d'assister à la veillée funèbre de Raymond Boge, dit Boom-Boom. Pour rendre une douce soirée californienne encore plus agréable, quoi de mieux que le spectacle de ce gros tas poisseux couché dans son cercueil deuxième choix, avec tout autour ses frères d'armes qui picolent, fument des joints et partouzent dans les coins ?

Ça lui aurait plu, à Gruzsa, de s'avaler une ou deux bières et d'insulter ce ramassis d'ordures avant de se fondre tranquillement dans la nuit.

Mais tout son plaisir est gâché, maintenant qu'il sait que Tim Kearney a repris sa cavale et que les imprudents qui l'approchent de trop près perdent définitivement le goût de vivre.

Tim sème la mort dans son sillage comme un tueur fou en plein délire. Une vague de crimes à lui tout seul, ce mec, et Gruzsa ne rigole pas du tout à l'idée qu'on va lui demander des comptes pour avoir relâché dans la nature ce spécialiste du meurtre à grande échelle.

Car tôt ou tard l'histoire va ressortir, vu les traces que ce brave Tim laisse derrière lui. D'abord le Grand Massacre du désert d'Anza Borrego (en deux épisodes), puis le fiasco du zoo de San Diego qui ne s'explique pas autrement, enfin le tranquille petit motel de montagne transformé en morgue avec crématorium.

Le proprio a complètement foiré son suicide en se tirant deux coups dans la bouche après s'être coincé le pistolet entre les dents. Deuxième victime, le cow-boy qui a perdu la tête, et qui d'après les papiers retrouvés dans le camion de ce bon bougre kaput serait un certain Bill Johnson, ex-régisseur de ranch pour le célèbre ex-marchand de bétail Brian Cervier, décédé lui aussi sans personne pour le pleurer. Et, pour couronner le tout, le cadavre de Boom-Boom qu'on a découvert à deux pas de l'incendie dans la posture du type en train de se faire rôtir des marrons, sauf qu'il avait pris trois balles dans le buffet : trois jolis petits trous, bien groupés au centre.

Un tir digne d'un marine, songe Gruzsa avec un brin de fierté.

« C'est la honte, pour Boom-Boom, Duke », lance Gruzsa à un Hell's Angel grisonnant qui campe sur un tabouret à côté du cercueil posé sur deux chevalets de bûcheron. Le biker est assez vieux pour avoir l'air d'un ancêtre du hard-rock mais Gruzsa sait que Duke, chef suprême de toutes les sections d'Angels de la Californie du Sud, tient la forme.

« Va te faire mettre, Gruzsa, grogne Duke. Si tu veux tout savoir, j'ai niqué ta mère et ta sœur.

— Ma mère est morte et ma sœur est gouine, réplique Gruzsa. Alors ça m'étonne pas de toi. »

Il plonge la main dans l'eau glacée de la poubelle, en sort une canette de bière Red Dog, fait sauter la capsule d'un coup frappé sur une des poignées du cercueil et ajoute : « N'empêche qu'il est plus mignon refroidi, Boom-Boom, tu ne trouves pas, mon ange ?

— Qu'est-ce que tu fous ici, Gruzsa ?

— Pas pu résister au plaisir de voir Boom-Boom étendu raide. Tu sais que c'est une bonne année pour aller au cimetière ? D'abord Stinkdog, maintenant Boom-Boom. Je vais te dire, Duke : Kearney finira par avoir toute la petite famille. »

Duke le fixe d'un air incrédule.

« Ça serait signé Kearney ? qu'il fait.

— Tu le savais pas, Duke ? Moi qui croyais que tu savais tout. »

Gruzsa le laisse ruminer le temps de regarder un peu ce qui se passe autour. Ce n'est pas en Pologne qu'on verrait des veillées funèbres comme ça. Musique à fond la caisse, bière et joints à volonté. Dans le coin là-bas, deux gonzesses taillent des pipes, et dans le coin d'en face les gus font poliment la queue pour tirer leur crampe. Gruzsa ne voit pas la tête de Jambes en l'Air, dommage.

« C'est toi qui as donné Boom-Boom ? demande Duke.

— Non, moi c'est *Kearney* que j'ai donné. À Boom-Boom. Mais ce gros con a tout foiré. Je voulais te prévenir, Duke. Crois-moi, c'est pas pour dire du mal des morts, mais j'ai comme l'impression que la famille Boge a un patrimoine génétique salement hypothéqué, si tu vois ce que je veux dire. »

Gruzsa siffle sa bière et en attrape une autre.

« Te gêne pas, surtout, lance Duke.

— Merci, vieux, lui retourne Gruzsa en essuyant sa manche mouillée sur le bois du cercueil. À ta place, moi j'irais chercher du côté de Laguna.

— Y a que des pédés à Laguna.

— Ça se peut, n'empêche qu'à l'heure où j'te parle le pédé en question a déjà liquidé une génération de Boge, la moitié d'une espèce de tribu d'Indiens et un cow-boy qui avait pourtant la réputation d'être un *hombre*, un vrai. Alors si tu vas draguer à Laguna, gare à tes fesses.

— Si tu sais où il est, pourquoi tu le coffres pas ?

— Ce n'est pas coffré, qu'il me le faut, explique Gruzsa. C'est mort. »

Duke sourit. Il a les dents de devant ébréchées, avec de longues canines qui lui font une gueule de vieux loup.

« Si on le coince, il est mort, fait-il.

— Boom-Boom prétendait la même chose.

— Boom-Boom y est allé tout seul.

— Et alors ?

— Cette fois, on sera toute une armée. »

Gruzsa balance sa bouteille vide dans le cercueil et se fond dans la nuit.

54

Tim trouve la caravane sur la plage.

Une vraie petite maison, se dit-il, pas si différente de celle où son père l'a élevé (tu parles) à Desert Hot Springs. Un mobile home à la con en tout point semblable à ceux où les minables s'installent soi-disant pour un temps, sauf que celui-ci est stationné en bord de mer au fond du canyon d'El Morro. Stationné là au milieu d'une vingtaine d'autres, dans un coin à l'écart où la plage se termine au pied d'une immense falaise. Et tout en haut de cette immense falaise il y a une gigantesque baraque blanche avec deux étages de baies qui donnent sur l'océan par trois côtés.

Donc, c'est tout de même un peu différent de la caravane où Tim a reçu son éducation (tu parles), qui elle donnait sur cinq autres caravanes avec en arrière-plan la casse d'un ferrailleur.

En tout cas, c'est drôlement chouette, par ici. L'océan est chouette, la plage est chouette, chouette l'immense falaise et Tim Kearney trouve chouette de vivre au bord de la mer.

Vraiment, y a de quoi râler, se dit Tim. Jamais je n'aurais vécu au bord de la mer si la moitié de l'univers ne voulait pas ma peau.

Ça lui a pris un bout de temps, d'arriver jusqu'ici. Après sa descente à tombeau ouvert sur la route de Mount Laguna, il a abandonné la moto à Carlsbad et attrapé le dernier train de l'Amtrak pour San Juan Capistrano, tout ça avec Kit qui a passé la plus grande partie du trajet à dormir et qui quand il ne rêvait pas s'est vraiment tenu tranquille.

En sortant de la gare de San Juan Cap', Tim s'est un peu baladé dans le *barrio,* et trois quarts d'heure plus tard, montre en main, il glissait dans sa poche la carte grise d'une bonne bagnole de 1989 maquillée à neuf, qui a sans doute déjà eu au moins un autre proprio qui, si ça se trouve, a signalé sa disparition.

Au volant de sa nouvelle acquisition, Tim a suivi l'autoroute qui longe la côte du Pacifique en passant par Dana Point, Monarch Bay, Salt Creek, Aliso Niguel, South Laguna, pour finalement arriver dans la ville de Laguna Beach.

Là, il a senti des putains de vibrations bizarres, vu que naturellement Bobby a grandi dans le coin et que son fantôme plane partout, ce qui fait que Tim a toujours un peu la trouille chaque fois qu'il croise quelqu'un, en particulier dans la cafèt' 7-à-11 où il vient d'entrer pour s'acheter deux hot-dogs plus une barquette haricots-fromage pour Kit.

Donc, sans trop s'attarder il sort de la ville en prenant par le nord jusqu'au panneau qui indique le canyon d'El Morro et Point Reef Beach, une route dégueulasse qui repique aussi sec cap au nord et s'arrête derrière les caravanes alignées dans la crique au bord de la falaise.

Ils trouvent le numéro 26, pas le grand luxe mais bien arrangé. Un salon avec coin-cuisine, deux petites chambres, une salle de bains. Et un joli petit auvent tendu face à la mer.

Super, comme planque, mais Tim n'arrive pas à se sortir de la tête que Bobby et Élizabeth s'y donnaient rencart pour baiser et que ça devait représenter quelque chose, pour Bobby, puisqu'il l'a toujours gardée.

Tim essaie de s'imaginer que l'endroit est à lui puisqu'il *est* Bobby, maintenant, et que c'est sûrement super de vivre dans un endroit pareil. L'endroit lui irait super, vieux. Simple, pas le grand luxe mais sur la plage, avec en plus une école de l'autre côté de la route où il se verrait bien *amener* le gamin. Avec un peu de chance, il pourrait même apprendre à surfer, du coup il montrerait à Kit, le gamin devrait être doué, et c'est en remuant toutes ces idées dans sa tête que Tim met un nom sur l'odeur de la planque.

Fart.

Du fart pour planche de surf. Avant de se casser Bobby se réfugiait ici pour se ressourcer, c'est comme si Tim le voyait. Un endroit génial quand tu craques d'être toujours le grand Bobby Z, que tu as simplement envie de te poser, de préparer ta planche et de ressortir prendre la vague, puis de rentrer t'installer sous l'auvent avec une bonne tasse de café, histoire d'admirer le coucher du soleil. Après tu rentres, peut-être que tu retournes au pieu avec Élizabeth... et dire que je pourrais vivre comme ça, rêvasse Tim. Faire la cuisine pour le gamin, manger à table en discutant de l'école, du surf, des illustrés et de toutes ces conneries. Kit grandirait pour devenir un môme californien *cool*, vieux, un môme qui apprend la vie sur la plage de Laguna, la plus cool des villes cool.

Arrête avec tes fantasmes, s'engueule Tim. Pas question pour toi de rester là, d'habiter là, d'amener Kit à l'école, d'aller surfer et de te taper une belle fille au long dos souple, au ventre plat et aux cheveux soyeux. La question, c'est que tu vas y passer, sauf si tu finis par trouver ce que Huertero attend de toi, mais de toute façon ça ne réglera pas le problème avec Gruzsa, ni avec les Hell's Angels, ni avec ce brave Moine qui a l'air de s'y être mis, lui aussi.

Ce qu'il faut, se dit Tim, c'est que tu réfléchisses au moyen de trouver ce qu'il faut que tu trouves, et après, *putain, tu te tires*.

Et tu ramènes le gamin à sa mère, parce qu'à mon avis c'est là sa place, au gamin.

Par quel bout m'y prendre pour apprendre ce qu'il faut que je sache ? se demande donc Tim en s'asseyant près de Kit qu'il vient de mettre au lit. Tu en es toujours au même point, mon pauvre Tim Kearney, toujours au stade du b a-ba, mais bon, j'imagine que la chose à faire c'est d'appeler ton pote le Moine et d'inventer un truc pour l'amener à te raconter ce qu'il sait.

Kit, le pauvre gosse, a à peine prononcé un mot depuis qu'il a manqué d'être emporté par l'explosion, et j'en passe. Ça t'étonne ?

« Tu vas bien ? s'inquiète Tim.

— Ouais, répond Kit, un peu sur la défensive et pas prêt à reconnaître que ça pourrait aller mieux.

— Qu'est-ce que tu vois quand tu fermes les yeux ? » lui demande Tim en espérant que tout ce qu'il voit c'est une grande lumière blanche et rien d'autre, car lui a toujours l'image du corps décapité de Johnson avec les bottes de cow-boy en premier plan, et même s'il en a vu plus souvent qu'à son tour, des cochonneries de ce genre dans le Golfe, franchement ce n'est pas la peine qu'un gamin se garde ça dans la tête.

« Rien, ment Kit.

— Ça sera bientôt fini, mon pote, fait Tim. Je vais te ramener à ta maman.

— Je ne veux pas retourner chez ma mère.

— Ouais, bon, d'accord. On en parlera demain, OK ? Tu ferais mieux de dormir, maintenant. Je reste à côté. »

Il se penche pour l'embrasser et sent les lèvres du gamin se poser sur sa joue, drôlement bizarre comme impression, mais ça va. Il a presque refermé la porte quand le gamin l'appelle : « Pourquoi tout le monde veut te tuer ? »

Tim ne sait pas trop lui-même, mais en gros il connaît la réponse :

« Parce que j'ai fait des trucs moches dans ma vie.

— Tu as fait chier ?

— Ne dis pas de gros mots, Kit. Mais puisque tu veux savoir, oui, et comme il faut. »

Ça doit suffire, comme explication, vu que le gamin a l'air de s'en contenter.

« Moi aussi, tu sais », le console Kit.

C'est drôlement généreux de sa part, se dit Tim, qui n'a pas trop l'habitude des gens généreux.

« T'inquiète pas, ça va aller », lance le gamin avant de se retourner sur le côté, les couvertures bien tirées sur sa tête.

Ça, c'est drôlement chouette de sa part, pense Tim, qui aimerait tout de même bien qu'on lui explique par quel bout s'y prendre pour faire aller.

Tout ce qu'il sait, c'est qu'il doit sortir et filer un nouveau rencart au Moine pour découvrir ce qu'il sait, celui-là. Ensuite, il faudra qu'il empoche suffisamment de blé pour brouiller les pistes, qu'il les brouille une bonne fois pour toutes *et* qu'il ramène le gamin. À soi tout seul ce plan n'est déjà pas possible, mais avec un gamin dans les pattes il devient carrément impossible.

Parce que c'est fini de le traîner avec moi sur la ligne de front, se dit Tim. Plus jamais.

Donc, en plus, il a un problème de baby-sitter, et Tim est encore derrière la fenêtre à regarder le clair de la lune danser sur les flots en se demandant comment putain il va bien pouvoir dégoter quelqu'un de confiance quand un petit coup frappé à la porte le tire de ses réflexions. Justement, c'est Élizabeth.

55

« Le gamin s'est endormi », chuchote Tim, un doigt sur les lèvres.

Élizabeth referme doucement derrière elle avant

d'enlever son coupe-vent en vinyle qu'elle jette sur le divan placé sous la fenêtre.

« Comment tu as su que j'étais là ?

— Je l'ignorais, répond-elle. Tous les soirs, je passais en voiture pour voir s'il y avait de la lumière. »

Élizabeth a l'air en forme. On dirait de la soie, ce chemisier vert émeraude qu'elle porte rentré dans son jean délavé. Elle est pieds nus dans ses mocassins souples et un petit collier en or fin comme tout plonge en pointe dans le creux de ses seins.

« Comment va Kit ? demande-t-elle.

— Pas mal secoué, avoue Tim.

— Tu permets que je m'assieds ?

— Je t'en prie. »

Quand elle s'assied, le jean plisse en formant un V pointu en haut de ses cuisses. Elle pose son bras tendu sur le dossier du divan.

« Don Huertero te cherche, dit-elle.

— Non, sans blague. » Puis, sans trop savoir pourquoi, peut-être à cause de la lueur amusée qu'il voit jaillir dans ses yeux, Tim ajoute : « Brian aussi, j'imagine. »

Mais Élizabeth secoue la tête.

« Brian est mort, déclare-t-elle.

— Sans blague ?

— Sans blague. Huertero l'a arrangé comme il aurait bien aimé t'arranger toi. Il l'a laissé des heures à poil en plein soleil, ensuite il l'a attaché au pare-chocs d'un 4 x 4 et il l'a trimballé dans les cactus.

Tu sais que tu as eu de la chance de ne pas être là ?

— Je sais.

— Huertero a lancé Johnson sur ta piste.

— Il m'a trouvé... (intriguée, Élizabeth relève les

sourcils avec beaucoup d'élégance)... mais un piège à con lui a arraché la tête sans nous laisser l'occasion d'en parler, tous les deux. »

C'est peu de dire qu'elle a l'air inquiète.

« Seigneur ! s'exclame-t-elle. Kit n'a rien vu, au moins ?

— Je ne crois pas.

— Seigneur. »

Tim se pose à côté d'elle sur le divan.

« La *casa* de Brian a complètement brûlé », reprend Élizabeth.

Tim sent quelque chose comme... quoi ? la suspicion peut-être, palpiter une seconde au creux de son estomac, et il demande : « Comment tu as fait pour te tirer ?

— Oh, Brian m'avait tellement battue ! Huertero a eu l'air de penser que ça suffisait.

— Il t'a laissée partir comme ça ?

— Non, répond-elle en le fixant droit dans les yeux avec cette espèce de regard à la fois cynique, intelligent et furieux. Il ne m'a pas laissée filer comme ça, non.

— Qu'est-ce que tu veux dire ?

— Tu sais très bien ce que je veux dire. »

Ils restent là à se dévisager, jusqu'au moment où Tim s'aperçoit que sa propre main est en train de déboutonner le bouton du haut du chemisier d'Élizabeth, et tout en la regardant faire il se demande *d'où* peut bien lui venir un culot pareil ? Mais comme Élizabeth ne fait pas un geste pour l'arrêter, il déboutonne les boutons les uns après les autres, découvre les deux seins dans le soutien-gorge noir moulant, et c'est comme si du feu lui courait dans les veines.

Il prend dans sa main un de ces seins magnifiques, il

le dégage du soutien-gorge, se penche dessus et embrasse doucement le téton pendant qu'elle pose ses longs doigts sur sa nuque et que dans sa bouche le téton durcit et se gonfle. Alors il le lâche, sort le chemisier vert du jean, se laisse tomber sur le plancher pour lui enlever ses mocassins, tout ça sans arrêter de se demander mais putain qui c'est ce mec qui a un culot pareil, ce n'est pas moi tout de même.

N'empêche, il lui enlève ses mocassins pendant qu'elle reste adossée au divan, puis il libère ses jambes merveilleusement longues, d'abord du jean, ensuite de la petite culotte noire si douce contre sa peau douce. Des yeux il les caresse de haut en bas, ses jambes, jusqu'aux pieds posés sur la moquette moche, il remonte pour s'arrêter au triangle parfait que les poils auburn dessinent entre les cuisses. Il glisse ses mains entre les genoux qu'il écarte doucement avant de pencher la tête en avant. Les doigts d'Élizabeth lui pétrissent les épaules dès qu'il la touche du bout de la langue et se met à lécher la fente tout du long, le plus lentement possible. Bien qu'il tremble de plaisir et trique dans son jean, il continue à la lécher lentement, doucement, parce qu'on l'a maltraitée et qu'il trouve qu'elle a bien droit à un peu de lenteur et de douceur, sans compter qu'en plus maintenant il *goûte* sur sa langue la récompense de sa patience.

Elle, elle gémit tout bas à cause du gamin qui dort dans la chambre d'à côté, mais rien que le doux son de sa voix suffirait à le faire juter maintenant qu'il lui écarte les lèvres d'une main pour mieux l'attiser de la pointe de la langue. Tout en prenant toujours tout son temps parce que c'est bon de s'attarder là, il lève les yeux vers elle et ça lui paraît pas croyable, à Tim, d'arriver à rendre si belle cette belle femme et de voir qu'elle aime ça, et donc il la regarde pendant que d'une main elle lui presse l'épaule et que de l'autre elle se pince les bouts de sein. Il la regarde encore quand, quelques minutes plus tard, elle se tortille un peu pour s'écarter de sa langue mais comme pour se la mettre *dedans* en même temps, alors il y va avec un doigt, appuie doucement, et c'est incroyable mais c'est comme ça, il jouit en même temps qu'elle.

Elle, tout de suite, elle va chercher sa queue, un peu ramollie, toute poisseuse, à l'intérieur de son jean, alors il se débarrasse comme il peut de son fute et voilà qu'il se remet à bander, qu'il la pénètre, et elle lève haut les genoux pour qu'il s'enfonce profond. Au début il empoigne son petit cul à deux mains, mais après c'est étroitement serrés dans les bras l'un de l'autre qu'ils y vont d'un même rythme, d'avant en arrière, et cette fois elle crie quand elle vient mais sans arrêter de bouger et de le serrer fort quand il décharge à son tour avant de poser son visage contre le sien, étonné de la douceur de sa joue.

Un moment ils restent allongés là, sans bouger, tranquilles. Tim sent contre lui cette peau de femme moite et chaude, il écoute Élizabeth respirer et du coup la vie lui paraît facile, pour changer.

Il se sent bien, là, calme, en sécurité, quand elle chuchote « Dis-moi tout, maintenant.

— Sur quoi ? marmonne-il à moitié assoupi.

— Qui es-tu, au juste ? » demande Élizabeth.

Un réveil en fanfare, comme qui dirait.

56

« Je suis Bobby Zacharias, ment Tim.

— Certainement pas. »

Elle est drôlement sûre d'elle, putain, et ça le déstabilise pendant qu'assis sur le chiotte il la regarde se laver avec un gant trempé dans de l'eau chaude.

« Qu'est-ce que tu en sais ? fait-il, et franchement pas pour la provoquer, juste parce qu'il aimerait bien comprendre.

— Mon chou, une femme ne s'y trompe pas. »

Tim, qui n'a pas trop envie d'approfondir le sujet, se rabat sur une autre question : « Tu le sais depuis quand ?

— Je l'ai su tout de suite.

— Tout de suite ? »

Elle hoche la tête avec un petit sourire.

Tout de suite mais encore ? se demande Tim. Quand il est arrivé au bord de la piscine chez Brian ou quand elle lui a mis la main au panier ? Mais jugeant, là encore, qu'il n'a pas intérêt à trop insister, il lui pose une troisième colle : « Pourquoi tu m'as prévenu pour Huertero, alors ? Tu aurais pu te la boucler et les laisser tranquillement me tuer, non ? »

Élizabeth s'est séchée, elle commence à enfiler son jean.

« J'ai trouvé que ce n'était pas juste de les laisser te tuer à cause de ce qu'avait fait Bobby, répond-elle.

— Qu'est-ce qu'il a fait, Bobby ? »

Tout en passant son chemisier qu'elle reboutonne jusqu'en haut, Élizabeth rétorque : « Toi d'abord.

— D'abord quoi ?

— Eh bien, par exemple, qui tu es, à la fin ? Qu'est-ce que tu cherches en allant raconter partout que Bobby Z c'est toi ? Et où est-ce qu'il est, Bobby ? »

Pour une fois, elle ne rigole pas, se dit Tim. Le petit sourire moqueur a disparu et des rides minuscules lui marquent le coin des yeux. Il lui semble qu'elle n'est pas si jeune qu'il avait cru. Pas si jeune et encore plus jolie.

« Tu l'aimais ? demande-t-il.

— Dans le temps, oui.

— Et maintenant ? »

Elle hausse les épaules.

Tim respire un bon coup, puis se jette à l'eau : « Je m'appelle Tim Kearney, déclare-t-il, et à ce qu'il paraît je suis le champion des enfoirés. Les stups ont fait un deal avec moi : je devais devenir Bobby Z pour qu'ils m'échangent contre un de leurs agents que Huertero avait pris. »

Élizabeth reste là à le regarder en attendant qu'il crache le morceau, vu qu'elle lui a posé trois questions et qu'il n'a répondu qu'aux deux premières. Il ferait mieux de mentir et de jurer qu'il ne sait pas, mais tout de même cette fille a été correcte avec lui, au ranch, quand Brian a sorti sa ceinture elle l'a soutenu comme une vraie copine et Tim décide donc qu'il lui doit bien la vérité.

« Bobby, il est mort », lâche-t-il.

Et vite il se lève, prêt à la rattraper au cas où elle *s'évanouirait* comme on voit dans les films, en quoi il se trompe puisque c'est bien plantée sur ses deux jambes qu'elle va direct à l'essentiel : « Il est mort comment ? »

Tim devine au son de sa voix qu'elle pense déjà que Bobby a été liquidé, et il est sur le point de lâcher

« causes naturelles » quand il réalise qu'il est *naturel* de se faire liquider quand on trafique dans le milieu de la drogue.

« Infarctus, déclare-t-il platement.

— Tu plaisantes ?

— Il prenait une douche, explique Tim. Les stups le tenaient, ils voulaient l'échanger et il a eu un infarctus dans la douche.

— Juste comme ça ?

— Juste comme ça. Tu ne te sens pas mal ? s'inquiète-t-il.

— Oh, ça va. Je n'imaginais pas la vie sans Bobby, c'est tout. Enfin, bien sûr il y a des années que je ne l'ai pas vu, mais pour moi il était toujours là, tu comprends ?

— Oui. »

Élizabeth se met à parler. Tim a déjà vu ça, au trou : des mecs qui restent bloqués pendant des mois jusqu'au jour où ça les prend et où ils sortent tout ce qu'ils ont sur le cœur, sans trop réaliser.

« Même quand ça n'allait pas fort pour moi, tu sais, plus de fric, par exemple, un type qui ne voulait plus me lâcher ou l'inspecteur des Mœurs qui trouvait un vieux joint dans le cendrier de la bagnole, il suffisait que je passe un coup de fil au Moine et mes problèmes se réglaient tout seuls. Plus de problèmes. Tu vois, c'était ça, Bobby, toujours là pour t'aider, même du bout du monde.

— Mmm.

— Moi aussi, j'étais là pour lui. Enfin, bien sûr, tu sais, on ne se *voyait* pas, mais chaque fois qu'il avait besoin de quelqu'un de confiance il m'envoyait le message et je lui filais un coup de main, tout ce qu'il voulait.

— Le bon deal, quoi, fait Tim.

— Et maintenant il n'est plus là.

— Non.

— Plus là *du tout*.

— Mmm, mmm. » Tim se contente d'un mot en passant, pour qu'à force de parler elle se fasse à l'idée.

« Pour moi, rien ne sera plus jamais pareil, désormais. »

Là, elle a bien raison, se dit Tim. Pas pareil pour elle et pas pareil pour moi non plus.

« Mais pourquoi tu n'as pas tout avoué ?

— Avoué quoi à qui ?

— À Huertero, pourquoi tu ne lui as pas avoué que tu n'es pas Bobby et que Bobby est mort ?

— Ça n'aurait pas marché, répond Tim en secouant la tête. Trop de sang avait déjà coulé et de toute façon j'aurais toujours eu les stups aux fesses. (Sans compter les Hell's Angels, qu'il se garde bien de mentionner.) Non, il faut que je trouve autre chose. Que j'arrange le coup avec Huertero et que je quitte le pays.

— Comment vas-tu t'y prendre ?

— Je ne sais pas trop. En tout cas, il vaudrait mieux que tu ramènes le gamin à sa mère.

— Olivia ne s'est même pas rendu compte qu'il était parti, proteste Élizabeth. Elle s'en fiche comme de sa première chemise.

— Mais quand même...

— Il a envie de rester avec toi.

— Et après ?

— Il te prend pour son père.

— Parce qu'il sait, pour Bobby ? demande Tim.

— C'est un enfant, pas un débile. Bien sûr qu'il sait. Depuis qu'il est tout petit le pauvre gosse entend parler de son père comme d'un héros de légende, et voilà qu'un beau jour le héros déboule dans sa vie et pour une fois prend sa défense. Génial, non ? Il file avec lui, il le sort de cet asile de fous comme les surhommes des dessins animés qu'il voit à la télé. Et tu te demandes avec qui il a envie de rester ?

— Hé, t'emballe pas.

— On ne joue pas avec un gamin de cette façon. On ne le prend pas un jour pour s'en débarrasser quand ça ne va plus.

— Comme toi, par exemple ? »

Ils s'affrontent du regard pendant quelques secondes, puis Élizabeth soupire : « Juste... Comment est-ce que tu comptes faire, alors ?

— Je vais aller voir le Moine. Si je dois quitter le pays avec un enfant à charge, pour veiller sur lui il va me falloir du fric. Plein de fric. Du fric pour payer Huertero, du fric pour partir, du fric pour me planquer et du fric pour vivre. C'est le Moine qui tient le fric, exact ?

— Le fric de Bobby.

— Mon cul ! réplique Tim. *Mon* fric, oui. Si je me tape les ennemis de Bobby, les problèmes de Bobby, ses coups de cafard et son gamin, normal que je prenne son fric.

— Et sa femme, tu la prends avec ? » demande Élizabeth.

Tim fixe les yeux verts sans ciller.

« À la femme de décider », déclare-t-il.

Là-dessus, il tourne les talons et sort de la pièce tant qu'il se sent encore solide et sûr de lui. En se disant que ce n'était pas mal, comme mot de la fin, et qu'il n'en retrouvera pas un meilleur de si tôt.

Élizabeth passe le gant de toilette sur son visage. L'eau tiède l'apaise. Elle se regarde dans le miroir. Suit du bout de son long index une ligne du front au menton et contemple la trace rouge presque imperceptible apparue sur sa peau.

Tu as fait pas mal d'idioties dans ta vie, si on peut appeler ça une vie, songe-t-elle, mais la plus grosse de toutes, c'est d'avoir laissé ce gentil garçon échapper à Brian. Et le laisser échapper à nouveau ce serait, enfin...

« Idiote, idiote, idiote, articule Élizabeth devant son reflet. Qu'est-ce qui t'arrive, ces temps-ci, pour que tu ne puisses pas t'envoyer un mec sans que ça te rende bête au point d'aller rêver d'amour ?

« Merde, jure Élizabeth. L'amour ? »

Comme disait la dame, *qu'est-ce que l'amour vient faire là-dedans ?*

Le souffle calme du gamin endormi lui parvient de la pièce d'à côté.

57

Le Moine sursaute un peu quand la sonnerie de son téléphone rouge retentit. Ce n'est pas exactement une sonnerie, d'ailleurs, plutôt une vibration sonore, mais ça fait quand même son petit effet. Le Moine pose son *latte* et va décrocher.

« *Tu es un homme mort.*

— Bobby ? fait le Moine. Toi enfin, Dieu merci ! Tu vas bien ? »

Quel faux cul, ce mec, c'est pas croyable, se dit Tim. Dans la cabine publique de la plage publique de Laguna, il n'en croit tout simplement pas ses oreilles d'entendre des salades pareilles.

Alors il y va : « Un de tes gars essaie de me planter un couteau dans le dos, le Moine, et tu t'inquiètes pour ma santé ? »

Le Moine ignore l'accusation.

« Bobby, qui étaient ces types ? Les hommes de Huertero ?

— Je vois que tu n'as pas trop traîné dans le coin pour essayer de te faire une idée.

— J'espérais en attirer un ou deux à mes trousses, explique le Moine. Pour les séparer, tu vois ?

— Ouais, et y en a combien qui t'ont suivi, *toi* ?

— Désormais, il va falloir redoubler de prudence, Bobby. L'un d'eux m'a fauché le blé, tu sais, et le passeport. Je suis désolé, mais que faire ? Il était armé. Et puis ce n'est jamais qu'un peu d'argent, hein ? Où tu es, Bobby ?

— Pour que tu m'envoies quelqu'un, c'est ça ?

— Un peu ! Afin de te mettre en lieu sûr jusqu'à ce qu'on ait tiré tout ça au clair, affirme le Moine.

— Pour moi, putain, c'est clair ! réplique Tim. Tu as baisé Huertero et tout gardé pour toi. Blé compris.

— Tu me crois capable d'une chose pareille ? s'indigne le Moine comme s'il était profondément blessé.

— Je ne sais pas.

— Bobby... »

Tout en parlant, le Moine regarde le paysage. La brume qui monte de la mer ne s'est pas dissipée, mais au travers, en baissant les yeux, il voit la plage au pied de la falaise, et sur la plage une femme qui joue au frisbee avec un gamin. Le gamin devrait être à l'école, songe le Moine.

« Ce que je veux, c'est que tu me racontes tout ça en me regardant droit dans les yeux, le Moine, déclare Tim. Tu me regardes droit dans les yeux, putain, et tu m'expliques que tu n'as rien à voir là-dedans.

— Je ne demande pas mieux, Bobby.

— Cool. Ce soir, dans la grotte de Salt Creek. Onze heures. Et cette fois, mon salaud, t'as intérêt à te pointer seul. »

Le Moine éclate de rire.

« La grotte de Salt Creek ? À quoi tu joues, Bobby, à *L'Île au trésor* ? Comme quand on était petits ?

— Tu sais ce que je pense, le Moine ?

— Qu'est-ce que tu penses, Bobby ? »

Le Moine est en train de s'exciter, Tim le sait rien qu'au ton de sa voix. À tous les coups le mec a envie de se payer la tête de Bobby. À tous les coups il se *croit* assez fortiche pour se payer sa tête.

« Je pense que tu te prends pour un banquier, fait Tim. Comme s'il y avait tellement longtemps que tu t'occupes de mon fric que tu as fini par t'imaginer qu'il est à *toi*, ce fric.

— Je tiens tout à ta disposition, Bobby. Métaphoriquement parlant. Le plus gros est en liquide, tu comprends, tu peux donc l'empocher quand tu veux. Le reste des fonds est placé à long terme : fonds de retraite, placements immobiliers...

— Ce qui m'intéresse pour le moment, c'est le liquide, et il vaudrait mieux pour toi qu'il coule *dans* ma poche. À part ce qu'il faudrait peut-être refiler à Huertero.

— Très bien, rendons à César...

— Ouais, tout ce qu'il faut, coupe Tim, qui se fiche de la parabole comme de sa première chemise. Tu viens ce soir, tu m'amènes de la fraîche et surtout tu viens seul. Ou alors tu es foutu, enfoiré. *Capisce* ?

— Compris », opine le Moine, qui raccroche et sort sur la terrasse. Le soleil commence à percer à travers le brouillard, encore une belle journée typiquement californienne en perspective.

Encore une journée paradisiaque, songe le Moine.

58

Assis sous l'auvent de la caravane, Tim regarde Kit et Élizabeth qui s'amusent sur la plage.

Les yeux abrités derrière la paire de lunettes noires cool qu'il s'est dégotée à Laguna, le visage tourné vers le soleil qui le *cuit* comme il faut, il se perd dans la contemplation de l'eau bleue et du ressac, si régulier qu'on jurerait un trait à la craie blanche tracé sur le rectangle bleu de l'océan. Ça, c'est la Californie *cool*, vieux.

Tim se dit que c'est drôlement bon, la vie, quand on commence à y tenir.

Kit court en se fendant la pêche. Ce gamin ne serait pas fichu de lancer un frisbee pour sauver sa peau, mais il arrive tant bien que mal à l'envoyer à Élizabeth, pas tellement plus forte que lui, ou qui en tout cas fait comme si. Elle le lui renvoie, et il part ventre à terre derrière le disque qui roule, en se marrant comme un imbécile et en criant de plaisir chaque fois qu'il entre dans l'eau jusqu'aux chevilles pour rattraper son joujou.

Même un entubé de première et un spécialiste de la récidive notoirement asocial comme Tim Kearney sait que le gamin biche comme un fou parce qu'il s'est trouvé la combinaison idéale, papa, maman et moi, et qu'il est bien décidé à profiter au maximum de cette situation tant qu'elle dure.

Tim enlève sa chemise et s'enduit de lotion Bain de Soleil. Tout ce qui l'intéresse, c'est de rester là à bronzer avec le bruit du ressac dans les oreilles, l'odeur de l'air marin dans le nez et ce petit souffle d'air frais qui lui chatouille la poitrine, en se disant que c'est sans doute la première fois de sa vie qu'il s'offre un putain de moment de détente.

Et il a beau savoir que c'est dangereux, la détente, pour l'instant il n'en a rien à cirer. Ce soir, il sera bien assez tôt pour jouer les durs et faire des trucs de dur. Là, Tim a un coin sur la plage, une belle femme, un gamin génial, et ça lui rappelle qu'au trou, quand il pensait à sa condamnation à vie, il ne lui venait même pas à l'idée de *rêver* que ça pouvait être comme ça, la vie.

Kit, qui vient de remarquer qu'il se la coulait douce, estime que c'est contre le règlement et l'appelle pour qu'il vienne jouer. Lui résiste pour la forme, comme prévu, avant de s'amener au petit trot et de se mettre à lancer le frisbee avec eux. Élizabeth lui fait des yeux doux sexy et le gamin biche comme un fou pendant qu'ils s'amusent tous les trois à la petite famille en vacances.

Merci, Bobby Z, même si tu ne m'entends pas, se dit Tim.

Le problème, bien sûr, c'est que tu peux parfaitement te faire baiser en beauté sans le savoir, et c'est ce qui arrive à Tim Kearney pendant qu'il joue tranquillement au frisbee sur la plage.

Tu peux te faire entuber à distance pour un truc de trois fois rien, parce que c'est comme ça que le monde tourne, voilà tout, y compris pour un coup si peu foiré qu'il était presque parfait. Et c'est ce qui se passe, loin, très loin de la petite scène en famille au bord de la mer.

Tim a foiré en achetant cette bagnole dans le *barrio.* Il n'aurait jamais dû.

Vu que maintenant le petit jeune qui la lui a vendue entend dire qu'un type qui n'est pas n'importe qui à L.A. Est cherche un zèbre qui pourrait bien ressembler au zèbre qui lui a acheté la bagnole. Cash, il l'a payée, et faut croire que ça urgeait. Pas pris le temps de l'essayer ni de discuter le prix, pas posé une question : le fric, les clefs, les papiers, *ese.*

Et donc le petit jeune du barrio de San Juan Cap' se dit qu'il a peut-être à y gagner en appelant un mec qu'il connaît. Le mec en appelle un autre, l'autre un autre, bref, en deux temps trois mouvements le petit jeune a Luis Escobar au bout du fil et il sait qu'Escobar n'est pas n'importe qui à L.A. Est.

C'est ainsi que, à cause d'un petit écart de conduite de Tim, Luis Escobar obtient non seulement la description du véhicule mais son putain de numéro d'immatriculation. Et pendant que Tim se paye du bon temps sur la plage, lui, il fonce, Escobar, illico il envoie ses troupes à la recherche du véhicule.

Et il ne s'en tient pas là.

Car Luis Escobar ne laisse rien au hasard. Il croit à la *programmation*, Luis. Il planifie, il choisit chaque outil en fonction du boulot, et là il décode que l'outil idéal pour ce type de boulot est un *cholo* de Boyle Heights, pas un petit loubard de banlieue mais un pro du travail de précision, le fameux Reynaldo Cruz.

Reynaldo Cruz a une qualité : il sait *tirer*.

Cruz a été la star de l'école de tir de Pendleton. L'instructeur qui l'a eu dans son groupe chez les marines prétendait qu'il aurait pu tirer dans les couilles d'une puce. Quand il était dans le Golfe avec son unité, Cruz s'entraînait à dégommer des officiers irakiens du plus loin possible. Par exemple à l'instant T tu as un Irakien qui est tranquillement en train de faire *Allah Akbar*, et à l'instant T + 1 ton Irakien se retrouve *chez* Allah. Avec les compliments de R. Cruz, Tireur d'Élite.

Cruz DLM, vieux, voilà comment on l'appelait dans le peloton : Cruz Dans le Mille. Il y était, Cruz, à la bataille de Khafji, mon vieux, cette nuit de folie où tous les feux de l'enfer se sont déchaînés. Couché dans le sable en position de tir aussi confortablement que sur son plumard dans le barrio, il tapait dans le mille à tous les coups. Il dégommait les Irakiens comme d'autres les cibles d'un jeu vidéo, sauf que Cruz n'est jamais à court de monnaie, lui. *Pan, pan, pan* : une balle, un mort, à croire que Cruz DLM vise le titre de champion du monde de « Combat mortel dans le Golfe ».

Et cool, avec ça. Plus cool, tu meurs. Il ne transpire même pas, Cruz DLM. En plein désert, encore. Il colle le caillou noir qui lui sert d'œil derrière le viseur et *pan*.

Dans le mille. À sa manière, Cruz DLM est aussi frappé que le caporal Tim Kearney, un foutu cinglé lui aussi. À la bataille de Khafji, il y a DLM tranquillement couché dans le sable pour dégommer les Irakiens, et Kearney qui fonce à découvert comme si les balles ne pouvaient pas l'atteindre. Il fonce et il canarde dans tous les coins, il balance des grenades, il va dégager les blessés jusque sous les chars irakiens. Kearney, c'est le genre à gueuler : « Infirmier ! » pendant que de sa main libre il canarde les Irakiens. On se serait cru dans un jeu vidéo, cette nuit-là, avec ce cinglé de Tim et Cruz DLM sur le même écran.

L'unité a décroché deux Navy Cross d'un coup, vieux, une pour Kearney, une pour Cruz DLM. Des vrais cinglés d'enfants de salaud, les Semper Fi.

Ces deux-là, ils t'auraient défoncé Koweit City à eux tout seuls. Pour Cruz, c'était le septième ciel, vieux, un jeu de massacre de rêve dans les immeubles soufflés par les bombes. Le premier enfoiré d'Irakien qui sort la tête peut lui dire *adiós,* à sa tête, surtout maintenant que DLM et Kearney travaillent en équipe. Tellement timbré, ce Kearney, qu'il s'amuse à servir *d'appât,* vieux, il arrose les Irakiens pour faire contre-feu, et dès qu'un de ces enfoirés sort la tête, *pan !* Bienvenue au paradis, Ahmed.

Kearney prend son pied. Il retourne sur la ligne de front en rigolant, il a une pêche pas croyable, et déjà les autres s'imaginent qu'il postule pour une autre médaille quand il dérouille le colonel saoudien et qu'il perd sa mise.

Le Saoudien est en train de tabasser un gamin palestinien qu'il a trouvé terré dans les décombres. Kearney, qui mangeait sa ration comme tout le monde, se lève et *étale* le Saoudien par terre. Il lui flanque un coup, *vlan* : l'autre s'écroule, mais ça ne suffit pas à Kearney puisqu'il lui écrase les valseuses sous ses semelles devant un paquet de Saoudiens qui décident de le décapiter sur-le-champ.

On se croirait dans un vieux film : les Saoudiens dégainent leurs cimeterres à lame courbe et se préparent à trancher le cou de Kearney. Et ça n'aurait pas traîné s'il n'y avait pas eu Cruz DLM assis par terre dans un coin, son fusil sur les genoux. Quand ils le voient qui se marre en hochant la tête, les Saoudiens pigent tout de suite que Cruz DLM se contrefout de savoir *qui* il dégomme.

Kearney a donc gardé sa tête, mais ce qui est sûr c'est qu'il n'a pas eu sa seconde Navy Cross, et, comme les chefs n'avaient pas envie de se taper un incident diplomatique ou de bousiller leur image de marque en jugeant en cour martiale un héros tout ce qu'il y a d'héroïque, ils ont décidé de le renvoyer dans le civil sans les honneurs. Kearney est redevenu un citoyen lambda.

Idem pour Cruz DLM. Il redevient Cruz, point c'est marre, et retrouve le barrio de son enfance. Où il n'a pas grand-chose à glander, vu que personne n'embauche et qu'il ne peut pas entrer à l'école de police. Alors Cruz commence à se mettre dans la tête qu'il sera mercenaire, jusqu'au soir où il montre à Luis Escobar une petite annonce parue dans *Soldat de fortune* et où Escobar lui dit, en gros : *Pourquoi tu t'en irais travailler chez des étrangers, hein ?* Et donc Cruz se met à bosser pour Luis Escobar.

Il devient instrument de précision.

Escobar a longuement mûri son plan. Son idée, à Escobar, c'est que pour avoir Bobby Z il faut garder ses distances. Littéralement, car personne n'arrivera jamais à approcher Bobby Z d'assez près pour lui tirer deux coups, *pan, pan,* dans la nuque. Il est trop fort, le Z, pour l'avoir il faut garder ses distances et tirer une balle qui tape dans le mille.

Dès qu'on lui file le tuyau à propos de Bobby Z, Escobar va donc en toucher deux mots à Cruz qui se tourne les pouces en attendant sa prochaine mission.

Tiens-toi prêt, le prévient Escobar. Ce boulot-là, on va le ficeler comme il faut. On va repérer cette petite ordure, tendre un filet tout autour, toi tu n'auras plus qu'à nous montrer ce que tu sais faire. En plein dans le mille.

Cruz est drôlement content, parce qu'il est si bon dans sa partie qu'il en tire une sorte de fierté professionnelle alors qu'au chômdu il s'ennuie et perd le goût de vivre. Et puis il a un immense respect pour Luis Escobar, qui en plus d'être son patron est aussi un homme, un vrai.

Par ailleurs, Cruz ne crache pas sur l'argent. Il économise pour s'acheter un écran de télé géant comme au Bar des Sports, et brancher dessus un méga-système Super Nintendo mille fois mieux qu'en vrai.

Cruz s'ennuie de la guerre.

Ce qui n'est pas le cas de Tim. Il serait parfaitement heureux, Tim, de passer tranquillement le reste de sa vie sur cette plage en compagnie de Kit et d'Élizabeth, même s'il sait bien qu'il ne faut pas rêver et que ça n'arrivera jamais.

Ce qu'il ne sait pas, c'est qu'il a foiré ce petit détail. Pour le moment, c'est autre chose qui lui trotte vaguement dans la tête, une image qui ne colle pas et qui n'a rien à voir avec la bagnole, qui remonte à bien plus longtemps, à cette nuit sur la frontière où Jorge Escobar a passé l'arme à gauche. Tim n'arrive pas à effacer la vision du jet de cervelle qui a giclé du front d'Escobar. Du *front*, ouais, comme si on l'avait buté par-derrière. Côté américain.

Mais pour Tim, putain c'est trop dur d'essayer d'y réfléchir maintenant, à cause du soleil, de la fille, du gamin et du reste. Il remet ça à plus tard, si bien que lorsqu'ils rentrent, lui, la fille et le gamin, pour se préparer des sandwiches, il n'imagine pas une seconde que le monde extérieur est une nouvelle fois en train de déployer des trésors d'imagination pour l'entuber.

59

Le Moine, qui lui se tracasse toujours à cause du numéro à la saint Jean-Baptiste de One Way, arpente les rues de Laguna à la recherche du fêlé qui a prophétisé le retour de Bobby Z.

S'il n'arrive pas à se sortir cette histoire de la tête, le Moine, c'est qu'elle touche de trop près aux puissances cosmiques et surnaturelles et donc à tout ce qu'il a une bonne fois pour toutes envoyé promener un beau matin à Tucson.

Il brûle d'entendre ce fléau municipal qu'est le barde de Laguna exhaler d'un souffle au demeurant fétide une explication rationnelle, scientifique. Mais tout laisse à penser que One Way, le fou pervers, s'est volatilisé au moment précis où (ce qui ne s'est jamais vu) un habitant de vieille souche de la ville *souhaite désespérément* le rencontrer.

One Way est sorti de l'écran.

Les flics et les commerçants sont enchantés, naturellement, puisque avec cette disparition subite tous les représentants de la loi et tous les boutiquiers, petits et gros, voient se réaliser l'événement qu'ils ont jour après jour ardemment appelé de leurs vœux. Les SDF aussi sont soulagés : hier encore on ne pouvait pas lui *clouer le bec,* à ce maboule, et tous accueillent comme une bénédiction le calme inhabituel qui règne dans la rue.

Chacun y va de son explication sur la disparition.

Les flics (l'un d'entre eux s'est même fendu de transmettre un message radio aux collègues de Dana Point et de Newport Beach) parient que, tôt ou tard, l'océan recrachera sur la plage le corps décomposé de One Way, ou qu'on finira par le retrouver pris dans les filets des pêcheurs qui croisent au large de Dana Point. Les commerçants sont d'avis que One Way a mis cap au sud pour aller se fondre dans la famille élargie des clochards du parc Balboa, à San Diego. Le groupe des SDF, dans l'ensemble plus imaginatifs, penche pour l'enlèvement de One Way par les extraterrestres, la seule question étant de savoir s'il a oui ou non opposé une quelconque résistance.

Mais aucun des individus sus-mentionnés n'est le moins du monde obsédé par le mystère de sa disparition. Les SDF s'activent à relever les défis quotidiens que sont pour eux le gîte et le couvert, les commerçants traitent leurs affaires mercantiles avec les flopées de touristes qui déferlent sur la ville, et les flics, ah, les flics aujourd'hui ils sont débordés, vu qu'ils doivent ouvrir l'œil sur un afflux pour le moins inhabituel de bikers. Ils veillent en effet soigneusement, les flics, à éviter tout heurt entre les gangs de motards et l'impressionnante communauté gay de Laguna, confrontation qui, si elle avait lieu, les placerait devant le double dilemme de *a)* arriver à les distinguer les uns des autres et *b)* choisir leur camp.

En plus, les flics balisent pas mal à cause de l'augmentation tout aussi inhabituelle de véhicules en maraude qui transbahutent des Mexicains. Du coup, les flics de Laguna téléphonent à leurs collègues de Newport Beach (des blasés qui ne leur envoient pas dire que ce n'est pas la mer à boire), puis à leurs collègues de Dana Point, moins dessalés, ceux-là, et qui s'inquiètent d'observer le même phénomène dans leur petite villégiature.

Avec les SDF occupés, les commerçants occupés et les flics super occupés, l'apparente disparition de One Way n'obsède en fait qu'une seule personne, le Moine, qui a d'ailleurs sa propre explication.

Une explication assez *parano* à la base.

Ce qu'il a dans la tête, le Moine, pendant qu'il déambule dans la ville sans arriver à mettre la main sur One Way, c'est que celui qui tire les ficelles c'est Bobby. Bobby aura contacté One Way, il aura confié à ce dingue le soin de répandre le bruit qu'il allait rentrer histoire de ficher les jetons au Moine, et maintenant One Way se cache Dieu sait où sur l'ordre de Z pour mettre à exécution un complot si démoniaque que le Moine n'a pas l'ombre d'une chance de le déjouer avant d'être refait.

Le Moine se démène donc comme un beau diable pour trouver One Way et lui arracher la vérité avant qu'il soit trop tard. En vain, car il n'arrive pas à lui mettre la main dessus, alors il commence à salement trouiller. À croire que Bobby est partout, qu'il voit tout. Le Moine se met à repenser à ce couteau qui a refusé de se planter dans le dos de Bobby, au zoo, et à la façon dont Bobby est comme monté au ciel en volant, puis a disparu.

Il commence à perdre les pédales, le Moine, à se dire qu'il ne fait pas le poids contre Bobby Z, et plus il erre plus il les perd, les pédales, ça va de mal en pis, tellement qu'il finit par entrer dans une cabine téléphonique et mettre une pièce dans l'appareil.

Pour bafouiller des conneries à moitié cohérentes d'où il ressort en gros que One Way se serait caché avec Bobby Z.

Or, il est vrai qu'en *ce* moment One Way se cache.

One Way est allé se fourrer dans une grotte sur la plage où il se bouche les oreilles des deux mains parce que le ressac n'arrête pas de lui causer, et le soleil qui se reflète sur les parois inégales de la grotte fait étinceler devant ses yeux d'insaisissables diamants.

Les confidences du ressac sont proprement épouvantables. Mugissant, il affirme que Bobby Z est en danger. Il court un danger mortel, One Way doit absolument le prévenir.

Il pleure, One Way, dans cette grotte où il est allé se fourrer, où il se cache des ennemis de Z de peur d'être coffré avant d'avoir eu le temps de débiter ses jérémiades. Il pleure de découragement et de terreur devant l'abîme insondable de l'échec.

One Way sanglote parce qu'il doit absolument trouver Bobby Z pour le sauver, mais qu'il ne sait pas du tout où il est.

60

Kit est dans tous ses états parce que Tim s'en va.

« Ça ne sera pas long, promet Tim au gamin qui se retient pour ne pas pleurer. Élizabeth va rester avec toi.

— Mais tu t'en vas ! insiste Tim.

— Je reviens tout de suite. Il faut juste que j'aille voir un type. »

Kit secoue la tête, ferme les yeux.

« Allez, l'encourage Tim. Tu vas bien t'amuser avec Élizabeth.

— Mais pourquoi je ne peux pas venir avec toi ? » insiste Kit, qui n'arrive plus à retenir ses larmes.

Parce que c'est trop dangereux, se dit Tim en lui-même afin de ne pas effrayer le gamin. Dehors, la nuit est tombée. Ils ont dîné, tout à fait comme d'habitude : un peu de téloche, un peu de bagarre pour rire, une ou deux B.D. Puis ils sont allés coucher Kit, et Tim espérait pouvoir filer en douce et revenir avant qu'il ouvre les yeux, mais la mystérieuse perception extrasensorielle des gamins l'a tiré du sommeil, et voilà qu'il se met dans tous ses états. Tim, qui n'a pas envie d'en rajouter en lui fichant la trouille, lui sert le classique : « C'est une histoire de grandes personnes.

— Mais je peux t'aider !

— Ce n'est pas le problème.

— Je t'ai aidé, au zoo ! Qui c'est qui a pris l'argent ?

— Toi, reconnaît Tim. Tu es un vrai pote.

— Pourquoi tu ne veux pas *m'emmener,* alors ? » s'écrie Kit en se jetant au cou de Tim où il se cramponne de toutes ses forces.

Tim lui tapote affectueusement le dos, lui murmure

à l'oreille : *Je reviens très vite,* puis il détache les bras que Kit serre autour de son cou et le tend à Élizabeth. Enfouissant son visage contre l'épaule de la jeune femme, Kit se met à pleurer.

« Je n'en ai pas pour longtemps », glisse Tim à mi-voix.

Élizabeth hoche la tête en serrant le gamin contre elle. Plongeant son regard dans les yeux verts, Tim y lit comme de la tristesse.

Elle a de la peine pour Kit, se dit-il. Moi aussi, n'empêche qu'il faut bien régler cette histoire.

Au passage, il vérifie dans la cuisine que son pistolet est bien chargé et glisse l'arme dans la ceinture de son pantalon. Puis il monte dans la voiture et suit la route que lui a indiquée Élizabeth pour se rendre à cette grotte où elle était toujours fourrée, avec Bobby et les autres, quand ils étaient mômes. Après avoir garé la bagnole dans une petite rue tranquille du quartier du Parc, Tim s'engage dans l'escalier en béton qui descend à la plage en dessinant un large coude. Des marches, il a l'impression qu'il y en a bien un million, mais c'est sans doute parce qu'il est complètement à cran. En bas, elles s'interrompent brusquement au-dessus d'une masse de béton éboulé, ce qui oblige Tim à sauter sur le sable.

À cet endroit la plage n'est qu'un ruban étroit qui court le long d'une abrupte falaise de grès. Tim arrive à voir où il met les pieds grâce à la lune qui brille juste assez et dont la clarté tremblotante miroite sur les vagues et les gros rochers dressés derrière les brisants.

À première vue, la plage paraît déserte. Évidemment, il n'est pas loin de onze heures, et donc elle est officiellement fermée au public, mais Tim s'attendait tout de même à tomber sur un ou deux couples en train de se tripoter, au moins sur quelques poivrots. Pourtant, non, rien ne bouge.

Tim n'est pas tranquille. Il se sent trop exposé, par ici, surtout quand il réalise qu'il ferait une cible facile pour un type planqué sur la falaise avec un viseur à infrarouge, ce qui le pousse à se rapprocher de la paroi le long de laquelle il découvre un ancien sentier à l'abri de cet angle de tir, au cas où le Moine se serait embusqué là-haut pour le descendre.

Il trouve maintenant que c'est une putain de mauvaise idée d'aller le retrouver dans cette grotte. Ce n'est pas de la faute d'Élizabeth, elle n'a pas l'expérience, la pauvre, mais l'approche de l'endroit est trop risquée, trop exposée. Une putain de mauvaise idée, oui.

Trop tard, n'empêche.

Tim se faufile le long du sentier, qui se termine en pointe au bout de la plage. La grotte est devant lui.

Il ne l'aurait pas cru si grande : dix bonshommes tiendraient dans la largeur, la hauteur maximum doit faire dans les trois mètres et le tout a la forme d'un gros bol posé à l'envers. Tim distingue la faible lueur d'une lampe de poche et une silhouette noyée dans l'ombre. Il attrape son feu et avance doucement, l'arme au poing calée contre sa hanche. Les cailloux qui tapissent le plancher de la grotte roulent sous ses semelles.

« Bobby ? »

La voix du Moine.

Tim ne moufte pas. Il n'a pas envie que son *oui* lui attire en réponse une balle dans la poitrine.

« Bobby ? reprend le Moine. C'est toi ? »

Tim patiente le temps que ses yeux s'ajustent à la pénombre qui règne à l'intérieur. Il patiente jusqu'à ce qu'il arrive à bien distinguer le Moine, qui, d'après ce qu'il voit, serait venu seul. Seul dans cette grotte, avec une petite lampe électrique à la main et un sac de gym à ses pieds.

« Salut, le Moine.

— Ça fait plaisir de te voir, Bobby », s'exclame le Moine, qui s'élance en écartant les bras pour lui taper sur l'épaule comme on fait entre mecs.

Tim lève son arme.

« Ttt, ttt ! lâche-t-il en secouant la tête.

— Oh, Bobby, proteste le Moine en prenant l'air blessé et déçu. Tu deviens parano, vieux.

— C'est quoi, l'embrouille avec Don Huertero ? fait Tim sans s'émouvoir.

— Franchement, je ne vois pas, répond le Moine. J'ai demandé, j'ai fouillé partout, j'ai parlé à nos distributeurs, rien : *nada.* »

Tim braque le canon de son arme entre les yeux du Moine.

« Dis tes prières, le Moine. »

Le mec a les guibolles qui tremblent, ses genoux s'entrechoquent comme de vraies castagnettes, putain, et Tim se dit que le Moine a du pot de ne pas connaître le trou, parce que sinon tous les taulards lui seraient passés dessus. Une vraie pétasse, ce Moine. Tim a comme l'impression que, s'il connaît la vérité, c'est sûr qu'il va la cracher.

« Tu m'as entubé, le Moine. Tu m'as entubé avec Huertero, menace-t-il.

— Jamais de la vie, Bobby ! »

Mais sa voix monte dans les aigus en nasillant.

« Tu ne m'aurais pas aussi roulé avec les Thaïs, des fois ? Tu ne m'aurais pas donné, à Bangkok ?

— Bobby...

— T'as jamais mis les pieds dans une prison thaïe, vieux ? On n'y est pas si bien que sur la plage, tu sais.

— Bobby, je...

— Tu ferais mieux de t'expliquer avec Dieu, grogne Tim, qui commence à appuyer sur la détente. Tu es fini, le Moine. »

Faut voir comme il *panique*, le Moine. Il tombe à genoux et se met à débiter sa prière : « Oh, Dieu tout-puissant, pardon du fond du cœur de t'avoir offensé. Je me repens de tous mes péchés, non par peur des feux de l'enfer, mais parce que... »

Vu que ce n'est pas exactement ce genre de confession que Tim avait dans l'idée, il colle son feu sur le front du Moine et ordonne : « Avoue, le Moine. »

Le Moine lève vers lui des yeux dilatés par la peur et se lance : « J'ai piqué le fric, Bobby. J'ai piqué le fric de Huertero et j'ai monté le coup avec les flics thaïlandais pour qu'ils arrêtent les hommes de Huertero une fois qu'ils auraient récupéré la dope. J'ai partagé la mise avec les Thaïs, mais je ne t'ai pas donné, Bobby, je le jure.

— Mais pourquoi, bon sang, *pourquoi* ? » demande Tim, écœuré, car tout à coup le voilà qui se prend *vraiment* pour Bobby. Pourquoi a-t-il fallu que le Moine aille foutre en l'air une affaire qui marchait si bien, hein ?

« Tu ne touchais pas assez gros, vieux ?

— L'avarice, Bobby, confesse tristement le Moine. Le pire des sept péchés capitaux.

— Tu aurais au moins pu partager avec moi, marmonne Tim.

— Je voulais que tu puisses révoquer en doute, Bobby. »

Révo quoi ? se demande Tim, qui de toute façon s'en tape. Au moins, maintenant, il sait ce que c'était, cette embrouille, et il va peut-être pouvoir rattraper le coup.

« On lui doit combien, à Huertero ? demande-t-il.

— Trois millions.

— On les a ? »

Le Moine renifle toujours, mais il hausse machinalement les épaules.

« Naturellement, qu'il fait.

— On a trois millions cash, là, tout de suite ? »

Tim a la voix qui tremble un peu parce qu'il réalise qu'il est tout de même monté d'un cran depuis l'époque où il fauchait des postes de télé et des bouteilles d'alcool.

« Oui, acquiesce le Moine.

— Où ?

— Sur le bateau.

— Sur le bateau ? »

Tim ne se sent pas de demander *quel* bateau, vu qu'apparemment il est censé être au courant. Donc il choisit une autre question : « Et il est où, le bateau ?

— Dans le port de Dana Point. »

Le Moine se remet à prier, mais Tim n'écoute pas. Il est en train de se dire que s'il arrivait à mettre la main sur le blé et à entrer en contact avec Huertero il pourrait lui rendre son fric et même s'offrir un petit voyage. Il devrait lui rester de quoi se payer une putain de belle vie quelque part.

Tim croit déjà que ce plan-là risque de marcher sans foirer.

Il essaie donc de réfléchir aux moyens pratiques de

l'exécuter quand le Moine s'arrête brusquement de prier.

« Qu'est-ce que tu vas faire, Bobby ? demande-t-il.

— À ton avis, hein ? lui retourne Tim, un peu embêté. Je vais essayer de rectifier le tir avec Don Huertero.

— Oui, mais avec *moi* ? »

Bonne question, se dit Tim. D'abord, pour commencer, il lui faut le nom du bateau, ensuite il liquidera le Moine. Si l'histoire se passait au trou, le type qui ne liquiderait pas celui qui lui aurait fait ce que le Moine lui a fait serait un type fini, condamné.

« Dis-moi la vérité, le Moine. C'est bien toi qui as voulu m'avoir, au zoo ? »

Le Moine acquiesce en chevrotant.

« Tu roulais pour toi, ou pour quelqu'un d'autre ? Ne mens pas.

— Pour moi », confesse le Moine à voix basse. Et Tim le sent qui se crispe en prévision du coup de feu.

« Salopard, va.

— Je sais, murmure le Moine. J'ai une âme de Judas. Mais Dieu existe, hein, Bobby ?

— Faut croire.

— Je suis prêt, Bobby. Merci de m'avoir laissé le temps de mettre mes affaires spirituelles en ordre.

— Tu parles. »

Tim abaisse son arme.

« Ramasse le sac et bouge, lance-t-il. Allez, debout.

— C'est vrai, Bobby ?

— Tu m'amènes au bateau. Allez, le Moine, on bouge.

— Tu veux que je passe devant ?

— Sans vouloir t'offenser, je ne me sentirais pas trop à l'aise si tu marchais derrière », déclare Tim.

Il fait signe au Moine d'avancer, et le grand brun obéit après avoir ramassé son sac de gym. Le truc marrant, c'est que ses genoux se remettent à jouer des castagnettes.

Tim, qui trouve ça bizarre, imagine que c'est le contrecoup, le choc du soulagement, jusqu'au moment où la détonation claque et où le Moine s'écroule sur le sable, fauché net.

Instantanément, ce vrai fils de pute de Tim se met à ramper à reculons dans la grotte sans même avoir l'idée d'aller récupérer le sac de gym.

Alors il pige pourquoi les genoux du Moine tremblaient si fort. Le Moine avait prévu que Tim sortirait le premier. Avec le sac de gym.

Une âme de Judas.

Tim gaspille quelques précieuses secondes à se demander quels étaient les ennemis qui l'attendaient dehors, pour finir par décider que de toute façon il n'en a rien à cirer, vu qu'ils ne vont pas tarder à se ramener dans la grotte dès qu'ils auront réalisé qu'ils ont tiré le mauvais numéro.

Quelle idée de merde, ce rencart dans la grotte, jure Tim en son for intérieur.

Et maintenant, comment sortir, putain ? Éternelle question. D'un côté, il aurait envie de sortir par où il est entré, en canardant tous azimuts, vieux. Il en a jusque-là, il est foutu, putain, alors, quitte à sortir, autant la jouer à la Butch Cassidy, hein ? Par-devant, avec pour seule couverture son feu qui crache la mort.

Il la sent monter en lui, cette envie-là, mais, comme d'un autre côté il a promis à Kit de rentrer, il ravale sa colère et continue à reculer pour voir s'il n'y aurait pas une autre sortie.

Il se trouve pire qu'un moins que rien à se traîner comme ça vers le fond de la grotte qui a l'air joliment solide, entre parenthèses, et d'ailleurs, se console-t-il en remarquant un reflet de clair de lune, ça va peut-être se terminer en sortie à la Butch Cassidy.

Il y a bien une fissure, dans la paroi, mais pas assez large pour qu'il se glisse au travers. Il vient se coller tout contre et sent ses pieds barboter dans de l'eau de mer glaciale. Coincé, Tim Kearney.

Génial, se dit-il. Ce coup foireux-là pourrait bien être le plus humiliant de tous les coups que t'as foirés dans ta chienne de vie. Tout en s'insultant, Tim tâte la paroi du bout de sa chaussure et finit par rencontrer une encoche. Il refourre son feu dans son fute, poursuit l'exploration avec l'autre pied, aligne ses bras contre ses flancs et découvre que la paroi de la grotte s'incurve vers l'extérieur, ce qui lui permettra peut-être de passer, à condition de bien coller les mains au mur en avançant doucement un pied après l'autre.

N'empêche que ça ne va pas vite et qu'il n'est pas si sûr d'avoir tellement de temps, vu qu'il entend derrière lui quelqu'un s'écrier « Merde ! » sur la plage. Ça y est, se dit-il, Gruzsa vient de réaliser qu'il avait tiré le mauvais numéro et il doit être salement déçu.

Une bonne motivation pour continuer à aller de l'avant, littéralement, dans son cas, mais la fissure devient de plus en plus étroite, jamais il n'arrivera à se tailler par là alors que déjà il entend les galets de la plage rouler sous les semelles d'un homme pressé. Il ne lui reste donc qu'une solution : grimper.

Grimper n'est pas impossible, mais ce n'est carrément *pas rapide,* surtout maintenant que Gruzsa vient de s'introduire à pas de loup dans la grotte.

Pourtant il grimpe, Tim, et tout en grimpant il veille à ne pas faire le moindre bruit, putain. Il grimpe en enfonçant ses pieds dans la roche, en collant les mains comme des ventouses, et pour déguster il déguste, vieux, encore un peu et il va s'arracher les bras, à force.

À nouveau l'envie le prend de tout lâcher et de montrer à Gruzsa qui est le plus rapide des deux. Genre tu te le fais à la Clint Eastwood et on n'en parle plus, un duel entre hommes, façon *OK Corral,* vieux, et si ça doit mal finir autant en finir tout de suite. Mais Tim ne cède pas à son envie, il se retient, se hisse aussi haut qu'il peut, puis il s'arrête. Le voilà suspendu en l'air comme une chauve-souris, vieux, et pendant que le faisceau de la lampe de Gruzsa balaie la grotte comme un projecteur une cour de prison, il essaye de ne pas bouger d'un poil, sauf ses bras qui frissonnent à cause de l'effet surhumain.

Juste en face de lui, de l'autre côté de la fissure, le clair de lune luit au large d'un doux éclat argenté.

Avec des airs de liberté.

Tim colle de toutes ses forces ses mains contre la paroi. Si jamais Gruzsa le repère, cette fois il pourra prendre le temps de viser, car Tim se dit que c'est peut-être bien ce qui s'est passé, l'autre nuit, sur la frontière : si ça se trouve, Gruzsa voulait lui tirer dessus, mais il a raté son coup et tué son pote à la place.

Pas facile de ne pas se tromper, la nuit, surtout de si loin.

Mais, putain, pourquoi Gruzsa voudrait nous liquider, Bobby ou moi ? Et juste au moment où il allait faire l'échange avec Art Moreno, en plus ?

Ça serait complètement dingue, se dit Tim. Ce qui est sûr, en tout cas, c'est que *cette fois* Gruzsa ne va pas rater la cible. Il va se marrer, ce teigneux de fils de pute, il va me traiter de glandeur en se marrant, et *pan*.

Foutu, l'enfoiré.

61

One Way passe en frissonnant par une grave crise psychotique.

Il a de ses yeux vu la flamme fulgurante jaillir des ténèbres pour détruire le grand prêtre de Bobby. Et déjà le ressac commence à lécher le corps sans vie du prêtre, déjà les crabes abandonnés par la marée se hâtent en cliquetant des pinces vers l'aubaine du festin.

One Way se terre encore un peu plus dans la terre molle éboulée au pied de la falaise quand l'homme passe en courant, l'homme qui brandit une arme, l'homme à qui One Way se souvient d'avoir maintes fois parlé dans les rues de Laguna. L'homme qui semblait porter un intérêt légitime à l'histoire de Bobby Z. One Way reconnaît en lui l'homme qui entre dans les fast-foods et en ressort avec un cheese-burger emballé tout chaud dans sa boîte en polystyrène, qu'il lui offre pour l'encourager à reprendre le fil de son récit.

Pas étonnant, songe One Way horrifié. Pas étonnant qu'il s'y soit tellement intéressé.

One Way souffre atrocement. La douleur lui explose

dans le cerveau comme si on lui enfonçait des clous dans le crâne.

Car il a, malgré lui mais quand même, trahi Bobby.

En allant tout raconter à cet homme, ce Caliphe, ce Pilate qui vient d'assassiner le grand prêtre de Bobby et qui maintenant se précipite à l'intérieur de la grotte pour assassiner Bobby en personne.

Et c'est ma faute, songe One Way.

J'ai vendu Bobby pour un cheese-burger (avec des frites) et une boîte en polystyrène non biodégradable qui subsistera jusqu'à la fin des temps.

La douleur s'intensifie.

One Way en connaît l'origine. C'est la douleur de la culpabilité, la douleur de la honte, la douleur de l'échec. C'est la douleur de la paralysie, car One Way ne peut se résoudre à bouger. Il est incapable de s'arracher à l'ombre pour s'élancer dans la clarté de la lune et aller se battre pour Z. Il le sait, qu'il devrait courir après cet homme et lui tomber sur le poil. L'empoigner par le bras, arrêter le coup fatal. Recevoir au besoin les balles destinées à Z.

Mais il a peur.

Douleur de la peur.

Terré dans l'ombre de la falaise, One Way serre ses bras sur sa poitrine et se berce au rythme des vagues. Il tend l'oreille à l'affût du coup de feu qui sûrement va retentir à l'intérieur de la grotte, dans une explosion préfigurée par le martèlement sans pitié qui cogne sous son crâne, il sait que ce bruit le hantera jusqu'à la fin des temps.

Polystyrène.

Je suis si faible, songe One Way.

Et ma faiblesse trahit Bobby Z.

Alors, il sent la voix qui monte en lui, qui monte dans son ventre comme un cyclone imprévu et se tord et sort en tourbillonnant de sa bouche. L'événement est indépendant de sa volonté, il ne l'a pas pensé, il ne l'a pas voulu. Cela survient tout seul, *à travers lui* sans qu'il y soit pour rien. La voix se force un passage dans sa gorge juste au moment où ses lèvres s'écartent, où son corps se déploie vers le haut tel un cyclone qui se forme à la surface de l'océan.

Et sans qu'il puisse s'expliquer comment, voilà One Way debout, les pieds bien plantés dans le sable pendant que sa voix, simultanément déployée dans les bas les plus graves et les aigus les plus hauts, clame un puissant : JE TE VOIS !

62

Tim manque de tomber, tant il est surpris par ce ululement perçant.

Qui voit qui ? se demande-t-il. Dans son idée, lui, personne ne le voit, parce que sinon il se serait déjà pris deux balles. Donc soit le type qui s'est mis à brailler pique une sérieuse crise de delirium, soit il gueule après Gruzsa.

D'ailleurs Gruzsa a dû raisonner pareil, car Tim entend le « merde » étouffé qui lui échappe, puis le bruit de ses pas qui s'éloignent prudemment vers l'ouverture par laquelle il est entré. Tim se dit alors que s'il arrive à tenir dans cette position pendant encore une minute il a des chances de vivre jusqu'à demain, histoire de foirer une journée de plus.

Gruzsa, il en a tellement jusque-là, il est tellement perturbé qu'il faut qu'il se retienne à deux mains. Il a acheté le seul type capable de lui indiquer à coup sûr l'endroit où dégoter Tim Kearney. Mais Kearney a tout l'air de s'être volatilisé (carrément un coup à la Bobby Z) puisque ça ne fait pas un pli qu'il n'est pas sorti de la grotte tout en étant pas dedans non plus. Et maintenant, nom d'un chien, cette voix qui surgit d'on ne sait où pour affirmer qu'il y a un témoin dans le coin, ce qui brusquement laisse penser à Gruzsa que, si ça se trouve, ce n'est pas un bonhomme mais deux qu'il va devoir descendre ce soir, et que ni l'un ni l'autre n'est Tim Kearney.

Gruzsa vérifie son chargeur et se dirige à l'oreille vers la voix au mugissement de sirène.

63

Tim progresse vers le clair de lune.

Seul le plus sadique des instructeurs de marines aurait pu l'inventer, cette espèce de course d'obstacles qui l'oblige à forcer au maximum sur ses muscles. Il a les mains en sang quand enfin il arrive à se hisser de l'autre côté de la grotte, juste au moment où un coup de feu claque dans son dos.

Il saute d'un bond sur la plage, pleine de flotte maintenant, putain, parce que la marée remonte. De toute façon, comme il n'y a plus que des pierres sur ce tout petit bout de pointe il dérape et se casse la figure trois cents fois au moins avant de trouver un sentier qui mène au sommet de la falaise en la contournant par l'arrière.

Il arrive en haut en titubant, vanné et pas tranquille du tout parce qu'il sait qu'il a Gruzsa aux fesses et pas trop le temps d'y réfléchir. Pendant qu'il s'en retourne vers la caravane par les petites rues tranquilles du quartier du Parc, Tim carbure sec histoire d'imaginer la suite des opérations.

La suite, c'est du genre « on se casse », pas de doute, mais comment ? Voilà le hic. Dans la vie, si on peut appeler ça une vie, de Tim Kearney, l'éternel problème est de réussir la sortie, alors il faut qu'il y pense et il se dit qu'il va enrouler Kit dans une couverture ou un truc comme ça, voir si Élizabeth ne leur laisserait pas sa bagnole et se tailler, vieux. Vers le nord ou vers l'est, vu qu'on ne veut pas de lui à l'ouest et que Huertero campe au sud. Tim arrive à la caravane bien décidé à suivre exactement ce plan. Il emmène Kit et Élizabeth (si elle veut bien), et il se taille avec eux direction les Grandes Plaines. Ensuite, il s'arrête dans un bled du Kansas ou d'ailleurs, et là il se lance dans la culture du blé.

Sauf que quand il pousse la porte de la caravane il n'y a personne à la maison.

Kit et Élizabeth sont partis.

64

Il est paumé, Tim.

Le coup typique du type soudain complètement libre et qui ne sait plus quoi faire. Vu qu'une fois de plus Gruzsa lui colle au train et qu'il a intérêt à se casser, une femme et un gamin, putain, mais c'est la dernière chose au monde dont il a besoin de s'encombrer — c'est pourtant tout ce qu'il veut.

Ils sont partis.

Et en vitesse, encore, parce qu'ils n'ont pour ainsi dire rien emporté. Deux ou trois fringues à Kit, sa brosse à dents, point. Les illustrés sont toujours empilés à côté de son lit.

La trousse à maquillage d'Élizabeth est là, près du lavabo.

Tim, lui, n'a qu'une envie, se poser et se mettre à chialer.

Sortir, s'effondrer sur le sable et hurler sa douleur à la lune. Hurler jusqu'à ce que Gruzsa s'amène par-derrière et lui tire une balle dans la nuque.

Gruzsa les tient peut-être déjà, se dit-il. Gruzsa est remonté direct de la plage et il a réfléchi que puisqu'il n'avait pas eu Tim il allait embarquer sa petite famille. Il va appeler Tim et lui proposer un nouveau deal. Il en est cap', Gruzsa. Les stups sont cap' de tout, putain.

Tim sait qu'il devrait ficher le camp, lui aussi.

S'arracher de là et partir, sans se retourner comme il se retourne, *là.* Car Tim a beau être une foutue tête de nœud, peut-être que ce n'est pas pour ça qu'Élizabeth est partie. Si ça se trouve elle a filé parce qu'elle avait peur, si ça se trouve c'était une erreur de s'installer ici et s'il s'attarde trop on va le tirer comme un lapin.

Mais, vu qu'il s'en branle, il ne décarre pas. À la place, ce nullard de naissance qu'est Tim Kearney ouvre le frigo d'où il sort trois *cervezas,* il les attrape par le goulot entre les doigts d'une main et va s'asseoir sur la plage. Il laisse son regard se perdre dans l'océan qui scintille d'éclats argentés, liquide ses bières puis retourne chercher ce qui reste du pack de six, plus une bouteille de tequila.

Il emmène le téléphone dehors, au cas où quelqu'un appellerait.

N'empêche qu'il n'y aura pas d'appel et qu'il le sait. Alors tout ce qui l'intéresse c'est d'essayer de se saouler à mort (toujours son point faible, la maîtrise des pulsions), et pour une fois il se débrouille plutôt bien.

Étalé sur le sable, il contemple les étoiles en se gondolant à l'idée que Tim Kearney a cru qu'il allait se ramener dans un chouette patelin du Midwest avec sa petite femme Élizabeth et son fils Kit. *Lassie, chien fidèle,* tu vois le topo. À pisser de rire, ce nullard de Tim Kearney, plus enfoiré tu meurs, plus nul tu meurs deux fois, y a qu'à voir, et il se marre, Tim, il se marre à en chialer et il chiale à en tourner de l'œil. Il revient à lui, ranimé par une infecte odeur âcre. L'œil qu'il ouvre alors se pose sur un bouc qui se penche sur lui en souriant jusqu'aux oreilles.

Tim sent le bouc avant de le voir, il le sent, ce vieux bouc puant, puis ses paupières se soulèvent : oui, oui, pas de doute, c'est bien un bouc qui le dévisage, et Tim est encore en train de se demander ce que ce bouc qui n'a même pas l'air tenu en laisse fabrique à Laguna

Beach quand l'animal prend la parole : « Bobby ? fait le bouc. Bobby Z ? »

Tim réalise alors qu'il ne s'agit pas d'un vrai bouc mais d'un bonhomme à tête de bouc qui pue comme un bouc.

« Mais non, putain, j'suis pas ce putain de Bobby Z, bafouille Tim.

— Si, c'est toi.

— Mais non.

— Si.

— Fous-moi la paix, putain. »

Mais voilà que l'autre commence à le ramasser en l'attrapant sous les bras.

« Il faut te sortir de là, insiste-t-il.

— Ma femme et mon gosse se sont taillés. Je vais mourir ici.

— Exact, tu es en danger », acquiesce le bonhomme, qui se démène pour assurer la prise afin de soulever Tim. Ensuite il le tire sur la plage. Il le tire jusqu'au pied des falaises dans un coin abrité des regards et le laisse tomber par terre.

« Tu as pris du poids, Bobby, se plaint-il.

— Mais qui es-tu ? demande Tim.

— Je ne sais plus trop. Tout le monde m'appelle One Way.

— Ah, la victime du LSD.

— Il paraît. Le bruit court que je suis fou.

— Tu as l'air cinglé.

— Je *suis* cinglé, convient One Way avant de marquer une pause, en poète qui ménage ses effets. Mais je sais des choses, ajoute-t-il.

— Et qu'est-ce que tu sais ? »

One Way balaie la plage du regard. Puis, les yeux

tout brillants de lune, dans un sourire rusé qui découvre ses chicots, il déclare : « Je sais où ton prêtre infidèle cachait ton trésor. »

65

Sur un bateau, révèle One Way.

« Quel bateau ? » s'enquiert Tim.

Il n'y en a jamais qu'une bonne dizaine de mille, dans la marina. One Way cligne rapidement les yeux.

« *Le* bateau, chuchote-t-il l'air mystérieux.

— Et ce bateau s'appelle...

— Le *Nulle Part*. Un sloop avec une voile carrée, à l'ancre dans le port de Dana Point. J'ai vu ton grand prêtre apporter l'argent là-bas.

— Il est mort, remarque Tim.

— Je sais. J'ai tout entendu. Enfin, presque tout. Ce que je n'ai pas entendu, la lune me l'a raconté.

— C'est ça. Ce fric dont tu parles, c'est celui que le Moine a piqué à Huertero ?

— Si tu le dis.

— Mon gamin est parti, sanglote Tim. Mon gamin et ma femme avec.

— On les ramènera, dit One Way d'une voix apaisante.

— Comment ?

— Je ne sais pas.

— Génial.

— Mais ils vont revenir.

— Qu'est-ce que tu en sais ?
— Parce que tu es Bobby Z. »

Se débarrassant de la couverture qui lui couvre les épaules, One Way enveloppe Tim dedans. Il lui soulève la tête, la pose sur ses genoux et berce son héros en chantonnant : « Parce que tu es Bobby Z et que l'enfant est ton fils. La chair de ta chair. Tu as une femme et un enfant selon le rythme sacré de la vie. Rythme incessant, toujours répété, pareil au battement de l'océan qui te ressemble, Z. Impossible d'arrêter le battement de l'océan. La vague gonfle et déferle, c'est de l'eau que naît la vie. Tu glisses sur les flots. De l'océan tu as surgi, à l'océan tu reviendras. »

Il tapote la tête de Tim en continuant sa psalmodie : « À l'océan tu reviendras. Avec ta femme. Avec ton fils. Chair de ta chair. »

Là-dessus, le téléphone se met à sonner.

66

Tim décroche sans un allô, il écoute, c'est tout, en priant pour que ce soit elle. Une seule chose l'intéresse, savoir *Où il est, mon gamin ? Parce que c'est comme s'il était à moi, pas vrai ?* Maintenant il a l'impression d'entendre Élisabeth respirer à l'autre bout du fil et il sait que pour elle c'est pareil, qu'elle aussi elle se demande qui est à l'appareil.

C'est elle qui commence.

« Allô... ?

— Kit va bien ?

— Oui.

— Et toi, ça va ?

— Oui. »

Le ton manque d'assurance. Rien qu'à sa voix Tim devine qu'il faut plutôt comprendre *Pour le moment, ça va,* et c'est comme s'il sentait la présence de Gruzsa en arrière-plan, assis derrière elle avec un sourire en coin... Alors il attend que ça vienne.

« Il nous tient, dit-elle.

— Qui ?

— Don Huertero.

— Comment va le petit ? » répète Tim, car déjà il se doute de ce qui va suivre.

« Terrorisé, mais ça va, répond Élisabeth. Il est solide, tu sais.

— Je sais, ouais. »

Pour être solide, il est solide. À croire qu'il donne *l'exemple,* ce gosse.

« Si tu ne viens pas, ils disent qu'ils vont le tuer, reprend Élisabeth.

— Je viens.

— Ils...

— Je sais. Tu leur dis que j'arrive. Et aussi tu leur dis que j'ai leur putain de fric. Je vais le rendre. »

Il entend Élizabeth commencer à discuter avec quelqu'un, puis ce quelqu'un prend l'appareil.

« Bobby Z ?

— Ouais, fait Tim. Don Huertero ?

— Pose pas de questions », réplique l'autre. Un accent mexicain mais plouc, trop plouc de l'avis de Tim pour un Don Huertero. « Tu t'amènes, ou on liquide le gosse.

— Où est-ce que vous êtes ?

— Ta gueule. Tu nous prends pour des débiles ?

— Comment je viens si je sais pas où vous êtes ?

— Tu as le fric ?

— Ouais, planqué.

— Alors pas loin de la planque, déclare le basané. Un coin tranquille, surtout.

— Une minute. »

Tim colle le récepteur contre sa poitrine, le temps de demander à One Way s'il connaît un coin de ce genre d'où on verrait bien le bateau.

« Les Arches, répond One Way. Il faut se garer au bout de Blue Lantern Street. Prendre à gauche par la corniche. Descendre, franchir le pont en bois du canyon. De l'autre côté, trois arches en béton, tout ce qu'il reste d'un hôtel de luxe qui attend d'être construit depuis la crise de 29. De là on voit le bateau. On voit tout. »

Tim donne les indications au mec, ajoute qu'il sera sur place dans une heure.

« Pas question, refuse l'autre. Demain matin. On va pas te filer un rencart la nuit. Ceux qui t'approchent dans le noir en crèvent, Bobby Z. »

Et le Mexicain raccroche sans laisser Tim parler avec Kit.

« Ils tiennent Kit, gémit Tim. Ils disent qu'ils vont le tuer.

— On va le sauver, affirme One Way. On va leur donner l'argent et puis... »

Les yeux de One Way étincellent d'une joie fanatique.

« Et puis... ? répète Tim.

— On met les voiles.

— Je n'ai pas mon permis bateau. »

One Way a un sourire de chérubin cinglé.

« Moi si, dit-il.

— Tu saurais piloter ce bateau ?

— Jusqu'au bout du monde.

— Et tu le ferais ?

— Avec joie. »

Mais là-dessus One Way se renfrogne. Son sourire se transforme en grimace de honte.

« Il y a un problème, avoue-t-il.

— Quel problème ?

— Le flic.

— Un gros flic ? demande Tim. Le crâne lisse comme un obus ?

— Oui.

— Une vilaine bouche ?

— Un sale flic.

— Je le connais. Qu'est-ce qu'il a fait ?

— Il m'a dit que si je te trouvais il fallait que je le prévienne. Ou alors, chuchote One Way, il me tuera.

— Bon, fait Tim après y avoir réfléchi un moment. Alors préviens-le.

— Non !

— Si. Explique-lui exactement ce que je suis en train de faire. Explique-lui que je vais me livrer à Don Huertero pour Art Moreno et pour mon gamin.

— Don Huertero... Moreno... gamin.

— Simplement, tu la fermes sur le bateau.

— Quel bateau ? »

Tim soupire : « Le bateau qui... »

One Way l'interrompt en lui posant la main sur le bras.

« Je sais », dit-il d'un air entendu.

Il lance à Tim un clin d'œil de star et part en courant sur la plage.

67

Tim sait parfaitement ce qu'il devrait faire, maintenant qu'il rassemble ses merdes.

Il devrait embarquer *cette nuit,* voilà, et mettre les voiles avec ses trois millions facile. Trois millions cash, de quoi vivre caché toute ta vie, et bien, encore. Même si ton capitaine est toqué. De quoi aller te mettre à l'ombre sur un îlot des Caraïbes où tu boirais des cocktails ornés de parasols en papier et baiserais des nanas bronzées et bien roulées pour finir par mourir de mort naturelle. Quatre-vingt-trois balais, bronzé, riche, cool, et tu claques d'une crise cardiaque en pleine bourre, vieux. Au moins ta belle Créole aurait des choses à raconter aux enfants de ses enfants. Plante-les tous, putain, Don Huertero peut bien se serrer la ceinture et Gruzsa se bouffer le foie, c'est pas tes oignons les problèmes de Bobby Z... OK, tu laisses les morts enterrer leurs morts et *adiós,* bande de fils de pute. Pour la première fois de sa vie d'enfoiré, Tim Kearney a trouvé la sortie, dis. Il a le pognon, il a la sortie, et pour une fois il pourrait même la prendre. Voilà ce qu'il devrait faire.

Mais maintenant qu'il fourre sa chemise dans son sac, ce triple enfoiré de Tim Kearney sait parfaitement qu'il ne va pas jouer les malins et faire ce qu'il devrait faire.

Tu parles d'un scoop ! L'événement, ça serait plutôt que Tim Kearney se décide à être un peu malin. Parce que si tu tiens à rester un entubé de première c'est bien comme ça que tu dois t'y prendre, pas vrai ? Tu sais ce qui serait malin, et donc tu fais tout le contraire.

Et pas pour la bonne femme, en plus, même si Tim

sait que personne ne va croire le contraire. Un mec qui sort du trou, tout le monde s'imagine que la cervelle lui descend dans les couilles pour peu qu'il tombe sur une nénette. En particulier sur cette nénette-*là*. N'empêche que ce n'est pas pour elle. Il a beau être cent pour cent sûr qu'il l'aime, il pourrait toujours la quitter.

C'est pour le gamin.

Putain de merde, de merde, de merde, et ce n'est même pas le sien, putain.

Trois millions de dollars, la belle vie, la liberté, et Tim Kearney choisit de mourir pour un gamin.

Parce que de toute façon Huertero va sans doute me liquider dès qu'il aura empoché le blé, songe-t-il.

Le mieux serait donc que je me casse.

Son sac est prêt, il glisse le pistolet dans sa ceinture et monte dans la voiture.

En son for intérieur il dit au revoir à la caravane et à la plage où il aurait pu vivre heureux.

C'était pas au programme, voilà tout.

68

Le portier refuse de laisser entrer One Way et menace d'appeler la police.

« Les flics me connaissent », le rassure One Way.

Le portier menace de lui flanquer une dérouillée, mais One Way conseille au cerbère de sonner dans la chambre de Gruzsa, sinon il va se tailler en douce et faucher une poubelle dans le parking.

« Si en revanche vous sonnez dans sa chambre, ajoute One Way, plus jamais je n'irai fouiller dans vos grosses poubelles. »

Le sacrifice est de taille, car les grosses poubelles du Ritz-Carlton comptent parmi les meilleures de la côte Sud. One Way sait d'expérience que de manière générale les riches touchent à peine à leur assiette, afin de montrer qu'ils ont les moyens, et que du coup les poubelles du Ritz sont le fin du fin pour un gourmet friand de grande cuisine recyclée.

Le portier ordonne alors à One Way d'arrêter de brailler, merde, il n'a qu'à aller se cacher un peu plus loin dans le jardin, contre le vent, et à peine dix minutes plus tard Gruzsa se pointe, tout essouflé.

Dès qu'il a repéré One Way, il le traîne sur le parking et le renverse contre une Mercedes 510 SL.

« Alors ? aboie-t-il.

— C'est à propos de Bobby Z, fait One Way.

— Tu l'as vu ?

— En chair et en os.

— Où ça, bordel de merde ?

— À Laguna Beach, bordel, ment One Way. Il va... »

Gruzsa lui balance une grande claque.

« Il y est toujours ? s'impatiente-t-il.

— Comment saurais-je s'il y est toujours puisque je suis *ici* ?

— Il y était toujours quand tu es parti ?

— Ça, oui. »

Gruzsa se donne une seconde pour assimiler tout ça.

« Et c'est quoi, son plan ? poursuit-il.

— Au téléphone, je l'ai entendu qui parlait d'aller se livrer à Don Huertero demain matin. »

Gruzsa jette un œil sur le parking qui lui paraît

désert, attrape son automatique et le plante sous le menton de One Way.

« Tu te fous de moi, toqué ? Tu me mènes en bateau, c'est ça ?

— Parole d'évangile, c'est la vérité.

— Pourquoi il irait faire ça, bordel ?

— Ils tiennent son fils.

— Son fils ? s'étonne Gruzsa. Je ne savais pas qu'il avait un connard de fils.

— Don Huertero doit vous appeler quand tout sera réglé, s'empresse d'ajouter One Way. Il relâchera Moreno à la frontière.

— Tu rigoles.

— Vous verrez si je rigole. »

Gruzsa écarte son arme.

« Si jamais tu t'amuses à raconter le quart de la moitié de tout ça, je te transforme en omelette, tête d'œuf. Tu piges ?

— Oui, m'sieur, pigé. »

Gruzsa libère brutalement One Way en grommelant *Foutu fêlé, va,* et le suit des yeux pendant qu'il détale.

Quelques minutes plus tard, il pousse la porte de sa chambre.

« Félicitations, lance-t-il au type qui regarde la télé allongé sur le lit. Tu es foutu, enfoiré.

— Ah, bon ?

— Encore une nuit et tu es foutu. »

Gruzsa attrape la bouteille de scotch pur malt dans le bar, s'en verse un verre et reprend : « Tu le savais que tu avais un gosse ?

— Non.

— J'ai comme l'impression que tu en as un.

— Et alors ?

— Alors rien. Tu as un gosse, c'est tout. »

Le type hausse les épaules et retourne à son écran de télé.

69

Lorsque Tim s'arrête dans Blue Lantern Street, la limousine est déjà garée le long du trottoir. Les vitres en verre fumé l'empêchent de voir à l'intérieur, mais Kit doit y être, c'est sûr.

L'air pas commode, un Mexicain balèze, avec une jolie bosse sous sa veste, lui montre la direction de la corniche.

Tim profite de la balade pour admirer le paysage. Un peu brouillardeux, à cette heure matinale, mais on devine vaguement le port en dessous même s'il est encore trop tôt pour bien distinguer les bateaux. Tim ne peut que croiser les doigts en espérant que One Way et le blé sont à bord du foutu rafiot.

Il descend quelques marches et tombe devant les trois arches en béton qui ont une drôle d'allure, plantées là. Comme si un fou avait déménagé à Dana Point un bout de Grèce ou d'ailleurs. Des traces de branlette, c'est tout ce que la crise a laissé du beau rêve d'un richard ruiné. Tim se met à la place de ce pauvre branleur, il sait ce qu'il a dû ressentir maintenant qu'il voit le type qui s'amène à l'autre bout du pont. Le type le prend par le bras et l'entraîne à l'écart, *sous* le pont.

Super discret, se dit Tim, qui comprend qu'il va morfler.

Sous le pont il y a un petit espace plat, un bout de terre sale et râpée à cause de tous ceux qui viennent ici picoler, baiser, se camer ou les trois à la fois. Ça sent la vieille pisse et la bière éventée. L'endroit est perché au bord d'un ravin escarpé. Au fond, de grands palmiers dattiers poussent entre les rochers.

De quoi faire une mauvaise chute, se dit Tim.

Il y a aussi un petit groupe qui stationne sous le pont.

Un type en costume gris, trois gardes du corps en costards sombres et Élizabeth.

Les costauds en costards sombres portent tous des lunettes noires et causent dans des petits micros, exactement comme les gardes du corps au cinoche. Tim sait ce qu'ils font. Ils interdisent la corniche à la circulation.

Aucun citoyen ne va pouvoir se promener de ce côté-là de la falaise tant que l'affaire ne sera pas réglée.

Élizabeth a un air de salope. Sapée comme une princesse, putain, mais ses yeux verts sont vides. Tim a déjà vu ce genre de regard, au trou, juste avant qu'un mec se fasse buter. Elle vient vers lui, elle se jette à son cou, et Tim n'a pas besoin d'un dessin pour comprendre qu'elle l'a donné.

« Dieu merci, tu es là », chuchote-t-elle tendrement.

Elle l'embrasse sur la joue, elle le serre fort pendant que lui se raidit dans l'attente du coup qu'il va prendre, c'est sûr. Il le reçoit derrière l'oreille, et rapide comme la chiasse, le deuxième Mexico lui pique son flingue avant que ses genoux touchent le sol.

Une grimace tord le visage d'Élizabeth.

« Je suis désolée », souffle-t-elle.

Elle est désolée ! s'exclame Tim en lui-même.

70

Les troupes d'Escobar se sont levées de bonne heure.

La ville grouille de recrues qui flairent la piste comme des chiens parce qu'on a repéré la bagnole en train de filer au sud de Laguna, direction le quartier du Parc. Bonne nouvelle pour les hommes d'Escobar, puisque le barrio de Dana Point se trouve juste à côté, en dessous du parc sur la colline qui surplombe le port. Et donc des bataillons entiers de Chicanos patrouillent en ville avec mission de signaler la tire. Ceux qui sont trop jeunes pour conduire ont pris des motos, *ese,* et tous sont remontés à bloc parce qu'il paraît que DLM s'amène de L.A. Est, les gars.

Ils se passent la consigne : t'as pas intérêt à déconner et à sortir ton feu, *ese.* Faudrait voir à pas jouer les héros et à pas tirer sur tout ce qui bouge, parce que, à supposer que Bobby Z te rate, Escobar, lui, te ratera pas si jamais tu gâches le boulot à Cruz DLM.

Bon, alors voilà que deux Chicanos qui ont déjà du poil au menton roulent au pas le long de Santa Clara quand tout à coup l'un d'entre eux bigle dans Blue Lantern Street et commence à se marrer.

« Hé, t'as vu », lance-t-il à son pote.

Il faut qu'ils se pincent, putain, c'est pas croyable : la tire, elle est tranquillement garée là, la preuve que le mec a des *cojones, ese.* Juste à côté d'une limousine noire. Les mômes se dépêchent d'envoyer le message à Cruz avant de sortir marcher un peu, histoire de vérifier.

Le chauffeur de la limousine plonge la main dans sa veste dès qu'ils arrivent à sa hauteur. Eux, tout de suite ils lèvent les mains en l'air et ils demandent comme ça : « Qu'est-ce qui se passe ? »

Le chauffeur, il a des couilles lui aussi, ça se voit quand il leur balance : « Ce qui se passe, c'est que vous allez vous casser le cul d'ici, voilà ce qui se passe.

— On veut juste prendre un peu l'air, *ese*, insiste un des mômes.

— L'air, tu vas te le prendre dans la direction opposée. »

Les deux n'insistent pas. Ils sourient en coin et repartent par là où ils sont arrivés, sans se presser pour montrer qu'ils n'ont pas les jetons. Ils remontent en voiture, et là le chauffeur de Cruz DLM les rappelle pour vérifier. Puis il ajoute : « Tirez-vous d'ici, *ese*. Ça va barder. »

Pendant ce temps, Cruz, qui a fini de monter son flingue, règle la mire et son chauffeur fonce à toute blinde au croisement de Santa Clara et de Blue Lantern Street.

Les deux mômes, ils dégagent pour redescendre doucement Santa Clara jusqu'à Golden Lantern Street, et là ils rentrent dans le parc par l'autre bout parce qu'ils ont bien compris que le légendaire Bobby Z doit être en train de régler ses comptes du côté de la corniche.

Et ils tiennent à être là, *ese*, quand Cruz DLM réglera son compte à Bobby.

71

« Le grand Bobby Z, ricane Huertero. La légende. »

Il secoue la tête, Don Huertero, et *vlan*, il lui balance son pied dans la gueule.

Un putain de mocassin Gucci qui le cogne pile entre les deux yeux, juste là où le nez part du front. Si le bout de la godasse avait dévié d'un centimètre à droite ou à gauche Tim devenait borgne, sûr, mais tel que c'est envoyé il n'y a que son nez qui casse, et même si tout devient un peu flou il voit très bien que Huertero l'attrape par les cheveux pour lui relever la tête, le regarde d'un air furibard, puis s'arrache un gros glaviot de la gorge et le lui crache en plein dans les mirettes.

Tim sent le mollard tout chaud se mêler au sang et aux larmes qui suintent, car il a les yeux qui coulent, oui, et bien qu'il ne pleure pas vraiment ce n'est pas non plus comme s'il ne pleurait vraiment *pas*.

Huertero le lâche d'un air dégoûté.

Aussitôt, un de ses gars se précipite avec un mouchoir. Huertero s'essuie la main et jette le mouchoir par terre.

Tim arrive tant bien que mal à repérer Élizabeth.

« Où est Kit ? lui demande-t-il.

— Dans la limousine. Il va bien, répond Élizabeth avant d'ajouter, comme pour se faire pardonner : Je suis désolée, Bobby, je n'avais pas le choix. »

Naturellement, se dit Tim. Elle savait que la cavale s'arrêterait d'une manière ou d'une autre, alors, elle a choisi ce qui vaut le mieux pour le gamin. Elle a sauvé sa peau pour lui servir de mère.

« Pas de problème, la rassure-t-il.

— C'est ton fils ? demande Huertero.

— Oui. »

Huertero hoche la tête en silence et comme on dit s'abîme dans ses pensées. Tim a dans l'idée qu'il réfléchit à la meilleure manière de le liquider.

Mais il lui reste une carte à jouer.

« J'ai vos trois millions », annonce-t-il.

Huertero lève un sourcil avec un sourire poli.

Ainsi encouragé, Tim y va de sa petite histoire :

« L'argent est sur un bateau à l'ancre dans le port de Dana Point. Juste en bas. Si vous me donnez mon fils, on y va tout de suite et il est à vous.

— Tiens donc.

— Je paye mes dettes, d'habitude, poursuit Tim. Un de mes hommes... »

Huertero se penche et lui file une claque qui le renverse sur le sol. Quand Tim rouvre les yeux, Huertero s'est redressé et le domine de toute sa taille, violacé, fou de rage.

« Tu viens me parler *d'argent* ? se met-il à hurler. Tu oses venir me parler d'argent ?! Toi qui m'as volé mon *trésor* ?! »

Tim n'y comprend que dalle, mais il entend le « oh, merde » qu'Élizabeth lâche dans un souffle.

« Tu m'as volé mon enfant », reprend Huertero.

Qu'est-ce que c'est que cette embrouille ?

« Tu m'as volé ma fille.

— Je ne vois pas...

— Et tu l'as tuée. »

Là, putain, Tim est comme assommé.

« Alors, oui, s'emballe Don Huertero. Tu vas me les *payer*, tes dettes. »

Et là-dessus il se met à raconter la vie d'Angelica Huertero de Montezón.

72

La fille unique de son père, son trésor.

Unique motif de tristesse dans la vie de Don Huertero : l'absence d'un héritier mâle qui aurait prolongé la lignée, mais qu'importait puisque alors il avait Angelica, son ange, née pour épouser un jour quelque jeune hidalgo et transmettre son sang, à défaut de son nom.

Une merveille, cet ange, son ange, des cheveux soyeux noirs comme la nuit du Sonora, des yeux plus purs que les étoiles. Et un sourire qui vous apportait le soleil, un rire qui faisait chanter l'air.

Une merveille.

Puis elle devint femme, son Angelica, et plus elle grandissait plus elle manifestait la volonté farouche de son père au lieu de prendre exemple sur la docile soumission de sa mère. Lui, tant de volonté l'exaspérait, mais il en était fier, et il est le premier à reconnaître qu'il ne lui refusait rien. Pas un jouet, pas une poupée, pas un bijou, il lui passait jusqu'à ses amis, jusqu'aux chevaux sauvages et jusqu'aux hommes dangereux.

Il a tenté de la tenir à l'écart de ses affaires, il a essayé, oui. Mais comment la combler des richesses qu'il gagnait en la protégeant de leurs sordides dessous ? Une fille plus soumise, moins passionnée peut-être, il aurait pu la tenir, la garder dans l'hacienda pour lui inculquer les arts d'agrément. Mais la passion courait dans les veines d'Angelica. La fière passion des hidalgos, d'une longue dynastie de conquistadors, animait cette fille née pour conquérir le monde, et lui s'inclinait.

Un cheval plein de feu, c'est pareil, on essaie de le guider. S'il s'emballe, il faut que ce soit sur le terrain qu'on a choisi, comme lui-même essayait de choisir les amis d'Angelica. Il aimait bien Élizabeth et Olivia, des droguées pourtant, et de petite vertu. Au fond, c'étaient des courtisanes, n'est-ce pas ? Mais avec de l'instruction, raffinées, assez futées pour copier Angelica, assez loyales pour la protéger.

D'ailleurs n'avait-il pas « testé » Élizabeth, si l'on peut dire ? Mise dans son lit pour en avoir le cœur net ? Puis récompensée en l'indemnisant généreusement et en la chargeant d'une mission secrète ? Oh, certes, il savait que l'époque des chaperons drapés de noir était depuis longtemps révolue, mais peut-être qu'Élizabeth pourrait tout de même garder un œil sur Angelica ? Devenir, autant que possible bien sûr en cette fin de siècle moderne, le chaperon de cette fille moderne ?

Elles étaient prêtes à conquérir le monde, ces trois-là. Ces trois jeunes filles passionnées, riches et bien élevées. Mais les temps ont changé — on est plus libre aujourd'hui, il faudrait être borné pour ne pas admettre cette réalité.

Il avait mis les choses au clair avec sa folle enfant, son ange. Qu'elle vive follement ses folles années. Les fêtes, les bals, les achats sans compter, il autorisait tout. Les croisières, le shopping à Paris, les boums à Rio, les boîtes de nuit de Saint-Jean-Cap-Ferrat à Cannes, de Manhattan à Los Angeles.

Qu'elle joue à la princesse anglo-américaine, mais en restant au plus profond d'elle-même une Latine d'Amérique. Et quoi que fassent par ailleurs ses débauchées d'amies anglo-américaines, elle devait se garder vierge jusqu'au mariage.

Et épouser un Mexicain.

Un Mexicain, oui, pas un Yankee exécré.

C'est alors qu'elle avait rencontré Bobby Z.

Cela, jamais il ne le pardonnerait à Élizabeth. Plus jamais il ne l'accueillerait à bras ouverts, car Élizabeth aurait pu empêcher cette histoire. Au moins lui en parler pour qu'il y mette un terme.

Il lui aurait pardonné, aussi bien. Il aurait accueilli son ange déchu, perdu, même, ô combien, il lui aurait ouvert sa porte. La chute de sa belle enfant impatiente de s'élever si haut avait anéanti ses espérances d'un grand mariage, mais il la chérissait toujours autant et ils auraient pu vivre de longues années ensemble, derniers survivants de la lignée Huertero.

Si seulement il avait su qu'ensemble ces trois filles composaient le harem de Bobby Z : Élizabeth, la pauvre Olivia, une sotte, une camée, et... oui, Angelica.

Mais, des trois, seule Angelica était tombée amoureuse. Seule Angelica avait assez de tragique pureté de cœur pour tomber désespérément amoureuse. Contrairement aux deux autres, c'est *corps et âme* qu'elle se donnait à un homme.

« Et tu l'as détruite », assène Huertero à Tim.

Qui secoue la tête, accablé.

« Tu t'es servi d'elle comme on se sert d'une pute et tu l'as abandonnée, martèle Huertero. Tu lui as brisé le cœur, tu as éteint la passion qui l'animait. J'ai essayé de la toucher, de la ramener à moi, mais elle savait qu'elle n'était plus celle que j'avais élevée. Humiliée par toi, elle ne se supportait plus devant moi. Elle ne pouvait plus me regarder droit dans les yeux.

« Alors elle a disparu. Hors de ma vue. Mes hommes

ont suivi sa piste de Los Angeles à New York et jusqu'en Europe. Des *mois* durant. Puis plus rien.

« Et moi de me demander pourquoi ? mais pourquoi ? J'ai fini par convoquer Élizabeth et j'ai enfin appris la vérité sur ce que tu avais fait. J'ai su que tu l'avais *eue*. Que tu t'étais servi d'elle, pour t'amuser, en la persuadant que tu l'aimais pour ensuite la quitter. T'en débarrasser comme on se débarrasse d'une saleté, et elle s'est sentie sale. Pas étonnant qu'elle n'ait plus supporté de me regarder dans les yeux. Et tu viens me parler *d'argent* ? ! »

Tim se raidit dans l'attente du coup de pied qu'il ne reçoit pas. Huertero est encore trop plongé en lui-même pour exploser. Ça viendra plus tard.

« C'est en Crète qu'on l'a retrouvée, poursuit doucement Huertero. Morte d'une overdose d'héroïne. Un mélange mexicain — peut-on imaginer moyen plus efficace de punir son père ? Je la vois couchée sur le dallage froid. Dans ses vomissures et dans sa merde. Six interminables années que je la vois chaque fois que je ferme les yeux. Six interminables années à me demander *pourquoi* ? Et j'ai trouvé, c'est toi. »

Huertero sort un flingue de sa veste en soie.

Tim se crispe au contact glacial du métal sur le haut de son front.

« Regarde-moi », ordonne Huertero.

Tim lève les yeux. Il aimerait bien ne pas trembler, mais ça ne marche pas.

Le déclic du percuteur le fait tressaillir.

« On se retrouvera en enfer, Bobby Z », déclare Huertero.

En direct, Tim voit l'index de son bourreau presser la détente.

Vas-y, se dit-il.
L'heure de gloire.
Top.
Vas-y.
Il entend les sanglots étouffés d'Élizabeth.
Bientôt le big bang final.
Alors il baisse les paupières, et Kit lui apparaît, tout sourires.

73

La vie ne l'a pas gâté, ce connard de Wayne LaPerrière.

Même s'il y a un bail que tous les clignotants de son karma sont au rouge, jamais il n'aurait pensé tomber si bas.

Garçon d'étage à la con dans le palace à la con du Ritz-Carlton.

Remarque que c'était ça, l'idée : approcher d'un peu près ces enflures de richards. Bien sûr, c'est humiliant d'amener des omelettes aux fines herbes et des fettucine au saumon fumé à des salauds pleins aux as qui ne prennent pas toujours la peine d'arrêter leur partie de jambes en l'air le temps qu'il pose son plateau à côté, mais c'est tout de même payant puisqu'il touche sa récompense quand il arrive à brancher Al Matteau sur un coup. Les bons jours, il mate un bout de sein ou une chatte, une fois même il a cru qu'il allait s'en taper une, mais son bande-mou de mari s'est pointé en soufflant comme un phoque.

Finalement, l'un dans l'autre, ce n'est pas si mal, mais ce fameux matin-là ce connard de Wayne LaPerrière manque d'avaler son dentier quand il s'amène avec le café-croissants à la con et qu'il tombe sur Tim Kearney.

La dernière fois qu'il l'a vu, Kearney, c'est quand il est passé le chercher à sa sortie de taule et qu'ils ont braqué le pompiste avant d'aller prendre une cuite dans un bar où les flics les ont cueillis. Et là, Wayne, qui avait tout de suite pigé le plan de l'inspecteur, a collé le flingue dans la main de Tim. Résultat des courses, il n'a pris que neuf mois avec sursis.

Donc Tim Kearney est bien la dernière personne au monde à qui Wayne a envie de causer, bordel, surtout que d'après ce qu'il en sait Tim s'est mis dans la merde jusqu'au cou, au trou, en rectifiant Stinkdog, un Hell's Angel vraiment balèze. Pourtant, c'est pas des blagues, sûr que c'est ce connard de Tim qui se prélasse dans ce palace à la con.

Les cheveux plus longs, un peu plus de graisse aussi, peut-être, mais c'est Kearney, pas de doute, et donc Wayne glisse la main sous la serviette en vrai tissu pour attraper le couteau.

Mais Tim ne le reconnaît pas.

Ce connard de Wayne LaPerrière n'arrive pas à y croire. Merde alors, quelle arrogance, il ne reconnaît plus son meilleur ami, l'enfant de salaud. Il dit juste : *Posez-le là,* avec un petit coup de menton, et il continue à se raser.

Dans la salle de bains, un autre mec lui gueule d'avaler son foutu croissant *vite* fait, vu qu'il faut qu'ils filent à ce foutu port, et Tim lui balance d'aller se faire foutre lui-même.

En continuant à se raser comme si Wayne était invisible.

Bêcheur, va, fils de pute. Kearney est le plus gros enfoiré du monde, alors s'il se commande le petit déjeuner dans une chambre à la con du Ritz-Carlton c'est forcément qu'il est sur un méga coup. Tu crois pas qu'il pourrait au moins partager avec son vieux pote ? se dit Wayne. Parce que qui c'est qui est allé le chercher à sa sortie du trou, bordel ? Son père et sa mère ne se seraient pas dérangés, c'est Wayne qui s'est tapé le trajet, et faut voir comment il le traite, là.

Comme un pauvre mec, voilà comment.

Kearney l'enfoiré se croit trop bien pour lui, maintenant.

Quand il arrive à la cuisine, ce connard de Wayne LaPerrière voit rouge. Il est furax, il jette sa petite veste de pédé de serveur par terre et annonce qu'il démissionne de ce boulot à la con.

Là-dessus il fonce dans la première cabine téléphonique pour appeler un pote, un Hell's Angel qui lui vend un peu de meth de temps en temps.

« Y aurait pas eu une embrouille entre ta bande et Kearney, des fois ? lui demande-t-il.

— Ouais, et alors ?

— Kearney, il est au Ritz-Carlton

— Cette merde de Tim Kearney va sûrement pas dans un palace de merde », lâche son pote d'un air méprisant.

Et il se met à rire, ce qui n'arrange pas l'humeur de Wayne.

« C'est ça, t'as raison, et moi j'ai vu un fantôme à la

con, réplique-t-il. Si jamais ça t'intéresse, je tiens à te signaler qu'il va au port. »

Du coup son copain arrête de rigoler pour grogner : « Dans ce cas, c'est pas un fantôme que t'as vu, mec, c'est un mort. »

Quelques minutes plus tard, toute une armée de bikers file en direction de Dana Point pendant que ce connard de Wayne LaPerrière est tout content et tout soulagé à l'idée que Tim Kearney l'enfoiré est foutu, ou pas loin.

74

La main de Huertero tremble.

Puis son doigt lâche la détente.

Et Huertero secoue la tête.

« Ce n'est pas suffisant », déclare-t-il tristement.

Tim se dit que Huertero va sans doute lui tirer dans le ventre et le planter là, ou bien le mettre à rôtir ou un truc dans le genre. Il se prépare en conséquence, quand soudain Huertero ordonne : « Allez chercher le gamin.

— Non ! » s'écrie Élizabeth.

Un des gars de Huertero l'empoigne et lui colle la main sur la bouche.

Huertero, qui a redressé la tête, fixe Tim droit dans les yeux.

« Ton enfant pour mon enfant, jette-t-il. Tu vas regarder, puis, si j'ai pitié, je te tuerai peut-être. »

Tim plonge en avant pour l'avoir mais les gars de Huertero sont rapides, et bons.

Quand ils le laissent se relever, Kit est déjà là.

L'air complètement terrifié.

« Ne faites pas ça, supplie Tim.

— Horrible, n'est-ce pas ? soupire Huertero. Même à contempler, c'est horrible.

— J'ai rencontré pas mal de fils de pute dans ma vie... » commence Tim.

Au signe de Huertero, ses hommes entraînent le gosse vers le ravin.

Tim imagine déjà la balle qui s'enfonce dans la nuque et le corps de Kit qui tout de suite bascule par-dessus bord.

« Ce n'est pas mon fils, avoue-t-il.

— C'est pas vrai ! » proteste Kit.

Huertero pose un genou par terre pour se mettre à la hauteur du gamin.

« Petit, susurre-t-il avec dans la voix toute la tendresse d'un père, dis-moi la vérité et j'épargnerai la vie de cet homme. Qui est ton papa ?

— Kit... »

Mais Tim a à peine ouvert la bouche qu'un des hommes de Huertero lui colle la main sur la bouche à lui aussi.

« Mon père, c'est Bobby Z, répond Kit en regardant Huertero bien en face.

— Cet homme, derrière moi ? »

Alors Kit pose les yeux sur Tim, et dans ces yeux-là, vieux, Tim lit tout l'amour du monde.

« Oui, affirme le gamin.

— Et tu voudrais renier un fils aussi courageux ? » demande Huertero en dévisageant Tim.

Puis il pose son bras sur l'épaule du gamin pour le conduire vers le pont.

Mais Kit feinte. S'arrachant à l'étreinte de Huertero, il fonce sur le type qui tient Tim. Il lui attrape le col par-derrière pour essayer de lui faire lâcher son père. Il mord, griffe, donne des coups de pied, des coups de poing. Il hurle : « Lâche mon père ! » en sanglotant à moitié pendant que de son côté Tim tente de se retourner et de lui immobiliser les bras, de le serrer contre lui pour au moins les obliger à les liquider tous les deux ensemble, il faut qu'il pense à lui mettre la main sur les yeux quand ils vont tomber, lui dire qu'ils seraient les X-Men ou un truc comme ça, histoire que ça reste comme un jeu jusqu'à ce que le gamin se réveille au paradis.

Mais il n'arrive pas à le tenir, il le sent qui lui échappe. Le gamin est à bout de forces, et quand Tim réussit enfin à tourner la tête un des hommes de Huertero l'a immobilisé entre ses grosses pattes d'ours. Ses pieds, qui ne touchent plus le sol, gigotent frénétiquement.

Comme les pieds d'un pendu.

« Demandez après moi quand vous serez en enfer. Je vous y attendrai, crache Tim à Huertero.

— Tu ne sais pas *encore* ce qu'est l'enfer, rétorque Huertero.

— Papa, au secours ! » crie Tim.

Alors Huertero adresse à Tim un sourire entendu, genre tu vois, c'est *ça* l'enfer, et Tim veut lui sauter dessus mais les autres l'en empêchent. Ils lui lèvent la tête pour l'obliger à regarder pendant que l'un d'eux tire le gamin vers le bord.

C'est à ce moment-là qu'Élizabeth prend la parole :

« Vous ne toucherez pas au gamin, lance-t-elle à Huertero.

— Ne sous-estime pas mon chagrin, Élizabeth.

— C'est votre petit-fils. »

L'action se fige.

75

Les patrouilles stoppent au commandement d'Escobar.

Il a jeté son filet tout autour de la corniche et personne ne peut plus sortir de ce piège, pas même Bobby Z, le revenant légendaire.

Escobar se tient sur une petite éminence au côté de Cruz DLM qui étudie tous les angles de tir possibles. Il est au paradis, DLM. Escobar, lui, observe le port en dessous. De là, il voit tout, et comme d'habitude il anticipe.

Il sait que Bobby Z est un trafiquant de drogue et que sa marchandise arrive par la mer. Or, vu qu'un moyen d'arriver est aussi un bon moyen de partir, Escobar anticipe qu'une fois son affaire réglée Bobby Z va monter à bord d'un de ces bateaux.

Alors il signale cette éventualité à Cruz DLM, et tous deux se mettent à l'examiner en vrais pros. Cruz doit être prêt à ouvrir le feu sur le ponton où Bobby va s'engager pour arriver à son bateau. Si jamais il le rate, déclare Escobar sans tenir compte des protestations de

Cruz DLM, le bateau mettra quand même un bout de temps à sortir.

D'abord il faut qu'il manœuvre pour quitter l'appontement, ensuite qu'il longe à allure réduite un des bras de la longue digue ovale qui encercle le port. Ça fait un sacré bout de chemin sur les eaux calmes du bassin avant d'arriver au pont qui ouvre sur le large.

« Tu pourras l'avoir de si loin ? s'inquiète Escobar.

— Je l'aurai eu avant.

— Ce n'est pas ce que je te demande.

— Je peux l'avoir de si loin, ouais. »

Escobar commence à s'angoisser.

« Ça ne serait pas plus sûr, du pont ? demande-t-il.

— Question angle de tir, ça serait super, reconnaît Cruz. Mais je veux pouvoir me tailler. »

Du pont, tout le monde le verrait, même sa mère, putain. Faudrait être un taré de fils de pute pour aller tirer de là-bas. N'empêche qu'il garde ses réflexions pour lui. Escobar est une tête, sûr, mais là il est un peu crispé.

Sans compter qu'en plus il y a toute une tapée de bikers sur ce pont, et que de l'avis de Cruz ce n'est pas trop le moment de chercher la bagarre avec une bande de motards.

« Je l'aurai d'ici », affirme Cruz.

Dans le mille.

76

« Elle était enceinte, explique Élizabeth. C'est pour cette raison qu'elle s'est enfuie. Elle avait peur. J'ai essayé de la persuader d'avorter, mais elle n'a jamais voulu. Alors on a échafaudé tout un plan. Il fallait qu'elle parte accoucher sous le nom d'Olivia. Personne n'allait s'en étonner : Olivia était la plus coucheuse de nous trois. C'est Olivia qui élèverait le bébé, en faisant comme s'il s'agissait du cadeau embarrassant d'un de ses innombrables amants. Je devais lui donner un coup de main.

« Ça a marché un bout de temps. Tout le monde s'y est laissé prendre. Mais la pauvre Angelica... Ce n'était pas une fille à se bercer de mensonges. Elle ne supportait pas de vivre sans Bobby, sans son fils. Elle aurait voulu reprendre l'enfant, mais elle avait peur de votre colère. Peur de ce que vous... (Élizabeth a un petit signe de tête en direction du pont.) Elle craignait plus ou moins que vous assassiniez le petit.

— Moi, assassiner mon petit-fils ? s'écrie Huertero. Ma chair et mon sang ? *Mi carnal* ? »

Élizabeth dévisage la brute qui tient Kit.

« Lâchez-le tout de suite », lance-t-elle sèchement.

Et Kit se précipite vers Tim, jette ses bras autour de lui, enfouit son visage dans sa poitrine pour se cacher.

« Olivia était incapable d'élever un enfant, reprend Élizabeth avec mépris. J'aurais dû le prévoir. Sa huitième cure de désintox, ou pas loin... j'ai pris la décision de m'occuper de Kit. Mais quand il a débarqué, *lui*, je me suis dit merde, quoi, il a bien le droit de savoir qu'il a un gamin.

— Un petit-fils », marmonne Huertero. Ses yeux s'humectent, bientôt les larmes jaillissent. « Un petit-fils. Un trésor. »

Tim trouve ça, putain, pas croyable tout ce qu'il vient d'entendre. Elle aurait tout de même pu préciser ces détails un peu plus tôt, Élizabeth, non ? Mais très vite il ne sait plus qu'une chose, que Huertero vient de s'asseoir par terre à côté de lui et essaie par tous les moyens d'attirer l'attention de Kit.

« Tout ce que tu veux tu l'auras, lui promet-il. Des jouets, des bateaux, des jeux, des *chevaux*. Une pleine écurie de chevaux que tu seras le seul à monter, tu vivras comme un prince de conte de fées. Tôt le matin on montera à cheval ensemble, toi et moi, et je te raconterai l'histoire de tes ancêtres, comment ils ont conquis le Mexique, comment ils se sont battus contre les Comanches, les Apaches et les Yankees. Il y aura une gentille dame qui t'apprendra l'espagnol, et Élizabeth va rester pour te servir de nounou. Ça te plairait, hein ? »

Il tend la main en hésitant un peu, il aimerait bien prendre le petit dans ses bras ou même peut-être juste le toucher, mais Kit s'accroche à Tim et enfouit sa tête encore plus profond contre sa poitrine. Le sang qui goutte du nez de Tim tombe sur les cheveux du gamin.

Huertero se relève et se tape sur les cuisses pour enlever la poussière de son fute.

« Emparez-vous du petit, ordonne-t-il.

— Le petit, il reste avec moi, fait Tim. Vous, vous partez avec le blé. »

Mais Huertero se marre doucement. « Emparez-vous du petit, répète-t-il.

— Ponton ZZ, ajoute précipitamment Tim. Le *Nulle*

Part. Vous y allez et vous partez, mais vous me laissez le gamin. »

Élizabeth ouvre la bouche pour mettre son grain de sel, mais Tim l'en empêche en aboyant : « Foireux ou pas, tu te la fermes ! »

Parce qu'il a dans l'idée que c'est fini. Huertero tient le gamin et le fric, donc il va le liquider. Le gamin va se taper la vie pourrie des riches, c'est sûr, mais au moins il pourra toujours se dire que son père voulait le garder.

C'est tout de même pas trop demander, pour un enfant.

« Je viens avec vous, déclare Kit à Huertero. Je veux bien.

— Kit... » commence Tim. Et là il entend le gamin balancer : « Mais en échange vous ne le tuez pas. »

Malin comme un singe, ce petit enfant de salaud, et solide, avec ça. Car il continue : « Vous ne pourrez jamais m'emmener si je ne veux pas. Je me mettrai à crier, à pleurer, on ne pourra plus m'arrêter. Et je dirai à tout le monde que vous m'avez enlevé et on vous mettra en prison. »

Tim, qui ne moufte plus, se dit que Don Huertero doit méchamment flipper, mais il a plutôt l'air *rayonnant,* le vieux salaud, quand il s'extasie : « Le petit a hérité de sa passion.

— Le petit ne rigole pas », réplique Kit.

Et c'est clair qu'il a dû se farcir un tas de films programmés tard le soir, le gamin, parce que le voilà qui ajoute : « Tous les ans, je veux recevoir une lettre de mon père, et lui et moi on aura un code secret alors je le saurai si c'est du bidon. Mais tant qu'il sera vivant, je resterai avec vous.

— Tu as le sang de ta mère, se félicite Huertero.

— Et de mon père, aussi. »

Huertero tend solennellement sa main à Kit, qui la serre.

« C'est entendu, déclare Huertero. Tu as ma parole d'honneur.

— Parole d'honneur », répète Kit.

Tim continue à se la boucler parce qu'il veut que le gamin se chante sa chanson comme il en a envie. Genre *J'ai sauvé la vie de mon père,* alors que Tim sait très bien que l'honneur de Huertero ne vaut pas plus que de la merde.

Mais pour le moment Kit est encore là, devant lui, à faire tout ce qu'il peut pour rester courageux. Tim lui tend les bras, le gamin le serre fort et Tim lui murmure à l'oreille *je t'aime, tu sais,* à son tour Kit murmure *moi aussi je t'aime, tu sais,* et là, ça devient *bonjour le courage,* vu qu'ils se mettent tous les deux à chialer.

Puis Tim réalise qu'Élizabeth s'éloigne avec Kit qu'elle a pris par la main, il tend le bras pour toucher encore les doigts du gamin, et fini. Ils sont partis.

Tim s'écroule dans la poussière et se met à pleurer à chaudes larmes.

À son tour Huertero se dirige vers la voiture. En chemin il glisse à son numéro un : « Dès qu'on sera à bord de ce bateau, tue-le.

— Bien patron, acquiesce l'autre. J'attends ici.

— Pas la peine, lance Huertero. Il va suivre.

— *¿Sí ?* »

Sí, se dit Huertero en son for intérieur.

Car Huertero connaît la vie. Cet homme va suivre, il le sait. L'homme qui a un fils comme celui-là, à tous les coups il vient le chercher.

Et pendant qu'il explique tout ça, Tim Kearney, ce nullard de naissance, se laisse glisser par-dessus le bord du ravin. Jusqu'à la cime des palmiers, jusqu'aux rochers pointus du fond. Il s'en tape, Tim Kearney.

Il en a jusque-là de perdre tout le temps, le nul.

Semper fi, vieux.

77

One Way prépare le bateau pour le grand départ.

Et ça lui fait chaud au cœur. Les amarres, le gréement, tout lui revient comme au bon vieux temps. Il a passé la nuit à bichonner le moteur, à l'écouter bourdonner et vrombir, alors comment ne s'étonnerait-il pas de ce qu'il a bien pu foutre pendant toutes ces années ?

Il a comme l'impression de débarquer d'un drôle de trip pas clean, One Way, il se sent prêt à tourner la page. Mets les voiles, vieux. Il y a une vie, après la Californie.

Donc, il est là, sur le pont où il enroule ses cordages en glènes impeccables, avec le soleil qui lui chauffe la nuque en attendant que Bobby se ramène et rende le fric pour qu'ils tournent la page tous ensemble. Lui, Bobby, la femme de Bobby et son gamin, ah, son gamin : One Way nage dans l'extase à l'idée d'apprendre au jeune Z à naviguer.

Mais quand il les voit qui rappliquent un signal d'alarme se déclenche dans sa tête, car Bobby n'est pas avec eux. De la limousine noire longue comme un corbillard qui se range le long du quai sortent le boss mexicain, un garde du corps, une femme et un enfant. Il suffit à One Way d'un coup d'œil pour piger que ce dernier est le petit Z, mais il est clair que Bobby n'est pas là maintenant que les quatre passagers descendent le ponton menant au bateau.

Le vieux Mexico toise One Way à qui il ordonne, en poussant le gamin devant lui : « Amène-le en bas. » One Way s'exécute, mais le patron reste sur les planches. Comme s'il attendait on ne sait quoi.

One Way se sent tout retourné, à l'intérieur. Pas de doute, il y a un truc qui coince, alors au cas où il faudrait se dépêcher de partir il se précipite en bas pour démarrer le moteur, et quand il remonte il aperçoit Bobby qui déboule sur le ponton, suivi de Gruzsa à deux pas derrière.

Et tous l'ont vu de leurs yeux vu, tous : Escobar et Cruz DLM, là-haut sur la falaise, aussi bien que la flopée de Hell's Angels, là-haut sur le pont. Cruz DLM ajuste sa mire sur le dos de Bobby Z, les Hell's Angels posent le canon de leurs AR-15 sur le parapet du pont, le garde du corps de Huertero braque son flingue sur Bobby, et Bobby a l'air de sentir ce qui se passe parce qu'il s'arrête le temps de se retourner.

Juste au moment où Tim Kearney émerge en titubant du ravin. Tim se tient au pied de la falaise sous un grand palmier, il scrute l'horizon de l'autre côté du quai, et l'instant d'une seconde ses yeux croisent ceux de Bobby Z.

C'est à se tordre, la façon dont ils se dévisagent, ces deux-là, puis soudain Tim entend Gruzsa gueuler : « NOOOOOOOON » et d'un coup, dis, il pige toute la putain d'embrouille. En gros, Gruzsa aurait tout combiné pour qu'il porte le chapeau à la place de Bobby Z afin que Gruzsa et Z partent en croisière avec les trois millions. Donc voilà Tim brusquement saisi par la révélation quand, tout à coup, *badaboum*, la terre se fend.

À l'instant T Z est là, normal, et à l'instant T + 1 tu croirais qu'il fond, vieux, tellement il prend des balles de tellement de côtés à la fois.

C'est comme s'il était *parti*, Z.

Et Gruzsa, ah, mon vieux, Gruzsa voit Don Huertero qui fait écran entre sa personne et son fric, alors au moment où le gars de Huertero recharge, lui il va pour attraper son feu, sauf que le gars de Huertero est un poil plus rapide.

Gruzsa s'écroule sur le ponton, mais sans doute qu'il trouverait ça trop minable de crever sans expédier deux pruneaux sur le gars de Huertero, qui chancelle puis tombe à la baille.

One Way a tout entendu, il sait qu'il a pour mission de protéger le fils de Bobby, et donc il lance le moteur. Puis il remonte en vitesse sur le pont et se met à la barre pour sortir le *Nulle Part* de ce bassin et filer vers le large, vu que Bobby est mort : il a vu ce qu'il restait de son corps sur les planches, One Way, il est assez grand pour comprendre qu'il doit mettre le gamin en sécurité, et il n'y a pas plus sûr que l'océan pour un fils de Bobby Z.

Pendant que le bateau entame la manœuvre, le vieux Mexicain commence à se dire qu'il serait temps de monter à bord, mais voilà que la femme de Bobby brandit une lame étincelante dont le reflet zèbre son visage du front au menton comme un rayon de soleil.

Huertero est planté là, à regarder le sang de son sang qui lui file entre les doigts au moment où Élizabeth lui plante le couteau dans la poitrine.

Puis elle reste figée sur place, à attendre les flics, et elle n'aura pas à les attendre longtemps car le couinement des sirènes se rapproche.

C'est un sacré chaos qui règne à Dana Point.

Les moussaillons d'Escobar se taillent en quatrième vitesse de la ville avec l'assurance d'avoir vengé leur *carnal,* et Cruz DLM a beau être content il se sent tout de même un peu chose parce que cette cible-là lui rappelait étrangement l'espèce d'enfoiré du Golfe, ce mec qui pétait les plombs et dont le nom lui échappe, là.

Les Hell's Angels quittent le pont dans le rugissement de leurs bécanes. Les pétoires, ils les ont simplement balancées dans le port, là ils poussent leurs engins vers San Berdoo ou un endroit du genre pour fêter la mort de Tim Kearney et la bringue que leurs frangins vont pouvoir organiser en enfer.

One Way, lui, en a sa claque du chaos. Il n'a qu'une chose en tête : se tirer de ce putain d'État de Californie, rester clean et se mettre au boulot. Car du boulot il en a jusqu'à la fin de ses jours, maintenant qu'il doit s'occuper du fils de Z.

Sans oublier la femme de Z ! D'un bond One Way saute sur le ponton, attrape la dame et l'embarque de force avant de barrer le *Nulle Part* vers le large pendant que la femme de Bobby serre sur son cœur l'enfant de Bobby en pleurs.

Dans le piaulement des sirènes et les crissements de pneus des voitures de flics qui pilent dans le port, One

Way, imperturbable, engage le *Nulle Part* sous le pont et met cap au large.

Pour comme qui dirait disparaître en emmenant avec lui la légende de Bobby Z.

78

Tim regarde le bateau s'en aller.

Planté là, il regarde le bateau qui pousse de la proue vers le large.

Une fois de plus il a tout paumé, il le sait, parce que c'est du genre zéro les chances que ce bateau-là vire de bord et vienne le chercher dans le port pour que toute la petite famille reste unie. Il y a des corps refroidis dans tous les coins et du coup ça grouille de flics, putain. Les flics c'est comme les mouches, les cadavres les attirent.

Tim est donc *coincé*.

Naturellement, se dit-il. C'était à prévoir.

Mais il a bien vu qu'Élizabeth et Kit étaient à bord. Et sur le bateau il y a un paquet de blé, de quoi leur permettre de vivre pour toujours heureux avec One Way, alors le seul truc malin c'est de les oublier, de se dire ce qu'il se dit, là : *Vogue, petit navire, vogue.* Barre-toi de là.

Et puis, songe-t-il, en plus je n'existe plus.

Peu importe qui je suis, je n'existe plus.

Avec Tim Kearney mort et Bobby Z mort, j'ai comme l'impression que je vais pouvoir refaire ma vie.

Je file dans l'Oregon, je me trouve un nouveau nom et je me refais une nouvelle vie.

Parce que ç'aurait été chouette le blé, la femme et le gamin, un vrai *rêve*, ouais, mais les paumés n'ont pas le droit de rêver.

Les paumés, tout ce qui les attend, c'est la vraie vie... Enfin, au moins il en a une devant lui.

Et donc il regarde le bateau s'éloigner. Avec dans l'idée de le regarder jusqu'au moment où il disparaîtra derrière l'horizon. Ensuite ce sera son tour de disparaître en filant en douce dans la jungle du ravin.

Voilà, ce qui serait malin.

Mais soudain Tim se dit *merde*, après tout. *Rien à cirer*.

Et il part en courant.

Il part à petites foulées vers le port et la digue en pierre. Un type qui court au bord de la mer en Californie, il y a longtemps que ça n'étonne plus personne, vieux. Les flics sont bien trop contents de s'affairer au milieu des cadavres et des ambulances et de toute cette pagaille, la foule des badauds les entoure et personne ne regarde Tim lorsqu'il passe à côté en fonçant vers la digue au pas de gymnastique.

Il arrive sur les blocs de rochers, sans s'arrêter il continue vers l'océan, vers le bateau, et il a beau glisser, déraper sur les mœllons avec des vagues grosses comme ça qui se fracassent sur l'obstacle et menacent de l'emporter, ça ne l'arrête pas une seconde.

Personne ne s'intéresse à lui, pas plus les flics que les ambulanciers ou les coureurs à pied, pas même les surfeurs qui bravent les déferlantes de l'autre côté de la digue.

79

C'est Kit qui le repère le premier, naturellement.

Il est sur le pont où il sanglote, la tête sur les genoux d'Élizabeth, quand tout à coup il lève la tête et le voit en train de courir sur la digue. Alors il hurle pour avertir One Way.

One Way regarde ce qu'il lui montre et n'en croit pas ses yeux de type clean : Bobby Z, ressuscité d'entre les morts.

Ressuscité d'entre les morts, il fonce vers le grand large, Bobby Z, alors One Way lâche une écoute, en tire une autre, demande à Élizabeth de bien la tenir, celle-là, et pendant qu'elle aide à la manœuvre avec le gamin One Way vire de bord toute et redresse pour piloter parallèlement à la digue.

Tim, lui, il s'aventure en bas des rochers, maintenant, il essaie de trouver un endroit d'où il pourrait sauter dans l'eau, mais, d'où qu'il se tienne sur ces rochers de malheur battus par les vagues, c'est une putain de trouille qui lui sert le cœur à l'idée de sauter.

Car il ne sait pas nager.

Ce nullard de naissance, cet entubé de première de Tim Kearney a réussi à venir jusque-là, à sortir du trou du cul du désert pour arriver au bord du monde et il est infoutu de franchir les derniers cent mètres parce que c'est plein de flotte en bas. Ce qui est sûr, en tout cas, c'est que le bateau ne va pas s'approcher plus près, sinon il s'écraserait sur les rochers.

Sur le pont, il y a Kit qui s'agite dans tous les sens, qui remue les bras, Tim le voit, il lui semble même entendre le gamin crier : *Vas-y !*, alors il saute.

Et, putain, c'est comme s'il volait du haut de ces rochers dans les vagues.

Pour tout de suite sombrer.

Là, il ne sait plus du tout ce qui va encore arriver, putain.

Or ce qui arrive, c'est que pour une fois dans sa vie d'enfoiré il a de la veine, Tim Kearney, nullard de naissance et entubé de première.

Ce qui arrive, c'est qu'un surfeur bête comme ses pieds traîne dans le coin pour essayer de choper la vague et qu'il a un sacré culot, ce petit branleur. Il se prend pour le prochain Bobby Z, dis, tellement il se croit fort. Il est si sûr de lui qu'il n'a même pas fixé la courroie à sa planche parce qu'il n'imagine pas qu'il peut tomber. Il vient de la prendre, cette énorme déferlante, il file sur la crête en biais, il plane, c'est lui le prochain Z, sûr. Mais voilà qu'il valdingue en beauté et que sa planche... sa planche, elle *s'envole.* Elle part en flèche dans le ciel bleu, comme un missile, dis, pour retomber dans l'eau pile devant Tim Kearney.

Qui est juste assez futé pour grimper dessus.

Tim a grimpé sur cette planche et s'est mis à pagayer comme un malade jusqu'au bateau.

Il pagaie comme un malade et il s'accroche à la vie en avançant sur la houle. Il les prend, les vagues, pas dessous mais dessus, et il ne lâche que lorsque Kit et Élizabeth l'attrapent et le hissent sur le *Nulle Part.*

Trois paumés et un gamin voguent sur cette galère.

Je m'en prends pour la vie, se dit Tim, qui se roule sur le pont le gamin dans ses bras, aux pieds de la belle perfide en larmes et du cinglé merveilleux qui tient le cap en souriant aux anges.

À moi la vie qui s'appelle une vie.

Plusieurs heures plus tard, à des milles et des milles au large, le soleil couchant transforma en or le plus pur le bateau et tout ce qui l'entourait.

Cet ouvrage a été réalisé par la
SOCIÉTÉ NOUVELLE FIRMIN-DIDOT
Mesnil-sur-l'Estrée
pour le compte de France Loisirs
en août 1999

Composition réalisée
par S.C.C.M. (groupe Berger-Levrault)
*Paris XIVe*

Imprimé en France
Dépôt légal : août 1999
N° d'édition : 32047 - N° d'impression : 47832